宽容的接力棒

——斯蒂芬·迈特卡夫回忆录

〔英〕斯蒂芬·迈特卡夫 著

李九红 译　　李 欣 校

山东画报出版社

图书在版编目（CIP）数据

宽容的接力棒 /（英）迈特卡夫著；李九红译．—济南：山东画报出版社，2015.8

ISBN 978-7-5474-1608-2

Ⅰ.①宽… Ⅱ.①迈…②李… Ⅲ.①迈特卡夫，S.－自传 Ⅳ.①B979.956.1

中国版本图书馆CIP数据核字（2015）第148207号

责任编辑 秦　超
装帧设计 王　芳
主管部门 山东出版传媒股份有限公司
出版发行 山东画报出版社

社址　济南市经九路胜利大街39号　邮编 250001
电话　总编室（0531）82098470
市场部（0531）82098479　82098476(传真)
网址　http://www.hbcbs.com.cn
电子信箱　hbcb@sdpress.com.cn

印　　刷 山东临沂新华印刷物流集团
规　　格 160毫米×230毫米
14.75印张　250千字
版　　次 2015年8月第1版
印　　次 2015年8月第1次印刷
定　　价 32.00元

序言

赵冬苓

2007年开始，我和九红一起做一部纪录片《潍县集中营》。

在中国，潍县集中营是鲜为人知的也是最大的一个外侨集中营。70多年前，太平洋战争爆发后，日本为了报复美国对本土日裔侨民活动的限制，从1941年底起，在亚洲设立了多个集中营，对盟国侨民进行了长达几年的关押。其中位于原美国长老会传教机构——山东省潍县乐道院内的潍县集中营，是日本在亚洲设立的最大的集中营之一。集中营里关押着美国、英国、比利时、加拿大、荷兰、澳大利亚、新西兰等盟国侨民，最多的时候达到2250人，其中包括300多名儿童。曾任蒋介石顾问的美国人雷振远，后来担任美国首任驻华大使的恒安石，奥斯卡获奖影片《火的战车》的原型、英国著名奥运会短跑冠军埃里克·利迪尔，华北神学院院长、山东大学创始人赫士，现美国新泽西州州议员戴爱美（Mary Previte）等一大批名人都曾被囚禁在这里。

特别值得一提的是，1924年巴黎奥运会400米跑的冠军埃里克·利迪尔，他曾经因为星期日要做礼拜而拒绝参加那天奥运会上他最擅长的100米短跑比赛。作为苏格兰人心目中的英雄，利迪尔在集中营以其开朗乐观、幽默睿智、乐于助人，深受各种不同信仰的人的尊敬和爱戴，孩子们亲切地称他为“飞毛腿叔叔”。据当年集中营里的孩子们回忆，埃里克·利迪尔非常谦虚，非常坦诚，不管在多困难的情况下，脸上总是洋溢着天使般的笑容。他总是乐于助人，主动做一些别人不愿干的脏活、累活，如打扫厕所、制作煤球等，发起组织针对年轻人的各种活动，特别是棒球、板球、足球等体育运动。他亲手给孩子们编写化学课本和生活手册，教孩子们相处之道，直到生命中的最后十分钟，还在为一个叫乔伊斯的孩子温习功课。但就是这样一个具有崇高人格的人，却因为患脑瘤缺乏必要的医疗条件，43 岁就死在了集中营里。

九红的这本译作应该说源头还是要追溯到这位奥运冠军、集中营孩子们的偶像人物利迪尔，是他的偶像光环和实际的关爱改变了这本自传体讲述者的一生，也就是斯蒂芬的一生。斯蒂芬是我们 2007 年海外拍摄去英国采访的第二个访问对象，我们在伦敦探访了他与教会连在一起的住处，听他讲自己的故事。结束采访时，他给了九红一张光盘，说他曾用日文写了自传，光盘里面是自传的英文版，可以无偿地给我们，我们可以传播给更多读者。

这份信任让九红觉得应该为他们做点什么，在忙碌的工作之余，她也一直保持和集中营幸存者的联络。在取得斯蒂芬先生的授权后，她利用业余时间默默地翻译该书，一晃时光飞驰。遗憾的是，大约一年前，斯蒂芬患病去世，没有等到书籍的最后付梓出版，但他临终前知道样稿已经定稿，也算圆了自己将这本书献给他的出生地中国，也献给关押他的潍县集中营的愿望。斯蒂芬始终用埃里克·利迪尔的精神引领自己，告诉自己该怎样去生活。

和斯蒂芬一样让我们难忘的还有一位生活在香港的西方老人。他的中文名字叫戴绍曾。他是斯蒂芬的芝罘学校同学。关于斯蒂芬，九红的译作里已经讲了很多，讲了他一生的故事，我倒想在这儿讲讲这位老人戴绍曾。他的家庭，和中国已经有六世的交情，从他的曾祖父戴德生先生开始，便到清代的中国传教。他的曾祖父说过一句拗口的话，来说明他对中国人的感情，大概的意思是：如果我有一千条生命，我全部用来服务中国；如果我有一千英镑，我绝不留一镑不给中国。这种渊源一直持续到戴绍曾，中国解放了，他们离开了中国。戴绍曾不肯远离，总在东南亚一带转悠，最后落根到香港。他的家在一座高架桥旁，大小汽车在楼外桥上二十四小时呼啸通过。当时我们刚刚从欧洲回来，因此对戴先生这种居住条件感慨唏嘘。但戴先生说，感谢上帝的恩典，它让我们的房子背向马路，在我们的窗外还有一片绿。事实上，那片绿就是一面堵住窗户的山墙，上面爬满了爬山虎。而且，那房子还是教会的房产，等戴先生过世后，房子就要由教会收回。

我们在戴先生家坐着聊天，在交谈中我得知，戴先生有四个孩子，都在美国，其中的大儿子又有四个孩子。上面三个是亲生的，第四个是从中国收养的被遗弃的女婴。谈到这个孩子的时候，戴先生热情地找出她的照片给我们看，像每一位溺爱孙辈的祖父一样，谈起她就滔滔不绝。他说，我孙女可有爱心了，听说四川发生了地震，她要求剪了她的长头发卖钱捐给四川，自豪和骄傲之情溢于言表。我很想问问，既然他的儿子自己有了三个儿女，为什么还要收养一个和他们没有血缘关系的孩子，但这问题在戴先生面前显得很低级，到底也没问出口。

正说话间进来一个美国少年，他就是戴先生的长子长孙。尽管还没机会去中国，但他可以说一口不甚流利的中文。我和他随意交谈，言谈中无意中问他，你兄妹三个……还没等我说完他就明白我的意思了，看着我认真地纠正，我兄妹四个。我很惭愧，一张嘴就露出了我的中国本色。

我不想崇洋媚外，但在有关爱的问题上，西方文化确实比中国的文化要更博大、更接近爱的本质。爱，就是爱生命、爱人类，而无关乎它是否属于我。

我和戴先生还谈了另外一些有趣的话题：是在采访结束后，看着狭小的空间，听着外面高架桥上的嘈杂，我实在忍不住了，问戴先生，除了这两居室以外，您在美国或者英国或世界上其他任何地方还有房子吗？戴先生说没有了。于是我说，在我们中国文化里，如果我们活了一辈子，到死的时候没给儿女们留下点什么，比如房子和存款，我们会感到自己没尽到义务，您呢？戴先生顿时变成了神父，对我进行了一番说教。但对于没有任何宗教情结的我，那些话如过耳清风，已经全部忘记，能记住的，只有戴先生慈爱的面孔、狭小的居室，还有他那个从中国领养的、幸运的小女孩。

我们的片子播出一年多之后，戴先生过世了。幸运的是，在走以前，他看到了我们做的纪录片。九红告诉我，2010年3月19日的早上，她接到打自香港的电话。电话里面是很有磁性的男中音，标准的国语发音。他说他是戴绍曾的儿子，在病床前，他的爸爸要他把电话打给九红，并在弥留之际亲口对九红及我们表示感谢，说那纪录片让他去见上帝前感到了安慰。我因此也觉得十分安慰，能说什么呢？高山仰止，景行行止，虽不能至，然心向往之。

是为序，因为爱，因为宽容。爱和宽容的接力棒是全人类的。

目　录

在潍县集中营

自由抵达澳洲

嘿，日本——在日本的趣事

退休生活 1985–2006

前　言

许多人问我是否有写下自己一生故事的打算，更有人不断地催促我马上动笔。三件事最终促使我决定写点什么。首先，我父亲的一生从来没有写到过纸上，因此我多次问自己，应该由我把他的故事形成文字吗？但是每当我面对大量的组织研究工作时，总是感到不知所措。我自己的故事倒是还有许多仍保存在记忆中，尽管他们已渐渐变得模糊。其次，我想记录下父亲的故事，不只是为我自己，更是为了孩子们。也许有一天，他们会细读我写下的故事。最后，我想我应当给一直给予我生活怜悯恩赐的上帝一个交待。

故事始于 1928 年，就发生在中国西南的云南省元谋县群山之中一个叫做滔谷的傈僳族小村子里。

关于一大帮逃兵组成的土匪将劫掠村庄的消息在村里已经沸沸扬扬地传了一天了，许多村民已经匆匆躲进山高林密的溪谷中。埃迪、贝茜两口子和他们四岁的女儿鲁丝和最小的孩子斯蒂芬决定先留下来看一看。突然，寂静的夜晚中传来清脆的枪声，土匪们进村了。这对传教士夫妇匆匆向溪谷中的避难所逃去。埃迪抱着小斯蒂芬，村里的一个年轻人则抱着鲁丝。从他们头顶上嗖嗖飞过的子弹迫使他们停了下来，向匪兵们投降。

趁乱之际，那个年轻人带着鲁丝逃进深林，而埃迪则被绑在树上，一些匪兵开始用竹棍抽打他。幸运的是，匪首及时出现并喝止住了那些匪兵。他问：“你们为什么打他？”匪兵们则回答：“他们想逃跑。”匪首说：“他不是坏人，而是一个好人。我们需要的只是抓他做人质。”随后匪兵们就带走了埃迪。贝茜站在被匪兵劫掠一空的房子走廊上，望着村里的房子一幢接一幢地腾起火焰。匪兵们走后，村民们从溪谷中返回村庄，忙着灭火。对贝茜来说，这是一个漫长的夜晚。

清晨，带着鲁丝的年轻人回来了。她一直在哭，不知道谁给她的一块麦芽太妃糖粘在她蜷曲的黑发上。与此同时，整整一天，父亲却被反绑着双手被匪兵裹挟着尽快逃离政府军的地盘。一个匪兵显然对贝茜的一件粉红色的睡袍产生兴趣，套在自己衣服的外面。忍俊不禁的埃迪向强盗们解释这件袍子到底是干什么用的，这个匪兵听了后随即脱了下来。

埃迪逃离匪兵的控制回到家已经是两周多以后的事情了。太阳落山的时候，远处传来的一声巨大声响吸引了匪兵们的注意。负责看管埃迪的匪兵也跑去看热闹。随着夜幕渐渐降临，埃迪发现这是一个逃跑的机会。他看准了一个灌木丛生的堤坝，迅速跑过去并从上面跳了下去。但他随即发现堤坝的另一面是陡峭的山崖。他顺着山崖不停地向下滑落，最后终于幸运地被一棵小树的树杈卡住了。

将近半小时的时间，他听到匪兵们在四处搜寻他。更要命的是，慢慢升起的月亮的光芒即将将他的身影暴露无遗。他听到一个人走到离他很近的地方，倾听他的动静。随后号角吹响了，那个人走回到黑暗当中。最后，一个人从离他只有 20 码的地方钻了出来，最终离开了。

精疲力尽的父亲从树上解脱出来，慢慢地顺着山崖滑到谷底，听到了河流的声音。他不知道这里是什么地方，只好顺着河流的方向向前摸索。在凌晨的时候，他终于到达了一个村庄，并在村民的帮助下，回到了家里。

在这次被绑的九年前，他和他的伙伴古曼先生一起被土匪绑架过。那一次他们两人都逃了出来。另一次，他也被土匪抓住，他说服了土匪，如果放他走，政府军将不再追击他们。多年以后，父亲还曾经为其中的一个土匪头子和他的几个部下治疗过枪伤。

在云南和芝罘寄宿学校的生活

迈特卡夫的家族史

我是1927年10月23日出生在中国云南省的省会昆明的。我出生时，父亲正在翻译《圣经·使徒行传》的第六章，因此给我起名斯蒂芬。父亲于1879年3月3日出生于伯明翰。祖父是珠宝商人，父亲是他的第三个儿子。我祖母的娘家姓斯金纳尔。她的家族经营着一家杂货店。父亲的大哥约翰12岁时因麻疹致聋，后来他学习了会计，并拥有了自己的注册会计师事务所。二哥乔接管了家族业务，在伯明翰的新街火车站还经营着一家水果摊，直到二战爆发，他因劳累过度和压力过大而早逝。我姐姐鲁丝和我毕业后和他们生活在一起。三儿子乔治·埃德加·迈特卡夫是我父亲。最小的叔叔阿诺德后来加入了卫斯理公会。

一个周日的下午，年龄不到20岁的三兄弟在外出散步时听到了鲁克·维斯曼教士在一个露天集会上的公开布道。这个家庭原先基本上是浸礼会教徒，但当天的布道使三兄弟成为了忠实的伯明翰中心卫斯理（卫理）公会教徒，成为当地的传教士。耳聋的约翰更喜欢圣公会的祈祷仪式，他活得最长，一直到98岁才去世。当他59岁时，才有了人生中的第一个助听器和驾驶证。

我父亲总是被人称为埃迪。他先是做裁缝学徒，后来还在牛津开了自己的裁缝铺。即使来到中国以后，他依然自己裁剪，给自己做衣服。19、20世纪之交，英国的教会里盛传300名传教士在义和团起义中殉道以及中国基督徒备受迫害的传闻。埃迪被这些传教士的献身精神和中国亿万未接到福音民众的困苦所感动，因此他作出了一个让家人和朋友都大吃一惊的决定：向中国内地会申请去中国传教。博学的卢克·维斯曼教士起初很犹豫是否推荐他去中国传教，因为他觉得对他这个年轻的裁缝朋友来说，学习中文是一个不小的困难。当他就此问题询问埃迪时，埃迪回答道：“如果上帝召唤我们，他就一定会为我们准备好我们去做的工作的最好利器。”他引用了摩西在《出埃及记》第三章中说的话：“谁给他嘴？谁使他变成聋子或哑巴？不是上帝我吗？去吧，我会让你说话，并教会你说什么。”在当地的传教士培训课上，埃迪曾经很用功地学习希腊语、希伯来语和圣经课程。

经过中国内地会本土培训部的初步培训并在迈德美医院进行基本医疗学习后，他于 1906 年 9 月启程赴中国并全身心投入中文学习中。在他去中国之前圣迹显现。当他在伯明翰中心教会布道时，圣灵突现，人们跪倒在地，哭喊着祈求上帝的宽恕。几年后，同样的圣迹出现在中国西南部的大山里。父亲从上海入境后，径直去了位于南京的中国内地会语言学校。就在毕业之前，他语言学校的一个同学来到伯明翰，并拜访了卢克·维斯曼。维斯曼很关心埃迪的近况，就向这个人打听他的消息。这个人回答说：“不要为他担心，他跟澳大利亚人马修斯可有一比，正是风华正茂的时候呢。”马修斯后来编纂了《标准汉语词典》。

就在那时，中国西南地区紧急呼吁传教士到那里大批响应福音的少数民族部族中传教。在云南武定县，亚瑟·G. 尼科尔斯，一个来自阿德莱德的澳大利亚人，被七个部落争来抢去，分身乏术。尼科尔斯是接替英国卫斯理传教士山姆·波拉德开创的工作的。他先是在云南北部的昭通，后来转到贵州苗族部族中进行传教。中国内地会领导层指派埃迪去接替这一工作。

由于路途坎坷，他乘过船，骑过马，加上自己的两条腿，花了 9 个月时间才到达目的地。整个行程中，他都坚持学习中文并对碰到的每一个愿意听他讲话的人传播福音。

埃迪·迈特卡夫在部族中开始传教工作

埃迪一到云南就去了山区的部族中。亚瑟·尼科尔斯让他负责三个部族，即东傈僳、拉加和傣族。他对这些部族的语言都有所涉猎，但把毕生精力放在了傈僳语上。在最初的几年中，他与山姆·波拉德成为亲密战友，后者给予了他大力帮助并设计了波拉德字母，父亲将之融入到傈僳语之中。

波蒂尔斯和亚瑟·尼科尔斯也使用波拉德字母。父亲目睹了成千上万质朴、目不识丁的民众皈依了上帝。一开始，他把听到的每个词都记录下来，然后与汉语进行对照。因为当时汉语作为贸易语言，只有极少数傈僳人会说。

最初的皈依者中有一个聋哑男人，当他前来受洗时，父亲感到很犹豫，因为他也跟其他皈依者一样也不识字。但基督徒们很快就向父亲抗议，如果他还不够资格受洗，那么就没人够格了。因为在他身上发生了让人惊叹的转变，并且他比任何人都虔诚地规劝人们来参加宗教仪式。父亲问他们是怎么回事，他们回答说："是这样的，他到处劝说人们去教堂。他会指着太阳进行比划，意思是太阳已经七起七落了，我们该去听那个大鼻子白人讲圣经了。"这个人曾经酗酒、通奸、淫盗、诈骗，无恶不作，但自从成为基督徒后，就改邪归正，成为模范公民，工作努力，爱帮助别人。后来，在翻译了最初的赞美诗、教义问答和圣经片段后，他开始飞快地学习读写。父亲发现自己可以读唇语，这对父亲的思维产生了深远的影响。多年以后当我到日本的时候，它也影响到我对日本人的传教。我意识到，对那些几乎百分之百识字的日本人来说，事情并不像很多日本牧师预料的那样，要读懂经典日本圣经并不需要高深的学问。保罗在《哥林多前书》第二章中指出，只有那些心中有圣灵的人才能听懂圣灵说的话，其他人是不会听进去的。

在中国待了 11 年以后，埃迪仅有一次短暂的回国。那是在第一次世界大战期间，轮船必须要躲避德国的潜艇。当时船上载运的一只黑猩猩逃了出来，并爬到绳索上，在船上引起一片骚乱，后来饥饿终于迫使黑猩猩重新就范。回到云南几年之后，埃迪与澳大利亚来的年轻传教士贝茜·多奈莉相遇（她祖父在"土豆饥荒"时从北爱尔兰贝尔法斯特移民到澳大利亚，祖母则来自设得兰群岛）。他们于 1921 年 1 月 19 日在昆明结婚，正好是母亲 30 岁生日。父亲当时 41 岁，满头灰发。他们刚在滔谷村盖起自己的房子，就被土匪洗劫一空。经历过三次洗劫后，他们决定过简朴得不能再简朴的生活。

斯蒂芬·迈特卡夫的早期记忆

我最早的记忆中是那些遍布森林的崇山峻岭，闪映着成片的各种颜色的杜鹃花，宁静的夜晚不时传来几声狼嚎。没有自来水，没有电，也没有商店，只有每月一次的集市。我是全村唯一一个没有订婚的男孩。每个家庭都放着一口棺材，用来储存粮食。同样，每个家庭都有一块墓碑，以备不测之需（这些习俗一直保持到今天）。我在家说英语，跟朋友们用傈僳语交流，从没有觉得这有什么了不起的。每天，病人都在父亲的诊所前排队候诊，场面很悲惨，特别是那些麻风病患者。我有一个不好的嗜好，那就是喜欢看人拔牙。当然，当时没有麻醉药。尽管父亲很忙，但每天诊所开门前，全家人都要聚在一起，虽然我年龄很小，但也要跟着大人一起读圣经，做祈祷，感谢上帝赐予我们新的一天。

父亲总是独自一人，骑着他那匹矬马，翻山越岭，走村串户布讲福音。总有一些傈僳村落他没有到过，这些村落也就成为他布道的重点。他一直不间断地翻译圣经，撰写赞美诗。唱诗的时候，他负责演奏六角手风琴和小号。他成立了一家学校，教人们读写傈僳语（波拉德字母）以及汉语。后来他成立了一家圣经学校，教授当地那些福音传教士和牧师。后期他找了一些年轻的传教士做助手，但在最初的 12 年里，基本上靠自己。

我五岁那年，有一天，我从梯田上往下跳，落在了一块石板上，摔断了胳膊。此后一周，我都是靠人用篮子背着我行路。我在昆明的卫理公会医院治好了胳膊。我很少有机会到省会昆明，路上，我们不时停下来拜访其他传教士家庭，偶尔也有人会来看我们。我印象最深的两个访客是弗雷泽和吉布先生。传教士过的是一种与世隔绝的生活，但当时我还是一个孩子，没觉得有什么不同。从那时起，我开始意识到，对孩子来说，命运带给他们什么，他们就接受什么。

姐姐鲁丝比我大四岁，七岁起便离家去了寄宿学校，每年到圣诞节才能回家一次。圣诞节不仅是我们一个小家的重要日子，也是全体傈僳族基督徒的盛大节日。他们会从四面八方赶来，大约两千个人聚在一起，歌唱、祈祷、见证上帝改变他们命运的力量。我特别喜欢看那些丰富多彩的祭品，有活鸡、活羊、活猪，都拴在教堂的前面。我记得，一伙一伙的人围坐在火堆旁，和谐地唱着赞美诗和颂歌，一直到深夜，回音在崇山峻岭中激荡。三十年前，这儿的人们还在迷信的鬼舞中醉酒狂欢，但救世主降临，把这些人变成了上帝的子民，集会庆祝圣诞节、复活节、感恩节这些基督徒的盛大节日。

我不惧怕魔鬼

我童年中的大部分时光是在与伙伴们的玩耍中度过的，有时我会与他们一起到山坡上放羊。羊奶、黄油和奶酪是我们的主食，我们自己种蔬菜，母亲为我们烤面包。每天我会光顾那条作为全村水源地的溪流，水出自一孔小泉，村民们将其导入村里，满足六十余户村民的用水需要。傍晚我们经常顺着溪流抵达它在山上的源头，采摘美丽的野花。

云南属于亚热带，但因为海拔很高，大约有 7000 英尺，四季如春。遍布森林的山坡非常幽静，有一天傍晚，当我们回家的时候，夜幕开始降临，我说我很害怕黑暗和隐藏在暗影中的恶魔。父亲听了后非常生气，他说上帝用爱统治着这个世界，而撒旦用恐惧和迷信统治着人们的心灵。父亲之所以会发这么大的火，是因为他当初刚到云南的时候，那些淳朴山民的生活还是由恐怖迷信所驱动，那些还没有成为基督徒的人们仍然生活在对鬼怪的恐惧之中，父亲认为我受到了他们的影响而感到生气。回家的路上我们反复吟唱第 23 段圣歌：“尽管我们穿过死亡之谷，但不怕任何魔鬼。”

离家上寄宿学校

到我七岁的时候，全家收拾起行囊。父母先是长途跋涉，把我送到了寄宿学校，然后他们自行回到了英国，在经过 11 年的辛劳之后，终于开始了应得的休假。首先我们到达了昆明，英国在这个偏远的城市里设有一个领事处。中国内地会在这里有一个小小的周转站，大约有十间客房，每天晚上我们都住在一个烟熏火燎的小客栈里。我们从这儿坐了三天的蒸汽火车到达海防港（现属越南）。每天晚上，火车都会停靠，我们入住一家法国旅馆，第二天早上再上火车。在海防，基督教宣道会给予我们热烈的欢迎，提供食宿，直到我们踏上去香港的轮船。

这种 1000 吨左右的小船对一个在山野中成长起来的小孩具有巨大的吸引力。整整三天，不用看别的，光是盯着大海就让我感到不可思议了。船尾翻起的浪花和夜晚闪烁的波光同样让我着迷。船开进香港港，更让我目不暇接，来自全世界的轮船上飘着各种各样的旗帜，还有驱逐舰和巡洋舰，在这个华丽的港湾中往来如梭。随后的几天中，我们住在一个基督教会馆中，等待去上海的轮船。

接下来乘“威尔第公爵”号意大利班轮旅行的经历是多么不同啊。对我来说，这是一个浮动的宫殿，上面有无数的甲板和迷宫一样的走廊和楼梯。我们住的是底层的一个小经济舱，就像这个浮动城市里的一个藏宝窟。早上起航前，父亲带我乘缆车到位于香港峰顶的玛蒂尔达医院拜访朋友。近在咫尺的船来船往的香港码头全景和闪耀着白色光影的“威尔第公爵”号，至今仍深印在我的脑海中。

多年以后，我儿子就住在香港峰顶上，我们去看望他的时候，看到下面已矗立起几十座摩天大楼，那些早期记忆又一下子浮现出来。

我们返回的时候，轮船已经开始起锚，最后一个板桥正在收起，我们差一点错过登船。母亲无意中搞错了起航时间。巨大的汽笛声发出起锚的信号，父亲从底层甲板上探出身来，焦急地示意，母亲不得不跳过去，而我则被一个水手接了过去，这一幕至今仍历历在目。

接下来的两天里，我体验了迄今为止未曾经历过的奢华。在一个巨大的餐厅里，伴随着管弦乐队的音乐，与同船的人一起享用丰盛的美食。在海上航行了两天后，巨轮在上海停靠了，我们去中国内地会总部待了几周时间。这对我来说又是一次全新的经历，第一次去看牙医，第一次吃麝香葡萄和爱斯基摩雪糕。实际上几乎所有东西我都是第一次见到，不管是电梯还是有轨电车，甚至是公共汽车，当然人力车仍然是最廉价的交通工具。登上一艘小船，又航行了三天，我们终于到达位于山东半岛的目的地芝罘港（烟台）。我们高兴地与姐姐鲁丝团聚了。接下来的六周里，我们寄居在中国内地会的会馆里，我开始上学了。

因为父母要回英国休一年的假，我依依不舍地与他们告别。父母身体都很差，需要手术和治疗。母亲曾经被一根低垂的树枝从马背上扫下来，导致她日后得了上脊椎关节炎。父亲还在英国的时候，因为伤口爬满蛆虫而切除了大块组织。当他们爬上人力车，缓缓消失在赶往轮船的路上的时候，我还没有意识到，要与他们分开达一年之久。这是我第一次离开父母，以后还有许多次，但每次都感到无比难过。从那时起，我开始每周写一次信，只要我们不在一起，父母总是按时写信。1942 年我进入日本集中营的时候，我和一个朋友为了生火而将六年中收到的 350 封信付之一炬。

第一次在外过圣诞节以及海盗

在学校的第一年里有两件事我记忆特别深刻。第一件事是关于旧预科学校楼的，这个楼破旧不堪，后来被一个现代化新楼所取代。我们这些孩子必须把所有东西都搬到新楼里去，这是一件既辛苦又不乏乐趣的差事。旧楼就矗立在一个小山丘上，从那里可以看到沙滩和不断有轮船进出的港湾。新楼在海岸线后面，从我们楼上的宿舍窗户里，可以直接欣赏海湾的美景。

第二件事发生在寒假，当时百分之九十的学生都回家了，只留下我们几个人。这件事让那个圣诞节永生难忘。我仍记得寒假里下雪的时候我们玩雪橇的情景。但这些记忆与寒假结束时回来的同学向我们讲述遭遇海盗的经历相比，就黯然失色了。他们的轮船被扣押并重新上漆，英国海军展开地毯式搜索，试图搜寻他们的船只。这件事成为全世界的新闻头条！最后他们在离香港不远的一座小岛附近被找到。那些中国海盗声称船上载有铸币厂新印刷的大批钞票，但这些钞票还没有经过批注，一点用都没有。手中有200个外国孩子做人质，那些中国海盗获得的赎金超出他们的预料，当英国海军靠近时，他们就仓皇而逃。我的同学回到学校后，向我们大肆吹嘘，他们如何勇敢、如何躲避子弹等。这些不幸的孩子不仅被海盗劫持，还逃了三周的课，毫无疑问地成为学校里的英雄。

与寄宿学校达成协议

我对寄宿学校是“既爱又恨”，虽然大部分时间我都过得很愉快。不幸的是，我学习不好，唯一记得得过的评语是“他总体上不错”。我的心思总是在那些遥远的大山上，我的傈僳朋友和傈僳民众构成了我的世界。现在再没有人在我身边说傈僳话、唱傈僳歌谣。然后我又怀念自己的父母，他们在哪儿呢？没有他们在身边，我感到很孤独。星期天我会穿上最好的衣服，与姐姐一起加入长长的队伍，步行几英里去教堂。我脑中时常浮现的是教堂本身，没有几个牧师能够与我们孩子进行沟通。回想起来，与姐姐每周一次去教堂以及每天一块吃午饭，让我们更加亲密，加强了家庭纽带。每周我们都收到家里的两封信，因为父亲与母亲轮流写。母亲想象力丰富，信写得文采斐然。他们写的信从英国到这里，需要一个月甚至多一些的时间。想一想，当他们回到中国后的那几年里，收发信件都要由邮递员走一整天从滔谷送到离元谋县城最近的邮局，然后再邮寄，简直有点不可思议。有好几次，他们得了重症伤寒、斑疹伤寒或登革热，只有当他们度过危险期，开始康复时才能给我们消息。

博斯哈茨先生被释放　父亲摔断腿

1935年，阿尔弗雷德·博斯哈茨先生终于被共产党军队从“长征”中释放。当时他被留在离昆明不远的富民县，病情危重，父亲和波蒂尔斯先生合力找到了他，《束缚之手》这本书讲述的就是这个故事。学校是从母亲长达 6 页的信中最早了解了这件事的详细情况的。这封信在学校里被动情地阅读以后，我又将其拿给黑曼一家看。黑曼先生是与博斯哈茨先生一起被劫持的，但比后者提前六个月释放，正从严酷的经历中逐渐恢复过来。他们都呆在旧预科学校里，与他们的父亲相聚。我曾经得过疟疾，身体反复地发烧发冷，而当时治疗疟疾的奎宁片是我记忆中吃过的最苦的药。

在 1938 年的一封长信中，母亲告诉我，父亲去傈僳村寨给村民讲授圣经，回来的路上路过一个陡峭崎岖的山坡，从马上跌了下来，脚被别在马镫上。他不光摔得厉害，还把马带倒压在了自己身上，剧痛中他意识到自己两处腿骨骨折，脚踝骨裂并脱臼。他边祈祷边以非凡的毅力自己将踝骨归位，然后就不省人事了。当他醒来时，发现一个傈僳路人站在旁边，不知道该怎么办——这一带很多人都认识父亲。父亲让这个人用绷带和树枝把自己的腿固定，然后这个人把父亲横挂在马背上，自己托着父亲的腿往回赶。当他们费力地爬上一个去滔谷路上的小山头时，碰到了几个男人，其中一个跑到山中去求救，叫来了一帮身强力壮的人抬着父亲回到滔谷村。母亲给他吃了几片止痛药后，好歹把他安顿到了床上。十天后，人们用担架抬着父亲翻山越岭，走了五天才到达昆明的卫理公会医院，治好了他的腿。我们回家过圣诞节的时候，他还拄着拐杖一瘸一拐地走，他的腿骨还被接歪了。后来一个专科医生从美国过来，不得不把他的腿弄断后重新接上。他奇迹般地康复了，只是稍微有一点跛，不幸的是在下山时把足踝中安装的弹簧给弄丢了。

父亲的圣经翻译工作

父亲觉得这个事故是上帝给他的启示，要他改变自己的生活。因为他当时即将迈入 60 岁门槛，于是决定不再走村串户，而是全身心地投入到翻译圣经和其他讲义的工作中去。做这些工作，他总是一丝不苟，每个细节都要仔细琢磨。他曾经花几年时间苦苦寻找“荣耀”这个词的傈僳语翻译，为此他做了很多祈祷，终于有一天傍晚，当他与一些傈僳同事站在一起观赏夕阳的时候，一个同事用了一个富有诗意的词“天上的黄金”来形容夕阳的壮美。父亲马上意识到他终于找到“荣耀”的译语了，这个词含有光明、美丽、天空、黄金的意思。圣诗第一节中写到：“诸天宣示上帝的荣耀”，正如他后来所说，“如果让上帝来选择，他也会选这个词的”。他费尽思索的另一个词是“paraclete”。有一天，他无意中听到一位女士说：“我祖母去世了，而我要去帮助女儿……更好地渡过难关。”这明显就是“paraclete”的意思。1951年他与一些教堂负责人共事时，完成了手稿，他们复制了一份，以防丢失。在离开中国的路上，有好几次手稿被收走，但每次都还给了他。因此他把手稿奇迹般地带到了香港，并印刷出版了。他向中国和缅甸邮寄了几十本，但没有一本能够抵达目的地。在多年的动荡中，备份的那本丢失了。1999年，姐姐鲁丝把父亲的那本交给艾琳·内维尔带到了中国。父亲在上面做了多处注解和修改，这也是除一些大图书馆收藏的几本之外唯一的一本。

父母每周一次的来信让我们持续不断地了解外面发生的事，这些信我们通常是读了又读。中国北方没有热带病的困扰，夏天我们撑起蚊帐。我们还戴一种叫做“霍乱带”的法兰绒肚带，防止“闹肚子”。

日本侵略中国

在学校，我利用空闲时间从事各种体育运动，挽回一点因学业不好而丧失的自信。1938年9月上高中时，我生命中的一次巨大转变发生了。同年，日本占领了芝罘。就在前一年，日本发动了对中国的侵略。对我们来说幸运的是，那些中国富人贿赂了国民党政府的军队，让他们撤退了，日本军队兵不血刃就进驻了芝罘。我仍记得当天学校正在举行越野赛，我角逐第二名，还剩最后半英里时，遇到了进占城市的一小队一小队的日本兵。

对我们来说，生活在日本占领前后的中国并没有什么两样。从东北、朝鲜和其他冲突地区学校来的学生向我们讲述可怕的大屠杀及牧师被关押、折磨的故事。另一个复杂因素是，国民党政府军正与共产党军队进行内战。即便如此，也会有零星的战斗发生。这些通常都在晚上，当地的游击队会下山攻击日本人。我同情大多数中国人，他们恨日本人，但还要尽量与日本人共处。他们很清楚，抵抗只会招致更残忍的报复。但是那几年我基本上过着波澜不惊的平常日子。

回家过圣诞节

回家过圣诞节的旅途颇为有趣。我们于学期结束前离校，共十五人左右，包括几个年龄很小的孩子。第一段旅程是三天的沿岸航行，中途停了两站后抵达上海。在上海中国内地会总部住了几个晚上后，登上另一艘海岸货船，同样经停几个港口装货。我清楚地记得那些捆在篓子里的猪被绑上甲板或扔进船舱时发出的尖锐的叫声。路上死亡的猪被扔进海里，那时候还不太讲究动物权利。到香港后，我们住在基督教会馆里，晚上照例是阅读和祈祷。带头祈祷的那位先生与科尔文·斯密斯家的孩子交谈后，开始虔诚地为仍在法属印度支那（今越南）“阿莫尼特人”中工作的史密斯夫妇祈祷，而实际上那些应该是“安南人”。这个乌龙引起孩子们一阵压抑不住的咯咯笑声。

我们一到九龙，就沿内森路去了一家奶牛场，用珍贵的零花钱买了一个巧克力脆皮雪糕。这在其他地方是听都没听过的奢侈享受。大约一天后，我们登上了“广东”号。这是一艘只有700吨的法国小船，沿南中国海航行，中途停靠几个港口卸货。

在北海，恐怖的日本飞机从我们的头顶飞过，向所有的中国渔船开火。慌乱的中国渔民四处乱窜，不知道有多少人死掉。这幕惨剧就发生在离我们船停靠处200码的地方，这也是我唯一一次亲身经历那场持续了八年的战争。

我们在船上尽情享用五星级美食，永不满足的胃口让那些法国厨师非常高兴。母亲经常回忆她是如何劝诫鲁丝的：“你既然已经吃过煎鸡蛋了，就不要再点炒鸡蛋了。”鲁丝回答：“没事妈妈，菜单上有鸡蛋，你只需让侍者送过来就行。”我们经常在甲板上跑来跑去玩捉迷藏。有一次，我们两个挤到一个救生艇和板条箱的后面，几根板条凹了进去，露出整箱的热带水果。我们立即开始往外掏水果，突然桅杆上的一个水手发现了我们，大喊起来。我们只好将水果原封未动地交回。此后几年中我们都对这件事津津乐道，原来一直都有人在上面监视着我们的一举一动！

在河内的苦难生活及上帝如何回应我们的祈祷

我们终于抵达法属印度支那（越南）的海丰港，库尔文・史密斯夫妇在那里等候他们的三个孩子并将在路上帮助我们。我们继续乘火车去河内，办理去中国的签证。当我们沿海丰大道行驶时，突然司机猛踩刹车，差一点撞上一个过街的妇女。这些迷信的人们相信，如果他们能安全通过，附在他们身上的恶灵就会被碾死。最后，我们终于在午夜时分赶到河内，来到“宏大宾馆”门前，却被告知没有房间了。我们只能坐在行李箱上，露宿街头，没其他地方可去。护送我们的云南中国内地会护士黛西・肯普小姐进退两难。虽然我们年龄小，但也只好求诸祈祷了。就在那时，一位曾与我们同船的贵妇人也来这个宾馆投宿，看到我们后吃惊地说：“这不是我们同船的孩子们吗？这么晚了你们在街上干什么？”我们把自己的窘境告诉了她，她走进宾馆，与女经理交谈了起来。当时，前厅里坐着几个男人，她走上前去，问他们谁能把自己的房间让出来，给这帮孩子们。这些富人中有几个让出了自己的房间，经理也迅速地拿来铺盖，在靠近后门的大厅里搭起了床铺。第二天，她把我们都安排进了副楼中。

后来我们冒着酷暑，沿河内的街道寻找中国领馆，办理去中国的签证。这时，我和姐姐突然看到了圣经公会的商店门脸。我们曾经到过那里，这里的中国圣经公会的代表能够为肯普小姐充当汉语翻译。此前，她只能靠几个大一些的女孩帮助，用学校里学过的法语进行交流。因为日本正与中国开战，又过了两天，我们才得到去中国的签证。我们必须在河内再待两个晚上，宾馆经理让我们为那些会说英语的客人举行一场音乐会。具体演了什么我都忘记了，只记得自己充当舞台经理，留下了一口袋的钥匙，后来不得不从昆明寄回宾馆！肯普小姐仍面临宾馆付账的问题，她不得不从我们宝贵的零花钱中支付。宾馆经理慷慨地将账单一撕为二，只要我们支付副楼的费用。我们的零花钱刚够支付这笔费用。圣经公会的那位先生借给我们钱购买火车票。我们必须在拂晓起床，去赶火车，可到了车站一数人数，发现少了一个人。于是派两个人跑回宾馆，原来乔·库克又钻回被窝，睡得正香呢。听起来有点不可思议，火车一直等到我们回来才发车。第二天中午，有三位父亲在半路上接到我们，又过了几个小时才到达昆明站，从而结束了那次终生难忘的旅行。

在滔谷过简朴的圣诞节

第二天早上，我们不得不打起包裹，雇了马匹和行李工，踏上了为期五天的回家之旅。道路并不平坦，必须要跋涉陡峭的山间小路，涉水渡过多条河溪。在家里度过两周的黄金时光后，我们又必须踏上返校的寂寞旅途。傈僳朋友送我们的礼物装满了行李，其中有一家前一天还送给我们带蜂巢的新鲜蜂蜜。母亲把蜂蜜放在坛子里，但到昆明以后，担心坛子会打破，玷污其他贵重物品，就把它送给了中国内地会馆舍的管家。我们两个非常伤心，因为这件礼物是送给我们的。我们返校后，接到家里的第一封信，母亲用了大半篇幅讲述她如何为把蜂蜜送给别人感到心痛，而我们对这件事的伤心早就因为与亲人分别而淡忘了。我仍记得在海丰、香港和上海，站在甲板上眼泪汪汪地与朋友们向他们的父母挥手告别的情景。这些别离场景总是令我非常感动。那一年是1938年初，我没有意识到，整整过了7年，我才再次见到父亲，8年之后才见到姐姐。

耳朵疼痛及跖骨骨折

寄宿学校里什么事情都会发生。暑假中，我因为发烧和耳朵剧痛，在医务室里躺了三周。最后，我住进了学校医院，医生给我用了麻醉后进行了手术。醒来后，我发现自己头上缠着巨大的绷带，枕头和床单上浸透了恶臭的脓液，此后三天一直如此。之后，我在由于降雨而浑浊的海水中潜水时都非常小心。我很自然地喜欢上了潜水和体操，几年后两个项目都在学校里获奖。有一年，在体操表演的前一天晚上，我在卧室里床头杆上炫耀自己的手倒立，不小心摔了下来，脚摔到床另一头的梯级上，造成了一块跖骨骨折，疼得我一晚上没睡着觉，并且接下来的7周内，无法参加任何体育活动。后来，我习惯了拐杖，以至能够在上面做手倒立，并能拄着拐杖双脚离地跳跃。

被困排水管

我另一件可怕的经历是这样的：有一天，我入学以来的密友布赖恩·汤普森带我来到一个10英寸宽、18英寸深的排雨管，并立即带头钻了进去，我随着他腹部贴地爬进去。大约爬了10米后，他夹在里面动弹不得，我抓住他的脚把他拽了出来。我们出来后来到操场的中央，发现一个污水井盖，就设法把井盖移开，探头进去看到排水沟的出口。他比我高大得多，就怂恿我试着从里面穿过去，我于是爬了进去，直到看到前面出口透进来的亮光，就回头叫他，但随后就被夹住了，前后动弹不得，心里开始慌乱起来。过了对我来说就像是永恒的一段时间，我终于试着一点点移动，在别人的帮助下，费了九牛二虎之力退出了排水管，浑身不住地颤抖。周围观看的一群孩子看到我重新出来长舒了一口气。令人不可思议的是，五十年后的今天，当我几乎忘记了这件事的时候，困在排水管里的那些紧张时刻又突然闪现在我的脑海里。特别是在我退休以后的这几年里，头脑中总会不时闪现这些经历。布莱恩总是这样冒冒失失，胆大包天，比如在实验室里，老师说这东西有毒，他一定会去品尝一下。许多年以后，当我们被关进日本集中营，他曾经跳起来去摸一根裸露的探照灯电线。通常白天电源会被切断，但另一个曾经触过电的男孩警告我们说，电线还有电。当时正在下雨，他赤着脚，伸手抓住了电线。电流通过了他僵直的身体，他的生命就在我们面前一点点消失，而我跟其他孩子都吓得目瞪口呆，不知道该怎么办。当时他只有 16 岁。随后日本人进行了调查询问，宣称这是一个 16 岁男孩典型的自杀行为。多年以后我在日本意识到，对日本人来说做出这样的结论对他们有利，但当时却令我们感到无比气愤。

被困塔中

一个冬天周日的下午，我们七个人去爬山。当时天气非常冷，我们必须通过不停地走来驱寒。我们先在一个采石场里用大石头砸了一会儿冰，然后爬上山来到一座小塔中。塔中没有梯级，但人们在塔壁上凿出了粗糙的坑缝，用于手脚攀爬。要想爬上十四英尺多的高度，非常危险，但我们还是互相帮着爬到了塔顶。

塔上寒风呼啸刺骨，我们很快便忘记了欣赏美景，而是琢磨着如何下去避开这寒风。我们先让最高的孩子下去，然后再帮别人。但不幸的是，他的手已经被冻僵了，没法下去。我们两个人好歹下来了，但其他人被困在上面，尽管我们将上衣结成绳索也无济于事。最后，他们让我们回去叫人帮忙。我们急匆匆地赶回离此大约有六英里远的学校。离塔已经很远了，我们听到伙伴们渐弱地呼喊“带厕所的梯子来！”

梯子是放在那儿用来维修水箱的。当我们赶到学校时，立即跑到厕所，正好碰到一个爱开玩笑的青年从里面出来，嘴里哼着一首圣歌的曲调“上帝，我试了毁坏的水箱，但没有水”。他告诉我们梯子不见了。于是我们找到当值的老师，他找到了一条绳子，随我们去救那些他称作“可悲的罪犯”的那些孩子。跟我一起回来的伙伴说他太累了，无法再赶回去，就留下了。而我别无选择，只能踉踉跄跄地跟在魁梧的教师后面去营救。

当我们终于到达小塔时，塔上早已了无声息。他们显然已经下来了，跟我们在路上错过了。最后我们筋疲力尽地快到学校的时候，终于在前面看到了他们。原来一个中国农民听到了他们的呼救声，用耙子救他们脱了困。在这件事情中，我一直把自己看做英雄，直到老师让我们每人写一篇 200 个词的作文作为对我们莽干的惩罚时才作罢。

唱诗班男孩

我一上中学就开始上钢琴课，但三个月后就因为没有表现出音乐天赋而终止。我还加入唱诗班，唱童声高音。就在我变声之前，唱诗班排演了《施特莱纳受难记》。我很快就记熟了所有的歌词。当时我还没有意识到这会在我精神和宗教生活方面产生多么深刻的影响。某些歌词成为我一直所珍视的激情和信仰来源的基石。萦绕在心中的词句“你难道不能与我共同守护短暂的一小时吗？”已经下意识地提升了今后多年的传教生活。

姐姐毕业后赴澳大利亚

1941 年夏天，多病的母亲不远万里从云南来看姐姐毕业并送她远行。欧洲战争爆发后，生活在英国变得十分困难，父母决定把鲁丝和她的朋友贝蒂·尼克尔斯送到澳大利亚南部阿德莱德的朋友那里。母亲虽然来自阿德莱德，但那儿已经没有亲属能够照顾鲁丝，而她的密友鲁丝·哈特利说她可以照顾鲁丝。第一次世界大战中，鲁丝·哈特利曾经感到赴中国传教的召唤，但因为身体原因没有成行。她母亲决定先是资助我母亲，后是资助贝丝·多奈丽到安格斯学院学习，还资助我母亲传教。在中国期间，哈特利一家一直为我母亲提供资助。结果我姐姐和贝蒂在阿德莱德接受了四年的护士培训。她和贝蒂是在日本进攻之前乘坐最后一班船离开马尼拉的。这件事极大地影响了我对引导的思考。《箴言》第十六章第九篇讲到：“人们在心中计划自己的航线，但上帝决定他们的步伐。”父母计划让我们将来回到英国，但战争改变了一切。母亲和尼克尔斯夫人回到云南，等待我的毕业，同时观察欧洲战局演变。另一方面，日本人已经占领了中国沿海的大部分地区，并正觊觎着荷属印度尼西亚和香港。所有中国日占区银行的外国资产都被冻结。仅仅由于英国在欧洲战争中的全力以赴，才阻止他们在远东采取行动。

在潍县集中营

对日战争爆发

12 月 8 日，日本对珍珠港毁灭性的偷袭将远东拖入了可怕的战争中，同时也彻底改变了我未来的生活。转瞬之间，学校大门口立起障碍，我们被软禁在家。我们的校长和一些外国商人被单独拘禁，被怀疑为间谍接受讯问。几周之后，大部分人都被放回家，只有商会会长痛苦地死于慢性毒药，这是照料他的中国医生透露的消息。他的骨灰被送回到妻子那里。这是日本宪警（臭名昭著的宪兵队）在中国实施的令人发指的暴行中的一件。占领我们的学校建筑并囚禁我们的计划已经制定出来。或许最令人震惊的消息是日本海军军官要求寄宿学校的所有高年级女孩都要被征用作为日本海军的“慰安妇”。学校校长和在场的人们整天对他们进行抗议，直到他们说会再考虑一下这个决定后离开。一个可悲的结局是，日本军队在朝鲜的抓壮丁部队四处出动强征年轻的朝鲜和中国女孩来满足他们的兽欲。这种暴行早已在日本殖民地中实施。所有的朝鲜人都说日语。几个月后，我们都被赶进了集中营。

囚　禁

我们十三个人像沙丁鱼一样挤着睡在一个阁楼房间里，一个男孩有肺病，我们被告知要离他远一点。在男孩中间，我属于比较健康强壮的，但也没多久就得了甲肝，更普通的名字是黄疸肝炎。我浑身发黄，没有食欲，整天躺在床上，心情沮丧到了极点。后来我慢慢地恢复到原来的健康水平。

疾病导致信仰

几个月后，我又病倒了。这一次是整天高烧不退，医生无法诊断出病因，也很着急。一天早上点名后，日本集中营指挥官与医生一块到我们的阁楼上来看我。小阪是一位真正的绅士，真诚关心他的犯人。他与医生一起到附近的市医院搞到了一些磺胺药。这些药有奇效，我很快就开始恢复，虽然身体还是异常虚弱。大约一周后，我仍然躺在床上慢慢恢复，到此为止，我已经在床上躺了十天了。而在这期间，其他人都像平时一样在别处学习。我整天独自一人在床上躺着，其他孩子只是晚上才回来睡觉。在无聊中，我偷偷地找出约翰的口琴，吹奏了几首曲子。他严厉地警告我以后再不要碰他的口琴。我的口琴在来到集中营时弄丢了。当时我不知道约翰得了肺结核，并被警告传染性很强。突然一种极大的负罪感向我袭来，我为自己的罪而陷入极度悲伤，泪流满面。我哭啊、哭啊，不能自已。最后，我向上帝哭喊，祈求他的原谅和救赎。不可思议的事发生了，我的心中充满了安宁和喜悦。我开始称颂、感谢上帝对我的怜悯。我一定是疲惫之极沉睡过去，因为当我醒来时，我的朋友斯坦站在我的床边。我生病后，他一直照料着我。他看着我问："你还好吗？"我回答："好！非常好！我被拯救了！上帝不仅治愈了我，还原谅了我的罪。"从他震惊的表情我可以看出，他没有想到我会这样回答。接下来发生了什么我已经不记得了，但结果是斯坦也开始了信仰。突然之间，我们开始尽情地谈论心灵方面的问题，接下来的周日，学校要求我们在早课中来证实上帝的救赎。

在接下来的几周中，集中营内掀起了一股新精神生活的浪潮。我想我们作为传教士的父母也为发生在他们孩子身上的事而感到震惊，因为每周一次的来信和消息都变得干巴巴的。正如《箴言》中所说，"推迟的希望使心灵染病！"这导致中国的另一边和国外一股祈祷的浪潮。上帝用精神赐福回答了他们的祈祷。英国使馆向学校保证，一旦战争爆发，将把学校里的所有人送回国。美国人就这样回国了。但当撤侨的轮船抵达上海时，瑞士红十字会用尽各种借口向他们解释有许多老弱病残和急需回国的人。因此许多富人和有影响的人设法先回去了，却让我们等待下一艘轮船。但下一艘轮船一直没有等到！战争结束后，我们了解到他们的轮船被鱼雷击沉，而船上的美国人却获救了。

心灵开始成长

所有做出信仰声明的人都开始浸礼课程，通常是南部浸礼会的格拉斯博士为我们授课。因为我们突然被转移到潍县集中营，格拉斯博士也被送回美国，我一直等到 10 年以后才受洗。在这段时间的心灵成长过程中，我可以从许多传教士那儿借书来看，他们把自己最钟爱的传记带进了集中营。我读过 D.L. 穆迪、亨利・穆尔、查尔斯・芬尼、哈德森・泰勒、约翰・佩顿、缅甸的阿道尼拉姆・扎德森以及救世军中的布斯和布伦盖尔将军等人的传记。每本书都对我产生了深刻的影响。我通常会到一个堆满包裹和家具的地下室来远离众人进行祈祷，寻求这些人自己所经历的或听到的上帝的赐福。有一天，当我读 F.B. 梅尔写的一些东西，上面写道："上帝希望他的孩子们忠诚地向他祈求并相信上帝会听到他们的祈求。"至于上帝什么时候、以何种方式回答你的祈求取决于上帝。我意识到，上帝已经将他的智慧灌输给了我，是我心中的圣灵给予我心灵饥渴。每当做完祈祷并读完圣经的一章后，我会坐下来一篇一篇地写出自己的心得，能够做到这一点连我自己都感到惊讶。我读的书包括《马可福音》、《腓立比书》、《约伯记》、《以斯帖记》等。我通常会温习这些笔记并不断进行添加，但除圣经注解外，我从来没有勇气将它们拿出来与别人分享。

转移到潍县集中营

此后我们就得知要被转移到一个新的集中营，大部分中国北方的侨民都已经被关在那里。我有一个旧储物箱，把自认为重要的东西都放在里面。真正有点价值的是我收集的邮票，包括 500 张中国邮票和 300 张其他邮票，但在进入集中营前都被我卖了。我用卖邮票所得的钱买了一些糖精，因为当时糖已经非常短缺。来了一些军用卡车把我们和行李送到码头，在那儿我们坐上一条小型轮船驶向下一个目的地。船离港不久，一艘小船追上我们，为我们送来了面包。原来这是一直为我们学校和集中营供应面包的面包师为我们送来了最后一批面包。幸亏有他送来的面包我们才不至于在船上挨饿。这是上帝一直在关照着我们的又一力证，他为我们送来了食物。

我们登上的是一条小型近岸渡船，在船上我们躺成一长排，互相拥挤着，经过一夜的航程到达青岛。多年以后我在日本的时候，曾经多次乘过这种小渡船，也是与其他人拥挤着躺在草垫上。抵达码头后，几辆客车将我们接到火车站，我们又被装进一列火车，经过半天的路程抵达潍县（现在的潍坊）。然后我们又坐上几辆卡车，沿着异常崎岖的道路出城，来到一个大门上写有“乐道院”中国字的地方。里面路边站着已经到达的难友，猜测着这一批不幸的人的身份。这就是今后几年我将在其中生活的监狱，原先是美国长老会在中国建立的高中和医院，经过战争的洗劫，现在又被改造成了一个集中营，来自各地的两千名侨民被关在这里。高墙和电网把我们围禁在这个 150 英尺长、100 英尺宽的地方。

在集中营里当厨师的苦差

接下来的几天是熟悉环境，我几乎马上得到了一份轮流抽水一小时的工作。集中营里的工程师设计了两座水塔，人们先排成班，整天不停地用手动泵将水抽到水塔上面的水池中。后来我又在厨房里帮工，干一天，歇两天。早上六点上班，晚上七点下班，每班六个人。我们的头儿是一个鄙吝的美国商人，只关心自己的利益。他有备餐间的钥匙，我过了一段时间才发现他经常偷我们的配餐，与他的朋友分食，而他的朋友也将他们的“特供”拿来与他分享。这儿都管偷叫做“找食”。因为我出身传教士家庭，看不惯这种卑鄙行为，但随着时间的推移，我的良心逐渐被整个集中营的这种氛围所蒙蔽。与我同班的一个非常好的朋友经常讨论伦理道德，一些人不顾他人困境而为所欲为。我是单身，没有小孩拖累，不像其他人压力那么大。因为厨房工作又脏又累，食物也越来越少，一直在这样的环境中生活，当我们重获自由后，得到一点点东西就让我们欣喜若狂。

在集中营里的最初几年中，我们还能得到大豆、其他豆类以及小米和高粱。我们先是将高粱磨成面，煮熟以后样子很像巧克力，但一点滋味都没有。如果不磨，要煮48小时才能吃。有时也来一点肉，夏天通常是立即把它煮熟，以防腐烂。蔬菜一般是大量供应，我们必须想办法进行保鲜。对于成堆的黄瓜，我们通常是生吃，很多人因此患上痢疾。多年以后我才知道日本人是把它们腌成咸菜吃。有时红薯很多，人们会把红薯皮蒸煮蒸馏后做成酒。中国茶，我们通常是煮了又煮，直到完全没有味道。我们用浅浅的大锅做饭，用长木铲搅拌。取暖用煤粉，和上泥用，当然非常脏。夏天我们通常把它晒成蛋糕状煤饼。要点着这种煤饼，需要长时间小心翼翼的引火。侨民们自己建造了面包房，自己制作酵母。面是用掺杂的小麦在石磨上磨成的，对我们来说这简直是美味。我们很快就习惯了吃这种面包，甚至不用在上面抹东西。但每天一两片干面包根本不够吃。我们从来没有糖、鸡蛋或牛奶。在厨房里，我们总是烧大量的开水，吃任何食物都要喝。这是用“食物”满足六百张嘴的唯一的方式。当我们分发完食物，就只能加点热水来维持下去。

两个人逃走及其后果

集中营里有两个人逃走加入了鲁中山区的国民党游击队，后来他们搞到了一部无线电，向营内传递消息。一个中国掏粪工曾经在营里看管大门并为日本卫兵带来供应。他会将写在绢上的消息藏在鼻孔里，到达指定地点后，再把绢擤到排水沟里，接应的人会捡起来。消息通常会以“今日谣言”的名义向我们传达，并钉在消息板上。不时会有日本人的宣传报纸送进来，虽然都是胡说八道，但人们仍然可以从字里行间读出点东西。日本人可以肯定我们有一部无线电，当然他们从来没有找到。如果没有这个消息来源，未来将显得异常暗淡。几个日本卫兵曾经告诉人们，如果他们必须放弃这个集中营，他们得到的指示是把我们都枪杀。除了早晚两次点名，他们基本上不打扰我们。

集中营由一个管理委员会进行有效管理，这个委员会有一个主席，负责与日本人联络。与日本人发生的不愉快主要集中在通过高墙与中国人的黑市交易上。鸡蛋、糖、香烟、酒甚至鸡都可以从墙上送进来。这是一个危险的游戏。如果被抓住，会被关一到两周的禁闭。然而，当一个墙外面的中国人被抓住时，日本人割断了他的喉咙，吊起来杀鸡儆猴。因为我们不在交战区，没有看到很多暴行，但是中国人却在承受着日军的残暴。日本人总是在寻找间谍。有趣的是，一个卫兵经常晚上在岗楼上唱歌，保留曲目是赞美诗“耶稣是我恩友”，当时营里的人都叫他“基督徒”。多年以后我在日本才发现那是一首非常流行的民歌，跟赞美诗一个曲调，所有的日本孩子都在学校学过。

日本军队残忍无比

很多人问我日本军队的残暴。1931 年日本侵占满洲，1937 年日本军队从朝鲜和满洲补充兵员后,在袭击美国前与中国进行了四年的残酷战争。如果中国抓住一个日本士兵，他们会野蛮地折磨他，反之亦然。因此当日本人遇到美国人和英国人时，残忍会降一级。很多满洲和朝鲜士兵为了表示对日本军官的忠诚必须要显得非常暴虐，但实际上这些人恨日本人。日本军队施加暴行几乎无任何限制，伴随着大屠杀的总是奸淫掳掠。很多人受了伤，没法再施暴。友好的人不多。我的一个朋友的母亲是日本人，他能说流利的日语。有一天他从中国劳工带给卫兵的一篮子鸡蛋中偷了一个，为了掩盖事实，他跟一个友好的日本卫兵进行交谈。由于紧张，鸡蛋掉出来摔碎了，溅了一地，日本兵爆发出一阵大笑，但仍没有意识到鸡蛋是从哪里来的。

今日流言

1944 年的一天，我们每天的布告栏上出现了这样一个小纸条，说：

“当天德国已经投降的传言是谣言。”这其实是以特殊方式传递给我们欧洲胜利的消息。前一段时间，也有一个提示宣布，意大利已经投降了。随后 300 名意大利人被隔离开关押了。这并没有恐吓到大家。但在欧洲发生的一切是那么遥不可及，日本的投降使我们在逻辑上感到，还将是另一个漫长的三年。所有这一切，我们意识到，我们本已微薄的口粮越来越少。许多原本强健的成年男女也越来越虚弱。甚至越来越多的人需要别人帮助他们搬煤球。举办体育赛事刻不容缓了。所谓的运动也就是围着集中营跑步。我也参与了，满脑子想的就是怎么设法跑下来全程。但两次我都跌倒在一条小沟里，后来不得不重新开始。我琢磨半天才明白发生了什么事，才意识到自己有多瘦，已经没有过去几年我身强体壮的标志性的活力了。我仍然是很瘦。

战争突然结束

在 1945 年 8 月 15 日还有另一个通知出现在布告栏上。“今天的传闻是，战争已经结束。日本天皇已宣布停止战斗。一架 B-29 的飞机在广岛市投下了原子弹。”这是从来没有过的事情，人们纷纷猜测起来，尤其是那些令人吃惊的细节。此前我们从来没有听说过 B-29 飞机，也不知道什么是原子弹，不知道那所谓的一个个城市的名字，广岛这个城市名字的出现增加了这条消息的真实性。这一天晚上，一大群人聚集到集中营指挥官的房子外，要求知道战争是否已经结束。最后，指挥官终于走了出来，用他的结结巴巴的英语告诉我们说他不知道战争结束与否，并命令我们，回到我们的床上去。我们爆发出嘲弄的笑声。现在回想起来才知道，虽然日本天皇发布了终战讲话，但这对任何一个日本人来说都是让人难以置信的事情。我们的指挥官没有从他的上级那里得到任何评论或命令。整个日本民族惊呆了。在战争期间，日本人甚至没有“和平”这个词，“失败”或“投降”更是不允许出现在书面或口头上的。但现在战败了，日本人甚至无法用语言来表达这样的事件。十点钟时的集中营的供电电力被关闭了，可怕的日本军犬被放了出来。所以我们又回到了床上，怀着最好的希望，但也害怕可能带来的结果。

美国飞机

第二天（8 月 16 日），我没有厨房值班的任务，早餐后，我走到营地的外围时，忽然听到一阵飞机的嗡嗡声。这架飞机飞得相当低，并开始盘旋，然后直接冲着集中营俯冲下来。那是一架美国空军 B–24 轰炸机。人们欣喜地看到它在营地上空盘旋，飞走后又呼啸着飞回。令我震惊的是，英国的米字旗和美国的星条旗就这样凭空出现了。人们激动地哭喊起来。飞机舱门打开，并开始爬高。最不同寻常的一幕发生了，有 7 个伞兵从飞机上跳下，降落到营外的田地里。我本能地跑向集中营的大门，这时已经看到有人已经跑了出去，他们身后就是两个拿着枪、面色严峻的日本警卫。他们被这突然发生的一幕震惊了。天皇宣布投降了！他们是以服从命令为天职的军人，但现在命令没有了。我一边向高粱地跑一边紧张地看着他们。这些高粱足有一人多高，我们跑进去后只能靠喊叫来寻找这些从天而降的伞兵，“你们在哪里？”不知道从哪里突然出现了一个身材魁梧的美国士兵，手里还拿着一支左轮手枪。“鬼子在哪里？”他兴奋地叫嚷着。我们从来没有想过枪战将会在我们面前发生，我们使他确信了视野内并没有日本鬼子存在。他说，他首先要到左翼找到他的长官。一分钟后，我们遇到了他的长官以及另外两个美国兵，他们已经在一个高粱地里的土堆上（其实是个坟墓）架设起一挺机枪。一位年轻的中尉上前与我们握手说：“我是詹姆斯·摩尔中尉，以前在烟台中学。PA. 布鲁斯在不在这里？”周围立刻响起一片惊喜声，这位军官竟然是高我姐姐几年级的一位学长。接着，他赶紧问：“你能告诉我日本鬼子在哪里？他们在做什么吗？”突然间，这些发生的事情让我认识到这个现实，这里有 7 个非常勇敢的男子汉冒着生命危险跳伞进入我们的营地。无线电操作手正忙着架起天线好和飞机联络。摩尔中尉继续问到：“你知道吗？日本天皇宣布战争结束了。我们是一个救援分队，要从日本人手中接管，并遣派你们回国的。”这时，那架飞机又飞回来了，并空投下一些给养，并给他们可能发生的遭遇战提供空中支援。这架飞机再次盘旋了几圈后，摇摆了几下机翼后飞走了，就像它毫无征兆地飞来一样。这突然出现的，现在又突然消失的“解放者”将在我今后的生命中留下不可磨灭的印记。然而这一切仅仅发生在不到半个小时的时间里。

越来越多的囚犯走了出来，赞美之情和兴奋之情是难以形容的。战争结束，这里是美国空军空降的一支搜救队。他们就像来自另一个星球的神，我们兴奋得将其中两个士兵扛在肩上抬入了营门。我们士气大振的铜管乐队吹打起爱国乐曲来欢迎这些美国的解放者。然而我的脑海闪现一个疑问，这会不会变成一个灾难？我不知道有什么在等着我们。但营地指挥官已决定投降了，虽然没有接到上级的指示。他在管理室会见了美国军官，把他的武士刀解下放置在桌上。摩尔中尉没有接受又还给了他，并告诉他，他希望日本卫兵坚守岗位，但听从他的指挥，要求他们包围营地不受当地游击队的占领，他们是共产党的武装，也想接收日本人的地盘。

漫长苦难的结束

我站在门外，向着小河边走了过去，一直走进了河水中。在这之后的多年里，我一次次地回想起这个场景，这代表着自由的场景。我爬上小河河堤，清醒地意识到，一切都结束了。我转过身来，我抬头看向三楼的窗口，我曾日复一日在那里眺望外面。我们成年累月地寻找和幻想着逃生。然而突然一切都发生了。我走回大门，那里已经聚集了大批的中国人。每个人的脸上都是灿烂的笑容，除了日本警卫们面无表情的面孔，他们依旧荷枪实弹地站在那里。这是一个伟大的日子，对我们、更对那些中国人，在八年的战争和日本人的占领下他们面对的更多。

我走回营区，走向厨房。唆使我的头儿去问当日轮值的人员有什么庆祝的菜单。他们说，将有大量的汤和面包，并希望能有一些水果。他们已经派人出去买晚餐的东西了，他们要使出了浑身解数来准备晚餐了。中尉和他的手下搞到一辆卡车，驶向五英里外的小机场。经过些许抵抗后，他们占领了那里。几个小时后，一架美国飞机降落在那里，带来另外 22 个来解救我们的人。他们之前的命令是到离我们 800 英里的满洲北部的哈尔滨，当他们在机场降落时，当地的日本兵仍然非常敌对，并宣称战争仍未结束。美军让日本兵来到他们的飞机，并使他们相信美军飞机的燃料即将耗尽，不降落就会坠毁的。美军总部告诉他们潍县机场现在是在美国人手中，他们在燃料耗尽前好不容易降落到我们的机场。这只部队由中尉梅杰·斯泰格指挥，他带着他的人接管了这里。他们的装备更加精良，甚至带着滴滴涕，祸害我们多年的害虫终于被消灭了。他们还有一个医生和大量的医疗用品。

带着特需物品来的 B-29

接下来的几天里充满了惊喜。我们几个人决定步行去潍县看看。这将会带来怎么样不同的经历啊，就沿着一个方向，迈开双腿沿着数公里绵延的乡村公路走下去！成为战俘的这么多年来，我们只能一圈圈地围着营地绕，我们熟悉营地的每一个转弯，我们的视野里没有任何新的风景。而现在，卡车拉着我们第一次来到一个陌生的地里，一切对我们都是新鲜的。

当年的潍县现在叫潍坊，没有什么可秀的，但对我们来说一切似乎都值得一看。日本人已经看不到了。走过古老的城门，我们来到集市，那里有各种各样的中国物品。我们的眼睛很快就被印着美国红十字会标志的包裹吸引了。很明显，日本人私下卖掉了数以千计的红十字会包裹，我们则一件都没有得到。我们本来该生气的，但我们把这变成了一件特搞笑的事情，我们让这投机商人给红十字会支付了我们所有的包裹钱。中国人爱笑，我们笑，他们也就跟着笑。我们都没有多少钱，但我们还是想办法弄到些糖。这对我们来说可是了不起的奢侈品，这些糖被制作成糖浆，我们又有了另一个闻所未闻的奢侈品。

一个美国军人被冠以了“娱乐官”的头衔，他很快就捣鼓了一套声音都能传到营地外的扬声器系统。军队的纪律练就了他天一破晓就起床的习惯，所以为了给我们新的神韵和享受，照亮我们悲惨的生活，我们疲惫的睡眠总是在一个低吟的美国口音中被唤醒。“哦，多么美丽的早晨，呵呵，什么是美好的一天。我有一种奇妙的感觉，一切都为我而生！”而我们一如既往地沉默。每一个房间都挤满了昏昏沉睡的身体。来自“俄克拉荷马”的音乐，灌入我们一成不变的生活中，这显然不是我们理想中的迎接自由的方式。干扰我们沉睡的年轻美国士兵困惑地发现，他的方式和我们不合拍。那些飘荡的音乐及歌曲不仅对我们的耳朵是完全陌生的，和我们的神经也完全不一致。四年多的禁闭对我们的影响不能小瞧。除了安排电影和舞蹈，一间阅览室也建了起来，陈列了这四年内的报纸和杂志。虽然是四年前的东西，但对我们这些与世隔绝了四年的人来说仍然是新闻。通过阅读使我们大感惊奇，我们知道了隆美尔和“沙漠之鼠”，盟军进攻意大利和诺曼底登陆，也知道了令人震惊的 B-29 轰炸机和他们丢在广岛和长崎的原子弹，纳粹对犹太人的恐怖行径和大屠杀，以及在泰国战俘所修的铁路，这些旧闻把我们的战俘营弄得像一个节日的营地。六十年过去了，我仍然在试图追忆起四年战俘营期间所发生的无法估量价值的信息。那些失去的信息不断被我了解到，包括我的亲人的消息。但是，四年的沉默至今还没有被打破。

坏消息要告诉尼尔

一天，有人来找我，说：“布鲁斯要见你。”（P.A.Bruce 是烟台芝罘学校的校长。）突然开始各种念头涌上我的心头，一定是有我父母的消息了，我想。我敲门进去后，只见到一个非常严肃的面孔，“斯蒂芬，我希望你能告诉尼尔，他的兄弟，空军飞行员，都已在行动中丧生。我想尼尔从你这里听到这个消息后会更容易接受一些。”尼尔和我一起长大，并在厨房同一班次工作。从道理上讲还是我去找尼尔讲较好。“那 P.A. 布鲁斯想要你做什么呢？尼尔苦笑着问我？”“我想那是个坏消息，非常糟糕。他要我告诉你，伊恩和戈登都在行动中丧生，目前还没有其他细节。我非常非常难过。”后来我们一起去了一个小房间，里面堆满了寄给我们战犯的信件，但从未交给过我们，因为没人审查这些。日本人声称，他们并没有熟悉英语的人员可以有效地审查这些邮件。我们花了一段时间去翻找这些信件，但没有发现一封令我们感兴趣的，最后我们终于放弃了。

不久之后，B–29 机群再次出现在我们营地上空。它们装载着由两个 44 加仑油桶焊接在一起形成的圆柱型货仓，里面装满了各式各样的补给，如各种美军制式罐头等。飞机从冲绳飞过来，货仓由降落伞空投下来，落到了方圆两英里的范围内。这就是一场赛跑，要赶在中国人之前得到这些东西，否则他们就会把他们找到的作为战利品了。这些油桶往往会脱离降落伞直接坠落下来，这非常可怕，已经有一个中国年轻人被击中了。一个这样的油桶轰然砸在离我约 20 码远的地方，我急忙过去看。场景非常可怕，我看到油桶砸出一个小弹坑，里面堆着扭成麻花一样的铁皮和罐头堆。那里慢慢渗出血来，把所有的东西都泡在里面。我弯下腰去更仔细地看了看，并笑了起来。因为我意识到，这个油桶里面装的都是番茄汤和番茄酱罐头，这些都是我们多年未见到的了。所有这些货物都必须运到我们的礼堂里。我的一个朋友还去追逐过一个年轻的中国人，他抢了一瓶涂着巧克力的维生素。当他跑的时候，就开始往嘴里塞维生素吃了。

我们仍处于牢笼中，但生活变得好起来

第二天早上来到厨房当值，我们坐下来讨论当天的菜谱。与以前不同的是，把什么不列上菜谱反而成了一个问题。醇正的咖啡和茶，甚至牛奶和糖都列了上去，而每人不仅仅只有一杯，现在想要多少就有多少。我们现在有果酱和蜂蜜和真正的黄油去涂抹面包了。不协调的是，每一行排队等餐的拘留者都拿着用过的这些罐头盒做盘子和杯子。又过几天，每个人，包括男人和女人，都把他们褴褛的衣衫换成了美国大兵们的漂亮的制服和

帽子，并且穿上军靴和军袜。随着天气越来越热，我扔掉了埃里克的跑鞋。我们都打起赤脚来，并没有把这当回事。但当我们第一次跑到高粱地里，我发现自己不得不停下来，从我脚掌里拔出三粒带着血的带刺草种来。于是，我们不得不回到我们肮脏的房间和我们污秽的床上。有一天，当一个年轻的美国大兵看到我们房间并把它称作是狗窝时，我感到很受伤，而这之前我们从没在意过他们的肮脏。我们已经对所有的一切都麻木了，也没有别的地方可去。然而，我们的话题已经改变了，话题主要围绕我们新的困扰，就是什么时候我们能摆脱牢笼。当时，中国共产党的游击队有自己的计划，并继续破坏着铁路。

这段时间我想的都是我父母在哪里，以及我能否和他们团聚。然而一个通知发布了，说除非美国人拿到飞行许可，否则不会允许飞入中国内地。

自由抵达澳洲

一架带给我自由的飞机

这一段时间我脑中只有一件事情，就是我将会怎样再次和我的父母团聚。他们在约 2000 英里之外的中国西南地区。几乎每天都有美国的飞机从昆明经西安飞来。我想，一定有某种方式能搭上飞机的。我去找无线电操作员，并告诉他我的故事。他告诉我这个集中营地的所有人都想出去，但他做不到。一个正好在旁边的美军少校突然插嘴问我，说："你已经有七年之久没见过你爸爸了？""是这样的。"我回答说。他当时真的和我非常合作，对无线电操作员说："你看我们必须得想法子让他到昆明了。"我猜想我的父母，一定还在离昆明五天路途的山区。我请他发了一份电报通过英国驻昆明领事馆给我的父母，并让我父母发送电报，要求我去昆明。

第二天，我被传唤到行政办公室，我父亲有消息来了。他说，他们都在等着我。这位负责官员告诉我，他们正好有一架飞机马上就要起飞，要我马上拎上行李去赶飞机。我飞快地把我的物品扔进了行李袋，我还有三个朋友和我一起乘上卡车到机场给我送行。开车在那条污垢的公路上跑了没多久就到达了五英里外的机场，卡车直接倒车停在一架螺旋桨都已开始慢慢旋转的飞机旁。我赶紧走进机舱，我只来得及说了声再见，它几乎马上就起飞了，我低头看到我的朋友们疯狂地挥舞着手臂给我道别。这不是普通的送别，我们一起长大，在同一所寄宿学校待了 11 年，最后的四年又一同在这所阴沉的集中营中共同度过。我的思绪很快就被分散了，我的第一次飞行经历把我吸引住了，我不停地向下看那一座座中国北方的村庄和城镇。我们很快就飞越了黄河，沿着航线向西飞去，虽然一个小时接另一个小时地飞行，但下面的迷人的景色吸引了我让我一点不觉得飞行的枯燥。当我们在西安的美国机场上空盘旋时，已经是黄昏了。下了飞机，我匆匆忙忙地登上一辆吉普车，并迅速被移交给一个年轻的美国军官，他负责为我安排床铺和一顿晚餐。他告诉我，明天早上会有一辆吉普车是为我准备的。

我躺在床上试图了解这一切所发生的事情。在这里，我一个人躺在美军的帐篷里，我所有的朋友都在600英里之外。我自由了。然而有些人再也无法出来，那就有我的好朋友布莱恩，他触电死了。在他的坟墓旁是埃里克·利迪尔的坟墓，也是一个了不起的人。我离开的太突然了，我几乎没有向任何人说再见。那天晚上我睡得很熟。在早上，我都没有时间来参观我的周围，一辆吉普车来接我了，并护送我到机场。我在中转办公桌旁边坐了一整天。这位当值的年轻人感到很有趣，这里有一个没有飞行手令的战俘想要去昆明。第二天，是另一个人值班，他非常不通人情。“对不起，没有手令，我不可以让你上任何一架飞机。”他说，“这是我的工作，有各种疯狂的家伙试图飞出去！”在当天晚些时候，另一个值班员看到我的窘境，给运输部的一位长官打了电话，这人走了过来。他是一个非常和气的人，显而易见是个老兵，头发都开始发灰了。他问了我我的故事，我把发生在我身上的事情告诉了他。一个小伙子开口说：“啧啧，他说话可真有趣！”军官转过脸来跟他说：“我妻子是英国人，这就是她说话的方式。”然后他问我：“你有钱吗？”当我说“没有”后，他打开了他的钱包，把他钱包里的钱都给了我，他说：“你没钱就做不成任何事情。”其他几个在旁边听我讲的人也给了我87美元。还有一个笑着递给我一个钱包。在过去的几年里钱对我已毫无意义，我已经没有它生活了这么久。然后，他走向年轻的值班员说：“你看，我们必须要把这小家伙送到昆明去，他已经有七年没见过他爸爸了。”紧接着我就得到了硬邦邦的答复，说我没有证明文件就无法登机。这一次，就连这那位好脾气的军官都开始咆哮起来，以他的军衔、级别等命令那个办事员，说他将会为送我到昆明负全部责任。令我惊讶的是办事员的态度改变了。“先生，应该把他编入哪个单位里呢？”“把他放进军官特别待遇里不会有任何问题的。”“是的，先生，”办事员迅速回答。“你最好让他从成都转机，我们这里没有飞机直飞昆明的。”他离开时笑着对我说：“当你抬出你的军衔时，它总管些用，你今天吃饭了吗？”我回答说没有。他转身对一个办事员说：“给这小伙找些吃的。”他带我四处走了走，带到了一个小食堂，里面已经没有什么人了。他让我坐下，并说他会帮我找些吃的过来。不一会儿，他就带回来了一个装着满满食物的托盘。他对我说："对不起，先生，我得走了。"于是便离开了。直到现在我仍然记得我当时直盯盯看着那一大杯牛奶和两个煎鸡蛋的场景，这么多年来牛奶和鸡蛋对我来说可是稀罕品啊。吃的东西太多了，我不得剩下一半吃不掉的食物。随后我震惊地看到，这些东西被直接倒进一个巨大的废物桶，它要给那些饥饿的中国人。

去昆明和回家的路上

几个小时后，我到达了成都转机。那里有很多人在四处走动，我去昆明的飞机要在一个半小时后起飞。一个站在我旁近的军人大声读起我的袋子上的标签，卫理公会，昆明。他转身对我说："昨晚我就在那里。你是谁？"当我告诉他后，他对我说他是个卫理公会传教士，借调到美国军队从事宗教特别服务。他接着说，他昨晚和我的父母共同在一个祷告会上，为我和其他人进行祈祷。他领我到了一个有咖啡的地方，然后给我讲述中国将有巨大的精神需要，战争结束后将创造出前所未有的机遇来传教。他太能说了，最好我不得不摆脱他去赶我的飞机。

随着我们的飞机起飞前往昆明，我的胸膛里充满激动之情，伴随着飞机轻松地飞越一座座大山，我的思乡之情又突然涌现出来。我以前对这些山脉所知甚少，一整天的跋涉也仅仅只能翻过一座山。从前我有许多次从夜里惊醒，醒来后才已意识到，自己在做梦，梦到自己徒步翻越了这些崇山峻岭。而现在在我的视力所及之内他们的全景已被我所了解。我们下面出现了长江，它看起来就像一个蜿蜒在深山沟的小小溪流。当我们向南方飞行的时候我们仍然在明亮的白天，但随着暮色的降临，我们能看到的景色越来越小，越来越暗。一段时间后，我们开始降落，突然一个巨大的机场的灯光出现在飞机的下方，接着我们在一阵剧烈的颠簸中降落在昆明。我们的飞机似乎在地面上滑行了一刻钟。还没有下机，就有一辆军车速度快得吓人开来，我被移交给一个听说过我故事的转运官。他说："我们会把你送进城的，但首先我们先要去食堂，给你弄点吃的。”食堂是巨大的。他说：“就坐在这里，我给你拿些东西去。”很快，他就回来了，手里的盘子里堆满了食物，我笑着说，我的胃已经缩小了，我只能吃小餐。“能吃多少吃多少，剩下的拿着。”我于是和食物斗争起来，不想剩下任何东西在我的盘子里。他们找来一个牧师，他又叫来两名志愿人员带我进城。他只给我说了卫理公会中国内地会的地址。我感谢他后，就被带到了一个吉普车里。

我曾经的梦想——回家

我们一驶离空军基地，马上就陷入了黑暗，偶尔才有一个暗淡的路灯。现在我们正穿过狭窄街道与城市。这是我出生的地方，我沉思于过去我走在这些安静的街道上的旧时光。“下个路口左拐。”负责引路的美国大兵说道。然后我们缓慢驶入一条非常狭窄的街道，这里有着一个典型的中式门楼和中文名字“内地卫”，卫理公会到了。我下了车开始敲门，用中文喊道：“开门！开门！”我听到脚步声临近，然后门开了，是我的父亲！在夜里当他看到有三个美国大兵时一脸惊讶和困惑。我说：“爸爸，是我，斯蒂芬。”他转过身，冲着院子喊道：“斯蒂芬回来了！”离我最后一次见到他已经过去足足七年之久，我现在已经长成一个18岁的大小伙儿了，我穿着的一身美军制服添加了他的困惑。我的司机要回去了，他们刚刚目睹了充满亲情的、非比寻常的家庭团聚。我很快就到屋里，被我的母亲和许多其他的传教士所包围，大家一起分享这团圆的欢乐。他们并没有就我的回来多说什么。两天前我的父亲经过五天的长途山路跋涉从滔谷回来。正当他走到卫理会的大门时，一个信使送来了我从潍县集中营发来的电报。他甚至没有停下脚步，就马上把电报看了。这是他四年内收到的我的第一条信息。于是他赶紧到英国领事馆给我发电报要我回家。当他抵达卫理会家中后，他告诉他们我的消息。大家都纷纷议论起来，有人说卫理会的人员将被集中遣返，而不是遣返到中国内地。父亲在这种情况下做了一个父亲应该有的反应，就是祈祷我回来。随后，我母亲领着我到一个房间里解释说，文登夫人由于压力太大和太担心而生病了，无法入睡。她已经有四年没有她的孩子迪克和玛格丽特的消息了。“请给她一些好消息，这将有助于她的恢复。”我进去告诉她：“迪克很好，我两天前才刚离开他。”我接着说：“我们过去几年中同处一室。玛格丽特也很好。”我做梦也没想到我会遇见迪克的父母。我们集中营的任何一个人都得不到任何消息，他不知道他的父母在哪里。我离开的太突然了，我真的没有时间同迪克说再见，那时候他正在面包房工作。那天晚上，我躺在床上睡不着，想着我所有的朋友的父母，他们不得不忍受自己的孩子在几百英里以外的一家日本集中营里，所有关于孩子们的一切一切都那么不确定。而有关日本人的恐怖暴行到处流传着。我们在另一方，也知道自己的处境，同时也假定我们的父母在自由中国是安全的。第二天我早早起来了。传教团的秘书把我叫进他的办公室，问我每个人在监狱里的消息，我有条不紊地把信息传达给他。他还检查了我的行李，说恐怕他们将不得不烧掉，它们充满了臭虫和其他害虫的虫卵。然后我父亲带我到英国领事馆，在那里把我的护照更新。领事对我说，你很快就会胖起来的，我太轻了，才刚刚超过40公斤重。但是除了牙齿外，我感觉都还很好。领事馆还安排了我和父母飞往加尔各答。他们第二天就走，而我则要再过一天乘坐一架英国皇家空军的飞机动身。我也很想再长途跋涉五天返回滔谷和我的老家，但这个梦想一等就是六十年。

飞往加尔各答的惊险旅途

我再一次向我的父母告别后，花了一天的时间在城里观光，这里是我出生的地方。尽管七年已经过去了，我仍然记得很多地方。战争期间，滇缅公路已经建成，昆明已成为中国的后门，那里的美国的空军基地巨大得难以置信。第二天早晨，我去了机场。英国皇家空军的C47运输机在等待着，而我和另一个集中营出来的女人及她的两个小孩是仅有的乘客。我们坐在机舱两边的帆布吊篮式座椅中。随着飞机滑行之后，我看到有三架 B-29 轰炸机，他们庞大的样子震惊了我。再一次飞过那些巨大的山脉，我们前往印度南部。然而飞过湄公河不久，我们便遇上了一场暴风雨。这架飞机就像一个风筝一样被抛来抛去。最后，驾驶员说他要去尝试飞到风暴层上面去。不仅发动机开始咆哮，整架飞机也都在颤抖。然后，他告诉我们飞机碰到了一处气穴下降了 3000 英尺！我们也感觉出来在下降。他接着宣布，他希望避开风暴，决定要飞到风暴层下方。我们现在对着印度加尔各答的平原开始下降。我从来没有在这种条件下飞行，超低空飞行，在稻田上一掠而过。这简直令人紧张地窒息，看着地面向你贴近，然后飞机又呼啸着再次升到空中。和我同行的女士被吓坏了。她挪过来抓住我说："我和我的孩子在上海集中营四年才活了下来，现在就要在一个可怕的飞机坠毁中丧命了。"而在她的另一边，她的两个孩子似乎很享受这一切。我只能形容它像坐一个长程的过山车，只不过得坐几个小时。现在回想起来，我敢肯定，那位空军飞行员已经用尽办法使飞机保持在空中了。当我们终于降落在达姆机场时天都黑了。他们告诉我们，我们的燃料已经很少了，而其他的一些飞机则不得不在稻田里迫降了。妈妈和爸爸到机场来接我。他们一直等了好几个小时，没有我乘坐航班的一点消息。我还记得有人给我一大杯热茶，那是我们曾经品尝过的最美妙的滋补品。这一整天里我没有吃过任何像样的东西。

惊喜！格瑞斯·菲尔兹

一辆小卡车拉着我们来到加尔各答，开进了总督府大门。这个宏伟的宫殿已经变成了战俘遣返中心。我在接待台报上名字，马上就分配到了一个房间和一张床。我给他们说我已经一天没有吃东西了，于是被告知可以去地下室，那里有一个非常大的餐厅。我很快被提供了一顿美味的印度咖喱饭。正当我开始吃时，一个很明显是当地名流或歌手之类的中年女士走了进来，在我旁边的桌子坐下。一位照顾她的军队人员也过来了，并好像要记录她的每一句话。然后，她站起身来，问我在哪里被囚。我告诉她在中国北方。然后，她问：“你知道伊夫琳·宾克斯吗？”我回答说：“我和她曾在同一所学校同一个班里，但她后来被转到上海的一所集中营里，她母亲也关在那里。”她笑着说：“我的意思是她的母亲，她的名字也叫伊夫琳。她好吗？”我告诉她：“据我所知她还好。”她接着说：“伊夫琳和我是很好的朋友，我们师从同一个歌唱老师。她放弃了作曲事业，作为一个传教士来到中国。我再也没有像伊夫琳这样的朋友了。我真心希望她一切都好。”然后，她问了我几个问题，例如为什么我穿着美军的制服，然后回到她的桌子旁，说她希望能在楼上再见到我。当我走出一段距离后，我问别人：“这个名人是谁？”“你不知道！这是我们的格瑞斯……格瑞斯·菲尔兹，她今晚要在楼上举办一个音乐会。”我感觉好像我是唯一一个不知道她是谁的人。那天晚上稍晚一些时候，我与成百上千的战俘和军人参加了一个迷人的演唱会，演唱的歌曲有“世界上最大的叶兰”等。演唱会在她“上议院祈祷”的歌声中达到高潮，观众们再来一个的呼声几乎要把屋子掀翻。我走到我的房间，那里住了约15个战俘，其中大部分已经睡着了。我躺在床上长时间地盯着我头上的一只壁虎。这是一个热气腾腾的夜晚，而电扇低沉的呼呼声终于哄我睡着了。

神父和病房参观

第二天是星期天。吃完一个典型的英式早餐后，我和一个秃头的苏格兰人走到楼上。我们曾坐在同一张小桌子上，在一个休息室喝东西。就在这时，有一个通知说要做礼拜了。苏格兰人转身对我说我们走，于是进到一个非常大的宴会厅里。已经有几个人坐在那里等待神父来做礼拜了。神父是一个非常高大的年轻人，很快就开始了礼拜。礼拜式上所讲的内容我已经忘得差不多了，但我从来没有忘记圣经诵读和里面的内容，讲的是路加福音17章第17小节。“其他的九个人跑哪里去了？”我指的是十个治愈过程中的麻风病人。我环顾四周，周围都是空的座位，只有我们十个人在那里。神父简短地提到“人的忘恩负义”，他指的是一个事实，即只有一个撒玛利亚麻风病人回来感恩。之后，他完成了对苏格兰人的赐福，转过头来对我说：“我很高兴你能来这里说声谢谢上帝。他把我从三年多地狱般处境中拯救了回来，当时我周围的人都在慢慢地死去。我们营有三分之二的人死亡或失踪。”就在这时，一名护士走过来，问我们是否有一个澳大利亚人在这里。苏格兰人说：“这小伙子要去澳大利亚。”“你要去做件事”，护士说，把我领到医院病房。她告诉我，有个年轻澳洲小伙子失去了活下去的意愿，我要你鼓励他，他会安全回家的。他躺在那里完全无精打采，目光空洞，他瘦得皮包骨了。我跟他说：“你的家人都在等着你，你很快就会回家了。”他的目光空洞，深深凹陷的眼窝，消瘦憔悴的脸颊，我仍难以忘却。我把我的脸靠近他的脸颊，握住他无力瘦小的手。“你会做到的，战争已经结束。这位护士要你活下去，你家里所有的人也要你活下去。”那看来只是一种情绪闪烁，我跟他聊的时间有一点长。我还不习惯和一个垂死的人说话。护士说，他们对他打了点滴，期待他能恢复健康，但他的身体指标还是在下降，这非常令人伤心，他已经是如此地接近回家了。我离开他的床边，突然意识到整个病房里都是垂死的病人，他们经历了太多残酷的事和可怕的酷刑。这是一个令人震惊的场景。现在，这些人在护士的爱的双手下，正在调养恢复生机。护士说他们今早不得不又送出三个棺木回家。我走了回来，离开医院病房里那个非常清醒的年轻人。这是一场漫长而可怕的战争，而我没受到过多伤害活了下来。

爸爸和妈妈一起度过的日子

当我走到大厅里时，听到有人叫我的名字，说我有一个电话，是我父亲打来的，说他不久将到这里。他们住在英国及海外圣经会。我打量了一下这个协会，发现所有的一切都与中国的不同。看着这套种姓制度如何运作本身就是一个教育。在这里厨师不负责清洁，由另一名男子做清洗。然而，又有另一个负责抬水。另外我发现另一个令人难受的事情就是炎热的天气。午饭后，我和我的父母坐在一起不住地谈来谈去。我们有很多话要讲。他们和我的姐姐鲁丝有日常邮件联系，鲁丝现在在南澳大利亚的阿德莱德市。战争中英国曾遭受严重的炸弹轰炸。我亲爱的叔叔乔已经死亡。我们全家已经决定，在澳大利亚团聚。当时英国政府也在鼓励人们去澳大利亚。到了晚上我又回到了总督府宫殿，又吃到了美味的咖喱饭，享受了一杯可口的茶。直到这时我才第一次享受真正的茶叶。第二天早上，我发现有很多的文件要填写，一个年轻的军人护士在进行医学调查以及一些测试。因为我是英国人，我被定向到回英国去。我解释说，我们一家人要去澳大利亚阿德莱德。有人告诉我可以，但我的父母都是平民，而不是战俘，他们不能跟我同行。我被订好第二天就飞到锡兰岛（斯里兰卡）科伦坡市，我会从那里去往澳大利亚。

科伦坡

在抵达科伦坡后我被带到英国海军基地，我发现自己睡在了一个大军营里。第二天，我被载到海军运输办公室，将我交给一个安排军队人员航班的年轻人。他说，如有航班去往澳大利亚的话他们会与我联系。我很快交了很多水手朋友，他们有一些比我还要年轻。在这里也有一些其他战俘，他们企图转道回英国。这对我来说就像一个光荣的节日。我要么去游泳要么和一些轮休的水兵出去观光。负责我行程的小军官也不知道跑到哪里去了。三天过去了，而我的航班一点消息也没有，于是我又去了第一次去过的办公室，才发现当时和我谈话的人已经回到英国去了。新的负责人查阅了一番档案，终于找到了我的记录，要求为我办理登机去澳洲。他们告诉我第二天将有一个航班，然后我又被交代了许多细节。我认为，海军高兴看到我踏上归途的。几个我结交的水手朋友开车送我到了机场。这一段时间我都有点洋洋自得，因为在这里只有我一个穿着美军军装，这让我特别显眼。飞机是一架B-24——解放者飞机，里面只有空军人员，因而特别空，它的目的地是悉尼。机上还有另外一个战俘，他曾是个民用航空飞行员，是在马来西亚被日军抓获的。他获释后，一直在军队医院里以恢复健康。他得了阿米巴痢疾、登革热和疟疾。他说，他曾以为他一个月都活不下来，他们还没有听说战争已经结束，突然日本人离开了。他们花了几个星期时间被搭救出丛林中，当地土人一直对他们非常好。没有人知道发生了什么事，直到有一辆吉普车赶来接他们，他们也是听说这个村庄附近有囚犯才过来的。

飞往阿德莱德的漫长飞行

飞机中途只有一个停落点，在印度洋的科科斯群岛。我们才起飞不久，就遇到了暴风雨。飞行员为分散我们的注意力，提醒我们注意飞机下面的的彩虹。这是一个完整的环状彩虹，是难得一见的迷人景象。上帝总是看不起一个完整的圆，我们看到的只是上帝给予的一半的彩虹。第二天大清早，我们终于抵达了珀斯。我们被告知可以这个城市里逛一整天，晚上会有人来接我们。我跟一位在服务台前的小伙子说我要去阿德莱德。他说，如果你先去悉尼，从那里你就会很快到阿德莱德的。这似乎很奇怪，不知道为什么我们多飞了 1000 英里来到澳洲的西海岸。幸运的是，我的飞行员朋友陪了我一整天。我身上没有什么钱了。我在科伦坡花光了美元。我的战俘朋友说钱不是问题，他拿到了他在集中营多年以来积累的欠薪。他给我拿了 10 英镑，说我需要一些钱去找我的姐姐。

在澳大利亚的新生活

在 1945 年珀斯是一个安静的小城市，远离尘嚣，日子过得非常安逸。晚上，我们搭上了前往悉尼的航班。这是一个累人的飞行，我和我的行李一起蜷缩在地板上。两千英里的路途全是夜间飞行。在破晓之前我们到达了悉尼。空乘们一起庆贺起来，在一股强大的气流的推动下，他们打破了横贯澳洲大陆飞行的记录。因为时间太早，着陆后，我们不得不等待机场开放。我走到问讯处，说我想飞往阿德莱德，他们说我必须去墨尔本转机。

服务台的人说我会把你列为候补。你今天会幸运地得到任何东西，今天是墨尔本杯赛马日。然而，就在最早的一架航班上，有一个人没有值机不转了，我就登上了这架坐得满满的飞机。我在墨尔本的艾森顿机场有一个半小时的自由时间。我一个最好的朋友也在墨尔本。我打了电话给他。“雷，我是斯蒂芬，你怎么样？”“你在哪里？你这个臭小子！”他说。我告诉他，我在艾森顿机场，还有一个多小时就要飞往阿德莱德了。“我马上就过来。”他说。但他没有告诉我他骑着自行车跑十多英里地。挂上电话后，我一直盯在机场的入口处。雷没有来到，最后，我只好登机了。雷后来告诉我，他刚到机场外就看到我的飞机起飞了。现在是南半球的春天，一片空旷的土地伸展在我面前，我几乎没有看到任何绿色的东西。而我不得不离开中国时那里已经是夏天了。我们降落在阿德莱德北边的帕拉马塔机场，那里也同样的干燥、凄凉。

哈特利一家，凯尔肯尼路 1 号

一位空军负责运输的人告诉我，他们会带我到我姐姐的住址的。我不知道会发生什么。这是一个很长的车程，他们终于停在一家杂货店外，这家店在一条很宽的马路的拐弯处。“这是你要找的地方，我们把你留在这里，这是凯尔肯尼路 1 号。我们不能在这里耽搁。”于是我被丢在杂货店前。当我推开门，门上挂的铃响了几声，一个大块头、面色红润的人一边为几个顾客服务一边向我看过来。“你好，”我说，“我找鲁丝·迈特卡夫。”“你最好绕到侧门去找一下。”他回答。我拎着我的包，打开了侧门，按动了门铃。一位老妇人来开门。“我是斯蒂芬·迈特卡夫，我找我的姐姐鲁丝。”我说。“太好了，快进来吧。我们都知道你可能会来，但我们没有任何确切消息。”进到屋子里她就宣布起来，“这是贝茜的儿子，斯蒂芬。我想他是一名美国士兵”。我走进了房间，屋里还有另两位女士。“我是露丝，你母亲的朋友，这是玛乔丽，我们最小的妹妹。我们认为您可能会来，但我们没有收到任何消息。请坐，你和你姐姐鲁丝联系了没有？上周她给我们打过电话，说她没有听到任何消息。”“可以给我姐姐打个电话吗？”我问。“让我们试试，她现在在值班。她在一家传染病医院工作并住在那儿，那儿离这儿很远，所以我们平时也很少看到她。”露丝·哈特利，三人中的大姐去到大厅，打电话给医院。那一定是大约十几分钟后，她叫我出去接电话。鲁丝在电话的那端用一连串问题轰炸了我。问我为什么没有告诉任何人我要来。她说，她一下班就会过来。我们聊了几分钟，然后挂了电话。突然，一个无法控制的情绪如浪潮般席卷了我。我发现自己在这陌生的房子里，我的眼泪忍不住流了出来。我嚎啕大哭起来，一句话也说不出来。我有生以来从来没有这样的反应，即使在我和我的父母团聚的那一刻。不知何故，和我姐姐的电话忽然引发了一些在我这几年所经历过的艰辛岁月中原本隐藏起来的东西。我很尴尬，但我控制不住自己。哈特利一家看到我这个样子也都非常痛心。他们给我倒了一杯茶，慢慢的我恢复了正常的平静，对我所发生的事情道歉。那个我在店里看到并交谈过的大块头也过来了，“哦，原来是鲁丝的弟弟斯蒂芬啊。”他说。“我还以为他是一个美国大兵来追求鲁丝呢，我以为他是有所企图的。”

我和姐姐鲁丝团聚

几个小时后，鲁丝终于来到了。那个大块头，他的名字叫斯坦，说，他要出去告诉他的弟弟杰夫，我已经来了。我的姐姐解释说，杰夫和他的妻子主动志愿收留我，她说她要陪我一起去杰夫那里。一出屋，姐姐就开始把哈特利家的一切介绍给我。他们是非常保守的家庭。四姐妹都没有嫁人，还有个兄弟也是单身。另一个兄弟杰夫娶妻了，我要住到他们那里，他们也是一对非常内向的夫妇，没有孩子。他们都是很好的人。

在澳大利亚的生活

老哈特利去世很早，老哈特利夫人一边要拉扯孩子一边打理他们家的小店铺。老哈特利夫人崇拜我母亲，母亲是哈特利家大女儿，露丝·哈特利的密友。当露丝·哈特利因为健康原因被中国内地传教团拒绝后，老哈特利夫人出资并支持我母亲加入传教活动。从那时起，他们一直大力支持我的父母。杰夫的房子只有三间屋。杰夫和他的妻子玛吉出来迎接我们，他是一个快乐健谈的人，他的妻子小他大约20岁，他们家成了我在澳大利亚的第一个家。

重享平民生活

几天后，杰夫的妻子玛吉带我来市里的红十字会，他们在那里处理二战中战俘的安置事宜。负责的小姐宣布："你是我们安置的第一个美国人！"我有很多表格需要填写，然后领取到一张100英镑的支票。接着，我来到配给办公室，得到定量配给券。这位负责的办事员给我非常多的帮助，多的不能再多了。他自我介绍他叫"Poss"——Possingham的简称。当他对我说再见的时候，他忽然问我："你打算做什么工作呢？你需要一份工作的，不是吗？但是现在与所有的退伍回家军人一起找工作是很难的。我去问问我的老板，看看他有什么建议。"于是我和玛吉在一旁等待着，只见一个身材庞大的男子来到转门前。他的体态太庞大了，以至于必须同时打开两扇门才能让他挤进去。见到他坐在一把椅子上，一位女办事员对她的下属低语说："快给他另一把椅子，否则他会把这把椅子的两个扶手挤爆的。"办公室里每个人都被这事逗乐了。后来这位办事员告诉我，"这是我们唯一的娱乐，所有在南澳大利亚的体格超大的人都要亲自来这里领取额外的衣物口粮配给！"几分钟后，Poss出现了，走在他身边的是一位白发老翁。"这是格兰特先生，"他说，"他很乐意陪同您去迈尔斯百货，并向您介绍他们的人事经理。"我们穿过几条小路来到一个大型百货公司，格兰特先生领我来到一间办公室前。他一个人先进去，一分钟后，经理陪他走了出来，并对我说："周四上午 9 点过来吧，我们会给你安排一份工作。"对此我万分感激。随后，格兰特先生带领我们到男装部，他找到了经理，好像他们两个认识，说："你帮这个年轻人找些衣服吧，他是一个战俘，只有那些美军给他的东西。"接下来的一个小时我在玛吉的建议和参谋下，置办了全身的行头。当我走出百货商场的时候，我终于穿着像一个平常人了，运动外套加灰色休闲裤和一双漂亮的鞋子。更有甚者，他们还卖给我一个漂亮的带边小毡帽，取代了我戴的那顶美国小军帽。玛吉和我都是拎着大包小包的平民衣服到家的。我觉得她非常喜欢帮我置办这些，我都感觉到自己和以前完全不一样了，人们看我也不像以前一样了。第二天，我又去了安置官那里，这是个非常通情达理的人，当他得知我已经有工作了也感到非常惊奇，惊奇于我找工作的速度。

就　业

两天后，我来到迈尔斯百货的办公室报到，公司首先让我去培训办公室。那里的负责小姐递给我一叠表格，我不得不填写。要填写一些关于我是谁、我受过什么教育等等的问题。填完后，那位女士回来了，她递给我一页文字让我朗读。我看了看，便阅读起来。"不！"她突然打断我，"我要你大声读出来。"我开始读它。我刚刚读完第一段，她说："读的非常好。哎呀！你有一个优雅的口音。我敢肯定，在战俘营里他们没有教你这样说话的。你都可以做电台播音员了。你不需要任何语言培训了。"我以前就很难弄懂澳大利亚的各种澳式词语。我知道我不会像他们一样说话，但鉴于我听不出自己发音的好坏，这个赞赏是我收到的第一个表扬。然后，她给我上了一个与货币体系相关的一课。幸运的是玛吉已经提示过我，并且教我了一些澳洲俚语，所以这堂课听的还不错。最后，她领我参观了商店。"不，你必须表现出自信。在我带你四处看看的时候，挽住我的胳膊。"

我当时心想，“难道我觉得挽着一个三十多岁的女人的胳膊在百货公司走动会显得我很愚蠢吗？”

她不时停下来和这儿的那儿的人交谈，并给我指出商店的总体布局和一些设施的布置。最后，她带我到男装部门，我所要工作的地方。我不知道在这里有多少磕磕绊绊不得不面对。不过幸运的是，在男装部培训我并和我一起工作的人是一个非常好的人。他告诉我，他们必须在繁忙的圣诞季把所有额外人手都用上，包括我在内。一星期后，我得到了我的第一份薪水，只是 5 个英镑，当然税务部门要拿走他们的那一份。我给了玛吉 5 英镑作为一个月的房租。她让我在银行开一个户头把多余的钱存起来。一直到 1 月中旬，我都只呆在商场里很少外出。在商场里，我开始还会对路过并停下和我讲话的顾客感到惊讶，他们会说：“我喜欢听你说话的声音，你总是这样说话吗？”后来，我也习惯了别的部门的女生打电话来说喜欢和我谈话了。Poss 经常会邀请我在一家三明治吧共进午餐，对此我感到非常愉快，很快我们就成了好朋友。Poss 住在离阿德莱德市大约 50 英里的地方，在周末他常会邀请我到他父母的小型绵羊和奶牛养殖场。那里是如此不同于城市生活，而他所介绍的澳大利亚乡村美景对我来说是一个全新的世界。

寻找教会

哈特利一家是非常好的的卫理公会教徒。玛乔丽曾经是位歌唱和音乐老师，现在带领长老教会教堂的唱诗班。我总觉得难以适应这些教派的教会。星期天早上我一般都与哈特利一家呆在一起，同时也学习一些基督教圣经。这个学习对我来说是个很好的外出散步的时间，晚上我都会坐上公车去那里。但是，这种圣经的说教没有带给我我所想要的。

哈特利家隔壁是当地的一个兄弟会，我不知道为什么哈特利家从来没有去过那里。他们告诉我，当我的父亲 20 年前来拜访他们时，他曾经和兄弟会里面的几个成员非常友好，甚至在兄弟会的集会上发表过一次或两次讲演。他们有一个大型的主日学校，负责该学校的一位先生在一次事故中失去了他的妻子，所以他便买了辆大巴车，亲自接送参加主日学校的儿童。

早上我去他们的礼拜仪式，他们早餐提供面包。我很惊讶我还没有和他们交流就被要求离开，仅仅因为我还没有受洗礼。也没有一个人问我，我是否想受洗。附近的基尔肯尼路还有一个非常活跃的救世军组织。所以，我有一些晚上也会去那里参加一些活动。我在战俘营中曾与救世军组织的一些人是非常好的朋友。我喜欢他们的礼拜仪式，但我也发现他们的成员一遍遍地催促我去忏悔。我开始意识到我是这里唯一的游离于他们行列的局外人，他们非常希望我加入救世军。哈特利一家看热闹似的看着我去救世军教会，他们认为参加救世军教派的都是一些穷困潦倒和融入不到主流教派的一些人。但我必须替他们说话，救世军教派铜管乐队的水准非常高。我唯一不满的是，救世军教派的礼堂太小，无法对乐队做任何加强。在接下来的几个月内，每个星期天早晨，我会与哈特利一家到卫理公会教会礼拜。我尝试去了多个不同的教堂，当我和雷一起到城市的另一边时，我总是感到失望，没有一个教会的人对一个他们不认识的年轻人感兴趣。没有一个青年教会组织热衷于尝试争取我。在宗教这点上，Poss 也不像对待朋友一样能对待我，毕竟他不是一个教会的人。

我的老同学朋友雷

我收到来自墨尔本雷的很多信。他说，他将留在阿德莱德与他的兄弟一起过圣诞，他们还希望我也能同他们一起搬去他们叔叔的度假屋小住一段时间。雷从墨尔本过来后，我搬去和他同住，我们住在距离城市的另一端还有 13 英里的地方。我们共同度过了一段美好的时光。我还找到了一个老朋友，他和我刚好有很多的共同点。他的母亲患了斑疹伤寒死在中国，他的父亲再次结婚，但婚姻是短暂的，不久他的父亲死于胆结石。他的继母是一所教会医院的护士，在目睹了日本人在南京大屠杀和肆意强奸后精神崩溃了。她和两个孩子不得不返回澳大利亚，在那里由他们的叔叔照料。雷的兄弟哈罗德加入空军，驻守在阿德莱德时娶了他的表妹。更令人惊奇的是，我和雷还有世交的关系。雷的婶婶结婚前的名字是甘博尔。甘博尔家族和里德家族在大饥荒年代一同从南设得兰群岛迁徙到南澳洲，而我姥姥的娘家姓就是里德。

与父亲和母亲生活的日子

我的父亲和母亲在从加尔各答乘船来澳洲前经历了一段艰难的岁月。船票异常难搞，母亲最终写信给澳大利亚大使，大使特批了优先通行权给母亲。与此同时，鲁丝和我一直在寻找住房。随着战争结束，所有的参战部队回国，住处几乎都住满了人。我姐姐那段时间也异常忙碌地为他们找住处。就在我的父母到来之前，上帝保佑我们，终于找到了一所住处，仅仅有一个能放下床的卧室，还需要与另外两个家庭共享一个厨房。他们来的那一天，鲁丝因为工作无法请假，我一个人去火车站接了他们，然后乘一辆出租车到我们为他们租来的地方，而鲁丝已经到了那里迎接他们了。整整八年了，离鲁丝上次见到我的父亲后，而上次她见到母亲也已经过了整整四年。房东太太给我们的，仅仅是一个简陋的消夏小屋，窗户上连玻璃都没有，租金 5 英镑。我不久又在隔壁租了一个小房间。我开始参加夜校学习以及函授课程，但发现我所学的远远超过我所能掌握的（毕竟我最佳的学习时间都在战俘营里耽误了）。不久后我找到了一份新工作，在一个小电工那里做学徒。从一开始我就没有学到什么，我显然仅仅是那人的剥削对象。那段时间，我经常被偏头痛所困扰。后来诊断结果显示这与我经常游泳和跳水有关，当我停止游泳后偏头痛的症状便消失了。我们同住的有一家有个女儿是打字员，她比我大两岁。她总喜欢围着我，找话和我说。开始我还有点尴尬，但当有一次在她离开了两个星期，并给我开始写长信后，我意识到她对我一见倾心了。当她回来后，我也意识到我也喜欢上了她，于是我们的友谊就开始开花。

父亲带我到阿德莱德大学参加面试，看看我是否有机会进入牙科系学习。我的牛津中学的考试成绩给了我一个补偿通过。这些成绩都是我在战俘营里得到的。面试官给了我一个非常好的成绩，但我仍然需要一年的预科学习。电工学徒经历纯属一个骗局，我没有学到任何东西。而我发现我的函授课程反而非常有用，即使没有一个老师真正地站在我面前讲课。就在那个时候，我收到了政府的通知，告诉我，我有免费返回英国的选择。我与父亲就此展开讨论，父亲已经有 13 年之久没有见过他的英国亲戚们了。最后，我觉得再做新的开始不是正确的选择，这会让我再次不安。父亲似乎真的很遗憾，他这次不能回到英国老家了。妈妈告诉我，她在英国也有很多可爱的亲人。她希望有一天我会见到他们。我开始困惑了，看不到我的未来在什么方向。与此同时，安置办公室的人打电话找到我，问我很多调查问题。他告诉我，他与很多战后归国人员交谈过，发现他们中有非常多的人根本无法找到自己现在的位置，并且还处于失业状态。他表扬我找到了工作，但同时说道这场战争也使很多人完全失去了人生的方向。他还给了我一个职业规划表，给我列出了一些我可以从事的职业。他还鼓励我，说我比大多数归国的人员更年轻更有能力。他还敦促我回去看他。他向我保证，如果我能想出什么我想要做的，他们的影响力和资金会帮助到我的。他给了我一个他们可以训练我从事何种工作的大名单，我记得上面有勘测员和学校助教等工作。

那时母亲和父亲的生活十分艰难，而那时中国内地传教会还写信给他们，让他们照顾一个住在墨尔本的 94 岁的老人，还可以免费住在老人的大房子里等等。我决定去阿德莱德东北 150 英里的墨累河采摘水果挣一些钱，希望能摆脱目前一切的困难，让生活更顺利，然后去墨尔本和我父母团聚。我的女朋友的母亲非常喜欢我，她告诉我："从多特这个小地方离开是非常正确的事情。但我担心你像我女儿的前男朋友们一样，她会抛弃你而和别人在一起，我不希望看到你受伤。"

采摘水果来挣钱

我很喜欢在农村的采摘水果的生活。我一大早就乘巴士抵达了贝里小镇。这辆巴士上挤满了前来采摘水果的工人。一位身材魁梧的农民走过来，一把抓住了我，给我提供了三周的工作，薪水 7.5 英镑，外加食宿。他还告诉我，我还可以挣加班费。我接受了他的报价，并同另一位同在大巴上的一位年轻农民的儿子一起被车接走了。算上加班，工钱是很好的。住处的设施只有最基本的，但食物非常丰富，管饱。我们离小镇有大约 5 英里，农场的栅栏外面就是澳大利亚灌木丛。在清晨，袋鼠、鸸鹋会来到河边饮水。在河两岸，在灌溉渠流经的地方，是绿油油的果园和葡萄园，旁边就是那些生长着矮小灌木的干旱土地。周日，果农的 24 岁的女儿，带我去了当地的一个教堂。这是一个小卫理教会，它给我留下了深刻的印象。三个星期后，另一位果农又安排我去了他的农场。他要赶快采摘他的葡萄，不然就要麻烦大了。我的室友是个酒鬼，他干呕和呻吟经常让我半夜醒来。在隔壁房间里，还有一个无忧无虑的流浪者（在澳大利亚英语中，叫 swagman）。由于葡萄酒在这里又丰富又便宜，他们从早餐就开始醉酒了。这种生活我很不能容忍，直到有一天早上，老板发现马被栓起来，两个人喝醉了，躺在葡萄藤下，他们当场被解雇了。从那以后，我不得不加班工作，但能够挣到双倍薪水。我习惯了一天工作结束后累得要死的感觉，但乡村的宁静和清新的空气是非常棒的。还有，我也摆脱了偏头痛的困扰。

莱昂内尔·弗莱彻传教团

采摘工作一完成，我就计划搬去墨尔本和我父母团聚。于是我搭上巴士前往阿德莱德市去看望我女朋友多特一家。我的父母安排我住在桑德斯老夫妇家里，他们是我们家参加浸信会教堂所认识并成为好朋友的。他们家从多特家出来拐弯就到。在我外出采摘工作前，那所教堂发生火灾被烧毁了。当我到达桑德斯家后，他们说，他们要前往卫理公会教派中心教堂参加为期一周的传教活动。我说正好我也要去探望一下多特。然而，当我来到她家时，她说她很抱歉，她的家人正好在当晚团聚。我告诉她，桑德斯夫妇是去莱昂内尔·弗莱彻在市区的集会，他们两个人都是这次传教集会的协同服务人员。多特也认为，莱昂内尔·弗莱彻的布道确实值得一听。多特参加了独立五旬节教会（IndependentPentecostalChurch）。她的大哥曾经有很好的生意，但现已瘫痪，在绝望中，他们不得不寻求五旬节教会的帮助和治疗。令每个人都惊奇的是，经过独立五旬节教会的医治，她哥哥已经有部分治愈了，并能走一点点，而且可以坐在轮椅上了。从那个时候开始他们参加教堂的活动了。当我回到桑德斯夫妇家时，他们告诉我，他们为我做了虔诚的祈祷，祈祷我能够加入教会。

我的心并不在本次教堂集会上,实际上我只是在那里讨好桑德斯夫妇。然而，就如众所周知的那样，当福音传道士开始布道后，我注意力也被深深吸引住了，就好像他在对我说话一样。他布道结束时，呼吁求道者站出来。结果数字很客观，有三四十人走上前来。我仍然在自己的座位上静静地祈祷。天主的仁慈在感化着我，这是我精神生活的新起点。从现在起，我知道我前方的路已经完全不同了。桑德斯夫人是在书店工作，我买了本《皈依天主后做什么》，这是莱昂内尔·弗莱彻的作品。这本书成了我的手册，帮助我成为成熟的基督教徒。就在这次集会的最后一个晚上，我遇见了主。那天晚上，我花了很长的时间才入睡。我的脑子里一遍又一遍地浮现出主的神手给我做出了真正的指引。第二天星期日的早上，我跑去看多特，她问我布道会如何。“这是我所去过的最好的布道会，我的心还在被它影响着！”她问：“你是否到了神父前接受辅导？。”我说：“不，但神却与我会面。”我告诉多特，我要和桑德斯夫妇去对安利公园的浸礼教会，车上还有空位能带她一起去。“你和我一起去吗？”她来了，我们一起度过了整整一天，我们都非常高兴。第二天，她不得不去工作，我也得准备晚上去墨尔本。星期一晚上多特到车站来送我，我们吃了点东西。我告诉她我的生活充满了离别，虽然昨天我们过得很开心，但现在我们却面临着另一个分离。

和雷搭车去悉尼

这是一个漫长无聊的夜间旅行，最后我躺在火车的地板，睡了约 5 个小时。父亲到墨尔本站，带我去穆拉比纳。这是一个离墨尔本市中心约 9 英里的舒适的郊区，有一个非常本地化的名字。回家的感觉太棒了，我的宗教兴趣也增加了，我能花上几个小时左右的时间学习爸爸和妈妈在中国西南的傈僳族的传教工作。星期天我跟他们到穆拉比纳浸信教会，在那里我被介绍给雷在那里做牧师的堂弟。我申请了在奥林匹克轮胎公司的临时工作，我需要挣钱。这是一个夜班工作，在这里我第一次有了工会的经历。我们总是在夜班的头两个小时有活干，然后必须打发剩下的时间直到早晨，而我们不能指望能做白班工作！我刚开始工作不久，就收到我的朋友尼尔的信。他希望雷和我能去悉尼，他的母亲已经预订了一个位于山上的小郊区平房，它在悉尼西南市郊的一个叫鲍勒尔的地方。雷建议我们搭便车。因此，仅仅工作了一个月后，我在一天早上离开这里，在悉尼的王子高速公路和雷汇合了。

我们很快就搭上一辆大卡车，坐在卡车的车厢后面。这是个运货后从 500 英里外返回悉尼的空载车辆。经过约 3 个小时，我们停在沃加沃加（地名）。在当时的日子里，那只是一个非常小的内陆小镇。在司机吃午饭的空当，我们发现了一家面包店，而且能买得起新鲜美味的小圆面包。吃完后，我们还剩下五个面包来打发我们剩下的路程。在抵达悉尼后，我们曾打电话给尼尔，并乘一条渡船前往曼利。在那里，尼尔和他的母亲迎接我们。尼尔的哥哥，战时曾在英国皇家空军服役，并在大西洋上空失踪了，他已订婚的女友一直对他平安返回还抱有希望。她的父亲开车带着我们环游了悉尼。尼尔开始学医了，并已开始大学学习。雷也开始了电子工程课程的学习。尼尔母亲的朋友带我们到一个桉树丛环绕的小村舍。村舍非常简陋，但是我们在一起的兴奋之情无以言表。我们几个自从寄宿学校一别后，随后的集中营生活以及大家的方方面面，让我们有很多很多要交谈的。

菲茨罗伊瀑布群

第二天早上，我们出发前往菲茨罗伊瀑布群。我们在公路上刚竖起大拇指（搭车的手势）要搭车，就有一辆 PackardClipper 牌汽车开过来搭上了我们，这让我们感到非常惊奇。车的主人是一位知名的慈善家，他的妻子开始没完没了问我们问题，并说尼尔和我说话一听就不是澳洲人。

他们搭载了我们十英里后把我们放下车来，并告知我们需要徒步大约五英里才能到达瀑布。他们还告诉我们，只要天一下大雨，瀑布群那里就会有大量的水。而现在天上已经开始飘起小雨，但我们选择继续前行。最后，我们开始听到瀑布的噪声，然后就看到它在那里。由于大雨带来了巨大的水流，这真是一个壮观的景色。而周围也没有其他人，天地间只有我们仨和瀑布。我们看到还有其他两个瀑布的路牌，而我们对这两个瀑布一无所知，结果我们花了大半天的时间才走到那里。那又是一幅壮丽的风景。

雨下得越来越厉害了，天也渐渐黑了，我们在回来的路上不得不跋涉前行。在大雨中徒步跋涉在泥泞小路上真的是非常辛苦。最后，一个摇曳的灯光从树林中穿出，我们意识到这是一个在前往瀑布群的路上看到的一个乡间小屋。考虑如果回到公路的话，我们仍然将有很长的路要走。我们现在浑身上下都已经非常不舒服了，浑身都已湿透，靴子里的双脚也全泡在了水里。因此，我们慢慢向那间小屋走去。当时天已经一片漆黑，除了这个楼上的灯光外。

敲门后，有人来了，打开了门。在我们前面是个有一个非常大客厅的房间，有一个巨大的壁炉，里面正烧着大原木木柴。给我们开门的那位先生，很悠闲的一位绅士，问我们是否要留下来过夜，并告诉我们，费用是多少，然后告诉我们，我们最好先把自己弄干一些。我记得从我的小军靴中倒出不少水出来，并在一个卫生间里把湿透了的衣服拧干，然后我们又回到了巨大的壁炉旁。那位先生的很多家庭成员也都在那里，围着壁炉坐在一起，喝着热茶。一个女士问我：“难道你们没有替换的衣服？”听我们回答说“没有”，她给了我她的雨衣。用毛巾擦干后，我们就出去换上了雨衣，把我们的湿衣服挂在靠近火的地方烤干。有一个小女孩也一直在说话，“妈妈，为什么那个人穿着你的衣服呢？”雷明显在冷得发抖。我们都非常沉默、不兴奋。一位明显是这里料理家务的人给我们端来三杯热气腾腾的可可水让我们喝。慢慢我的身体似乎开始恢复起来了，直到今天，这个巨大的燃烧着的壁炉，在我心中的印象都仍然是乡村生活中的极致。他们还给我们端来一盘热腾腾的炖饭。看到菜中有一些小骨头，我们被告知那是兔子肉。

我们终于爬上我们的床，真的是太累了，我很快就睡着了，睡前还听着雨点打在铁皮屋顶上。我醒来的时候天已经亮了，雷已经把我们烤干的衣服给我拿了过来。我们飞快地穿好衣服，吃了早餐，包括大块的猪肝和咸肉，最后付了账单。我们有点心疼花掉这笔钱，因为这次花费远远超过了我们的预期，我们都没有很多钱，但我们仍为这次不常有的原汁原味的乡村经历，以及舒服的火炉感到开心。我们花了一上午的时间搭便车回到了我们的小屋。尼尔的母亲没有料到我们要留在当地过夜，一晚没有睡觉，不安地听着外面的雨声，猜测我们不得不找个地方躲雨了。

几天后，雷不得不回到墨尔本。尼尔劝我留下来，我们到路上送雷，并与雷拦到一辆大货车。我们很高兴听到卡车司机说他要去墨尔本。经过几个搭便车事件，包括一次到 Janolan 石窟的经历，那次我们在一个冰冷的晚上仅靠一个睡袋睡在外面。

该轮到我要回家了，我发现我并没有一个人孤独搭便车的经验。我不得不花了两个晚上在路上，一个人走在雨里。最后一段搭车旅途是在一个公司经理的汽车里，这段经历是非常愉快的。他甚至驶离他的目的地好几英里远，把我放在了我家附近。接下来的几个月里，我找了一些临时性的工作干。

直面规划自己的人生道路

母亲和父亲已正式退休，因为父亲已70岁了，虽然母亲比他年轻十岁。我记得我下班回来后发现他们非常沮丧。母亲不停地说，我们甚至没有对傈僳族朋友说再见，他们所有的东西还仍然在滔谷。她猜想那位批准他们退休的海外传教办公室的人甚至不知道他们在过去都干了些什么。在那些日子里，当你到70岁后，就不会再工作了。因此，他们向中国内地会申请可以返回中国完成对傈僳族新约的翻译。父亲在回家后一直致力于这一工作。那里也没有别人知道傈僳族的语言可以翻译。令他们感到宽慰的是，教会批准了他们的请求，他们很快就为返回中国做起准备来。

我不得不对我的未来作出一些决定。我姐姐鲁丝开始了在墨尔本圣经大学的学习。我写了求职信，其中就包括贝里就业办公室，这是唯一有回答的地方。我觉得这可能是神要我做的，虽然我不会那样做计划。我本来只是想去那里挣一些零钱。现在回想起来，我可以看到，这是明白无误地神指出的道路，他已为我事先安排好了的。我的父母和我姐姐都不能理解这一点。事实上，我多年后在穆理河上游结识的朋友还经常问我："是什么让你到这里来定居的？"我记得当时我非常尴尬，因为我没有真正的答案给他们。上帝为我的生活安排了各式各样的人及各种各样的情况，这一切的背后是我父母虔诚的祈祷。

穆理河的生活

在父母乘船去中国的那天，我和姐姐说了再见，搭上了前往南澳洲的火车。整整一夜的旅行后，我不得不在泰勒姆湾换乘一辆火车北上前往穆理河。当我登上列车时，天还非常早，火车经过了南澳洲最干燥、最荒凉的地区，还不时走走停停。直到晚上八时三十分，我们才进了贝里车站。我不得不叫的士来接我。我请司机带我去找间旅店，那里有两家彼此相邻的。他开始带我到一个稍好点的店里，在那里我被告知他们的房间都预订完了，我只好来到隔壁那家。他们给了我一间双人间，告诉我可以让其他人搬进去住。

第二天，我前往就业办公室，有人告诉我附近有一个葡萄园有几周的临时工作要做。他们告诉我都需要做什么后，剩下的一整天时间都留给了我自己，至此我开始了我新的生活。我有了新的生活，对于我来说，在某些方面，我感觉到寂寞，而另一种意义上，我感到很舒心。我相信上帝让我来到这里，他与我同在。

过了几天，我有了一个室友，他的工作是重绘所有壳牌公司在公路沿线的广告。然而，有一天晚上，警察来了。一个住在走廊对面的年轻女人两个月的工资被偷了，我们所有住这里的人都是怀疑对象。当旅社的房东女士来到后，警察进入了我们的房间。我很惊讶地听到她说："我们知道这个人是没有根据被怀疑的。"于是，警察质问了我的室友。我很困惑为什么我没有受到怀疑。后来我了解到，她看到了我床头上的圣经，并阅读了我的笔记。她是一个牧师的女儿。抢劫终于证明是一个谎报，报警的女士主要是想摆脱她同屋的一个女孩。

我的房间窗户正对着一间美丽的小卫理公会教堂，这一年的早些时候我去过那里。我跪在我的床边祷告，抬起头，一股不可抗拒的意志灌输到我的头脑里来，这里就是上帝要我所服侍的那个教堂。早餐时间，一个新来的小伙子和他的爸爸坐在我桌子的对面。我注意到他在饭前进行了祈祷，于是我问他是否是一个基督徒。他说他是，于是我说我要去隔壁的教堂。他告诉我他将搬迁到他们刚刚买的农场去，但他一安顿下来就会来教堂的。从此我们建立起来非常紧密的联系。他只有 16 岁，但在他以前的住处已经加入了一个非常活跃的基督教奋进会。

星期天我去隔壁的教堂，那里的牧师和他的妻子很高兴有一个年轻人，而且还是位传教士的儿子也来参加礼拜。我也受到一位当地的商店主的热烈欢迎，他告诉我，他一直参加救世军组织，而且以前还是这个教堂里的青年工人。

一起悲惨的摩托车事故

我们同一旅社走廊对面的另一间屋子里住着两个在银行工作的青年男子。他们邀请我过去聊天，其中一个说，他在教会中长大，但还没有准备入教，因为他搬到了贝里。我告诉他们说下周日我会去隔壁的教堂，并邀请他们和我一起去。他们都来了，礼拜结束后，我和他们进行了一番关于灵魂救赎的长谈。

在那一周的晚些时候，我去他们房间找他俩，惊讶地发现房间里空无一人。我问房东夫人他们在哪里？她激动地说："难道你没有听说？他俩的摩托车坠毁了，两个人都死了。"这件事引发了我和房东夫人的一次长谈，她告诉我她看到了我床头的圣经，里面有一些她从来没有见过的注释。她还说，她的父亲是牧师，但她太忙了又要照顾孩子，还要打理旅馆生意，就没有时间去教堂。她说，她的丈夫是一名卡车司机，忙着挣钱来偿还他们欠的债务。她向我保证，她会坚持祈祷，她还对我说："当我见到你时我就知道你是一个坚定的基督徒。"

这起悲惨的摩托车事故，以及那次我和他们关于救赎的长谈在我的脑海里萦绕了好几天。从那时起，我就多次发现当我和一些人谈救赎问题，很少有人会意识到他们不久将要死去。我从未有过预感，但我始终有一个非常冷静的思考，我是上帝的使者，在生与死之间。

开始自己的生活，上帝与我同在

几个星期后，我被告知到就业办公室报到。在那里我遇到了一个农民，他给我提供了一个实习的位置。在阿德莱德安置办公室的人告诉我，当你安置下后来我们这里，我们将尽可能帮助你安顿一切。我还是不知道这是否是我的未来。

这位农民是很愿意让我马上开始工作。他载着我把我拉到三间小屋前。

屋子很简陋，但是全新的，有一间带有一张床和一个茶几的卧室，有一个小厨房，里面有个烧柴的炉子可以做饭，还有一个古老的冰箱和一个长长的操作台。屋子后面有一个小浴室，浴室后约二十码是一个旱厕。这里就是我在未来数年的家，它坐落在农夫的一个 28 英亩混合水果农场里。农场里面种着橙子、柠檬、葡萄柚、葡萄、杏、油桃等。用我手里仅有的钱，我开始购置所有的生活必需品来装点我的房子，而在集中营里，我用不到什么东西。

在农场的边上有一个忙碌的小屠宰场，它紧挨着穆理河。那里有很多牛圈和羊圈，所以我在那里经常能得到新鲜的羊腿或牛排。我经常把它们都事先做熟了，然后贮存在冰箱里，吃的时候拿出来直接吃凉的。面包师每周来两次，他也会带来牛奶和冰淇淋。

农场离小镇有七英里多。亨特的店在更远的两英里外，它由一个非常健谈的人经营着。他也是离我家半英里处的小基督教教堂的奠基传教士和长老，他很努力地劝我加入他的教堂。他对有了一个我这样的基督徒客户喜出望外。

我不得不去城中心不同的商店买些东西回来置办我的房子。几乎每家商店在我张嘴说话时，他们要么指我为一“老英（国人）”，要么说“你在哪里学的优雅的口音的？”起初“老英”这个称谓有点让我生气，他们为欧洲人贴上标签，称他们为“新澳大利亚人”，而英国来的则被标为“老英”。

后来我有了一辆自己的自行车，我发现它太有必要了，我可以到处去了。我很快就熟悉澳大利亚的各种野生生物了。有一天，我在柴炉边做饭，当我转过身来时，透过纱窗门我看到一条大黑蛇随着我收音机的音乐轻轻摇曳。我也经常被澳洲巨蜥吓到，它们经常爬到我的小屋的屋檐下找鸟蛋吃。

我很快就交到一个农民朋友，他的名字叫特德，住在我们街道的几个街区外，特德经常在周日载着我去教堂并再载我回来。我的农场老板不是一个基督徒，但附近一些农场的农民多为路德教派教徒。令我惊讶的是，他们还都支持中国内地会。亨特先生，店铺老板，有一天到处打电话，并找到了我。他说："我们下周日的礼拜还没有找到牧师呢，请你来布道好吗？"我再三强调我有生以来从未布道过。但他不会接受我否定答案的。因此，经过多次祈祷，我在基督教小教堂里做了我的第一次布道，包括儿童在内只有 18 人参加。我想我的英语口音给他们留下深刻印象！

第二天晚上，让我吃惊的是，一个叫沃利的小伙子来拜访我，他在教堂见过我。他告诉我，他和他老板的妻子有很大问题，那个老板娘试图在老板外出时勾引他上床，这使他不得不离开。他想知道是否能住在我这儿，顺便找一些他能做的工作？他是一个六英尺四英寸的大个子，所以我把我的床让给了他，而我在浴缸里睡。我们成了很好的祈祷伙伴，一起为他的事情祈祷。他只在我这里住了两晚，然后就搬到了他女朋友的农场。在他结婚后，他成了基督教教堂的牧师。

44 小时工作周

我有一个长周末假期，于是便前往阿德莱德去拜访多特，我们有过一段美好的时光。她建议去阿德莱德表演场，那儿就在去她家的路上。全澳基督教奋进会就在那个星期举行。

我不熟悉基督教奋进运动。我们坐在巨大的会场当中，伴随着令人振奋的音乐和歌唱。就在那时，我们从一个牧师那里听到一条非常激动人心的消息，澳大利亚要把每周 48 小时工作制改成每周工作 44 小时。政府改变了现有的工作制度，把每周额外的四小时时间奉献给主。令多特惊喜的是我站起来回应了这个决议。多特有点不好意思地问我想做什么。我说我根本不知道，但我觉得这是应该做的事情。我提醒她，每周因为基督教的原因她花费的时间已经超过 4 小时了，而我除了教堂外也没有什么其他的事情。

我不得不与多特再次分别回到贝里，这令人很不舒服。在此之后，我在想并为这多出的 4 小时工作外时间祈祷，这些时间已经被我许诺为上帝服务了。

梅尔·汉考克斯的请求

接下来的一周，我们教堂的牧师找不到派往格洛索普卫理公会教堂的教士。于是，他通过基督教会接触了亨特先生，问他是否可以暂代一下这个位置。亨特直言不讳地告诉他，找找你们自己的人吧，斯蒂芬·迈特卡夫就是一个崭露头角的布道者。我们的牧师有三个小教堂以及一个在贝里的主教堂。最后他不情愿地来问我，问我是否能在如此短的通知时间内填补这个空缺？我踌躇着同意了。因此，在星期天，我去了格洛索普教堂。有 25 个教徒在那里聚集。

我问我自己，是否这就是上帝让我用因法定工作时间缩短而得到额外的 4 个小时所做的事情？这是我曾经许诺要奉献给主的。我还祈祷上帝能够以某种方式把他的旨意征兆给我。我在传教圣灵说时有很大的自由权。我传教的话语仿佛是自己不断跳出来一样，我只是简要地以圣经的箴言来结束这段传教。

礼拜结束后教堂成员对我的传教表示了热烈的欢迎。然后弹奏风琴的小姐请求和我说几句话。“你是上帝对我祈祷的答复，”她说，“我是格洛索普这里一所中学的老师，我的学校是这整个地区的一所重要的中学。我有一个伟大的愿望，就是建立一个基督教奋进会。我父亲是基督教卫理公会的牧师。我非常担心，由于我父亲的过分直白的宗教立场而被别人把我作为一个福音派狂热分子。不幸的是，在这个葡萄种植区的牧师们出于禁酒的立场，而反对基督教奋进会。你看，这里的酒吧是由农民工会拥有，所以喝酒是看作为造福社区会的活动！再说，我九个月后就要结婚了。我希望你能够在某个周六的晚上在贝里的卫理公会教堂领导一个基督教奋进会，我会尽我所能去支持你的”。

这导致了我生命中最充实的神职活动。回想起来，我意识到我的父母，我在圣经学校的姐姐，多特和桑德斯以及尼尔的母亲都是为我祈祷，并且是主把我推到基督教工作中来的。上帝接受了我的奉献，我把一周额外的

4 个小时时间花在为主奉献上。而后续的一系列事情则把我推入到基督教事物中来。这一切不是偶然的，但我也没有去刻意要求它。

这个基督教奋进会从零开始到吸收了三十多人，从其他的一些教派中吸引了很多高中学生，除了基督教会。这主要是因为他们排外的观点，而且他们已经有了一个基督教奋进组。

我们自己的牧师真的拖了我们的后腿，当我告诉他我们认为我们可以做的一些事情时，迪克，一个刚刚搬到该地区的一个小伙子，非常外向，说起话来全都是基督教奋进。我们的牧师找到我，叫我参加教堂领导人会议，他说，他很不好意思，我们从别的教会挖人是偷羊的行为。我告诉他我已经从该城的三个牧师那里收到了表扬，说我们的青年组把更多的年轻人带进了教堂，并建立它们之间的纽带。我表示惊讶，他们没有同他说这些。

我们的牧师一直说他不知道应该如何处理这些。我的朋友，商店主开口了，说其他教派的牧师和教徒到他店里都说这是镇上发生的最好的事。年轻人正在转变，并为自己的教堂工作。

如果我没有遇见梅尔，那位高中老师，我可能永远都没有能够践行这些事情。我们很快就有了一个真正具有音乐天赋的一个女孩来负责教堂音乐。渐渐地我发现，开始还不情愿的牧师也开始合作起来。有一次，我跟他长谈，他告诉我，他以前也是通过基督教奋进活动才从事教会活动的，而后来世界已经改变。幸运的是，牧师们也更新换代了，老人退休，离开了。后来，当我去日本后有人告诉我，他和他的妻子会热切地等待着我的祈祷书。此外，他告诉人们，我是他参加教会活动中遇见的最好的牧师！他的妻子一直对我很好。回顾当时，我这个新牧师对于这三十多个奋进会成员还是有帮助的。

成为传教士的挑战

一段时间后，我再次去看望多特，我们参加了一个特殊的传教士集会。来自墨尔本圣经学院的十几个年轻人来到这里，他们做布道、讲道以及咏唱。他们将从这里前往一些宗教场所。在此之前，我一直没有进行传教服务的想法，我有太多干扰它的事情。我跟多特说我的想法改变了，但是她说："学习一门外语吧，不要因为我的原因去做传教工作。"

在阿德莱德，我还拜访了战俘安置人员，他一直与我保持联系，并对我说，等我 21 岁成年后，他会把我的名字列进可以分配新农场的名单中。他解释了其中包含的所有的金融方面的含义，并向我保证，他们将同我一起在各个方面对我进行帮助。这看起来将会有很长的一段路要走。

有时候多特也会来看我，并陪我度过整整一个星期。她也住在我们的旅社中，我每一个空闲的时间都和她一起度过。很明显，我们非常相爱。她想和我订婚并要嫁给我，但我还没有准备好。

当她回去后，我收到了她的一封短信，说她已经找到了别人，那人已经向她求婚了。她说她无法面对成为一个传教士的妻子，不想夹在我和上帝的召唤之间，而且除了她，她其他所有的朋友都已经结婚了。

我的心粉碎了！我打电话给她，但她的爱已经给了另一个人。是她的母亲接的我的电话，还提醒我说，她曾警告过我会发生这种事。我无法猜到接下来发生的事情。我非常伤心，我病了，病得很重，得了肠炎，我忍不住呕吐。我去看了医生，他让我住院治疗了一个星期。我仍然为这件事情伤心不已。一个参加我主持的周日教会学校的孩子住在我旁边的病床上。因此，我不得不为他摆出一副很好的脸色出来。我发现我开始强迫自己做一些事情了。我带着青年人的工作，并试图隐瞒自己的感情以及我所经历的一切。大多数人以为肠炎的原因是我没有照顾好自己。

此后的三个月中，我无法专心祈祷，我没有写任何家信。最后，我收到姐姐的信，要我一定要写信回家，我妈妈因为长时间没有我的消息非常担心我。我写了一封长信回家以及写给姐姐。他们似乎没有理解我是多么伤心，以及我那种失去亲人的感觉，他们认为我不应该把我和多特友谊看得那么重。

不久后，中国内地会写信给我说他们将举办一系列特别的周末宗教会议。这次活动是与"基督活动家"组织一起举办的，由该组织的新任澳洲总监 J.O. 桑德斯作为活动的发言人。

也许我是真的想参加这个活动。我去了阿德莱德，刚好在这次活动专用的大巴离开前到达。我跳进巴士的时候天都黑了，它马上启动出发了。令我难以置信的是，我坐的唯一空位恰恰就在多特旁边。她还是老样子。她一直非常积极地参与“基督活动家”活动。在这一路上，各种各样的想法充斥在我脑海里，我伸出手去握住她的手，她的手指上已然有了一枚订婚戒指！她轻轻地拔出来了戒指，笑着说：“事情已经改变了，我还是很喜欢做你的朋友，永远都是。和你的友谊，其实对我有很大的影响。但它绝不能再往前走。我依然想念你的来信。我有一个非常好的朋友，我想介绍给你。她是一个美发师，有很多男生追求她。她觉得是上帝在召唤她为上帝全职去服务。我告诉她关于你的一切，在我和你结束的时候我要把你介绍给她。”

在余下的旅途中，我们一起度过了一段美好的时光，相互交谈了一些事情。我没有说我那时候是如何伤心以及为此生病的事情。我决心在我心中把这当做是我生命中的一个篇章，它已经结束了。我只是希望，最终的结局最好能轻松些。

本次会议的第一次会议进行得非常顺利，J.O. 桑德斯非常受鼓舞。他讲话结束之后，有一段独唱，是一位年轻的女士站起来歌唱，歌声非常优美。这首歌的歌词引出了这次会议的主题：“跟着你，我会跟着你我的上帝。每一天都跟随着你。我的明天都属于你。我将紧紧跟随着你。”会议结束后，桑德斯先生走过来，跟我说话。他说，秘书指出了我。在当时有很多的人都想和他说话，所以我说我想以后再和他交谈。

我拿了一杯茶，坐了下来。多特拉着个可爱的姑娘过来找我。我认出了她就是那位此前独唱的女士。“贝蒂，我想让你认识一下我的朋友斯蒂芬。”姑娘有点尴尬，傻笑着说：“多特告诉我你所有的一切。我看见你在和桑德斯先生说话。你认识他？我希望我能整晚都听他的传教。”显然，这是多特想要介绍给我的朋友。在我们平淡的交谈中，我明白了为什么男生们都对她感兴趣了。但是我们之间没有任何来电的感觉，我感觉到她也有这种感觉。除了她和多特的友谊，以及我们的基督教利益，我们没有任何共同之处。她没有想过做传教服务，只是在澳大利亚国内做一些宗教活动。

我们分手后不久发生了一件非常不幸的事，她在一次事故中丧生了。当听到她突然死亡的消息后，每当我们唱起那首歌时，她那美丽的歌声经常萦绕在我的脑海里。“上帝，我所有的未来都属于你，我将紧紧跟随着你。”

后来，我曾与桑德斯先生进行过一次谈话，这是最鼓舞我的一次谈话。我告诉他我正想要从事传教服务。他说：“在你进入圣经学校学习之前，你需要花几年功夫在世界观上成熟起来。否则，这不过仅仅是学术上的研究。在去学习之前，多花些时间去阅读和学习些好的基督教书籍吧。”他给了我一些书目，我匆匆记了下来。当我回到家，我发现把我仅有的钱都花在买书上对我来说的确是一件为难的事。但在以后的几年，我发现它得到了回报。我在乡下独自阅读和研究这些书籍，这是上帝给予我精神成长的时间。我记得我的研究之路读完了整整两大卷神学书。

他还告诉我：“你需要一个明确的召唤来进入宗教圈。仅仅是一个传教士的儿子这个理由还不够好。我也建议你确定一个女朋友，她能一直支持你到你此后的宗教语言学习阶段。”事后回想起来，我觉得这个建议不是完全有效的，因为也有些人认为我语言方面进步快是因为我是单身。

整个回来的路上我都非常兴奋，我回到了穆理河，并且有了一个新的目标和新的起点。我能把我和多特的感情放开了。主在那里给了我一个传教点，我的那些中学的学生们就在那里。

基督教奋进会的工作使我能够参与到各类会议中去，包括每年度在新年举行的基督教奋进会野营活动。我最好的的几个朋友就是在野营活动中结识的。

在我去维多利亚神学院学习前的最后一次营地活动中，营地的领导者请我在闭幕式上做一次布道。会议结束后我的朋友和其他一些人都挤在我身边问我很多问题。他们惊讶地发现，我不仅仅是贝里卫理公会基督教奋进会的领导者，还有在中国长大，并与埃里克·利迪尔同在日本战俘营的经历。其中一些人承诺将在此后也为我进行祈祷。八年以后，在我们第一次休假，还有相当数量的人渴望我能在奋进会的会议上发言。

在珀斯我还能够参加基督教奋进会的大会。我们不得不乘坐火车包车历时三天，从阿德莱德抵达那里。牧师莱斯利·戈姆与我们同行。他和A.罗伯茨牧师非常致力于传教工作。J.O.桑德斯先生是这次大会的发言人之一。

在我的姐姐、我离开阿德莱德的三年后，我很惊讶我有很多基督教奋进会的熟人到场跟我告别。

几个月后，我们在贝里为所有的教堂举办了一场宣教会议。艾伦·伯罗斯是发言人，他后来成了阿德莱德圣经学院新任的校长。在会上他谈到了他在玻利维亚的工作，并演示了在安第斯山脉的部落民族的幻灯片，我的心又飞到了中国的西南和傈僳族的山区。我回到家里，祈祷说："上帝，我愿意去你要我去的任何地方。"这时候我记起读过的一本书《山脉的背后》，是关于J.O.弗雷泽的故事，而我是认识他本人的。此后不久，我听到了重播的麦克阿瑟将军呼吁传教士去日本。这如同上帝传递给我的声音。此前，我也在一个基督教杂志上看到过这个号召。在集中营的苦难生活中，我向上帝祈祷过，如果我活着出来了我将会去日本作为一个传教士传教。但生活在向前走，我的常识告诉我，我必须去中国传教。我会说中文并曾经能讲一口流利的傈僳语。我已经计划进入MBI（维多利亚神学院）学习了。梅尔，那个高中老师，已经结婚。基督教奋进会在发展壮大，新的年轻的领导不断涌现。我姐姐毕业后，在位于塞杜纳市的布什教会医院工作，并参加了他们的飞行医生服务计划，经常到澳大利亚内陆偏远地区做医疗服务。我负责主持主日学校工作。同时，我也一直在格洛索普周围的一些小教堂讲教，以及在贝里的卫理公会教堂讲教。

我经常骑自行车骑行17、18英里回到家中，每次都精疲力尽。也正是这样一个令人惬意的疲惫，让我知道了我在为上帝服务。我也参加教会领导人会晤，并很快学会了教会的内部运作事物。在那些年里我很喜欢孤独，它给我时间来祈祷，使我有时间去思考，有时间和上帝在一起。

有一次，教会遭遇了一场金融危机，他们召开会议来处理日益增加的财政赤字。我听着这些富裕的农民就如何筹集资金提出了各种各样的建议。最后，我歉意地开口说："我认为，首先应该有一个祷告会，使我们财政的问题变成所有祈祷者的问题。第二，我说，如果大家都按圣经教导的那样把收入的十分之一捐出来，我们很快就会摆脱赤字了。"司库开口说："按斯蒂芬的薪水来讲捐出十分之一当然没有问题了。但这个做法是可笑的。为什么呢？如果让我捐出我财产的十分之一，我自己就可以支付整个教会的预算了。"会议以成立一个委员会来研究此事而结束了。

周日牧师来找我说："你那天晚上所说的真的有结果了。有三个家庭已经送来了数目非常大的捐款。他们表示，大萧条前几年他们总是捐出十分之一的收入。不过，大萧条中他们不得不背负巨大的债务来度过困境，当经济复苏后，他们再也没有做什一捐献。"他接着说："由这个善举使即将到来的祈祷会恢复其本来的作用了。"

在这些年里我学到了关于教会生活等许多经验教训。当我去大学学习前，人们为我举办了一个非常热烈欢送会。主持会议的人说："斯蒂芬，谢谢你为我们的教堂和年轻人所做的一切。我们会想念你，但从来不会觉得我们不能没有你。要是你这样认为，只要步行上山到墓地，你会看到所有我们不得不离不开的人的坟墓。"我从来没有忘记这些话。

传教服务的培训

墨尔本圣经学院（现为维多利亚神学院）生涯是幸运的两年。由于我此前的宗教典籍阅读及讲道生涯使我有一个很高的起点。随着三十多个学院学生成为我的好朋友后，我在学院里从来没有缺少友谊，学院里还有一些非常棒的讲师。

我有一个学期是与墨尔本市传教团一起工作的。在周末去酒吧打烊后外出的经历对我来说是一个全新的体验。我们经常给那些喝醉了的甚至无法站起来的可怜的小伙子们一杯热腾腾的加了阿司匹林的咖啡，这会使他们很快清醒过来。然而，当我们把他们送回家，或者是送到他们所谓的家时，我们知道了醉酒会使得一切都变成多么糟。这些天里，我的饮酒的态度整个发生了改变。

当时在南墨尔本斯普林韦尔的郊区发展中的乡村教会需要一个学生教会牧师。学院推荐了我。这个职位教会了我很多我之前从来不知道还需要学的一些东西。我从来没有设想我今后的工作将在日本建立教堂。但上帝知道，他给了我这个任务，教我明白这都是怎么一回事。因此在接下来的一年半里，我在 Dingly 联盟教会完成了一段非常有意义的神职任期。

在我即将结束在教堂的神职任期的一天,我遇到一件左右为难的事情。有一个周中的会议，但我只有半程的火车票钱。我可以向我父母要钱，但这是我非常不愿意去做的，我也可以去并祈祷上帝会提供帮助。我动身比较早，会议地点离我约 15 英里远，最后 5 英里我不得不从火车改乘巴士。我到达时，巴士已经等在那里了，但我没有钱来付车费，所以我决定步行前进。

我才刚开始走，天就开始下雨了。事实上，雨下得非常透，我边跑边走。在我心中，我此刻真的对主有所不满，我在尽我的责任为主服务，他不应该让这些麻烦发生在我身上的。我试着祈祷，甚至唱歌。但当我到达教堂时，我的脑子已一片混乱。

我来的还算及时，当我走进去教堂时，看到我被浇成落汤鸡，所有的年轻人开始大笑起来。这只能让我更加恼怒。但我坚忍着走上前并领导了会议，一边还祈祷着让我心情平和下来。

当会议结束后，罗伊，他做鸡蛋运输生意，对我说：“我会我的卡车把你带到车站的，雨还在下呢。”我感谢了他并上了车。只要他开车，他经常这样让别人搭顺风车。

正当我们车开动时，有个青年男子跑了过来。他递给我一个信封说：“我父亲要我把这个交给你。”我简直不敢相信发生了什么事情。他父亲不是我们教会的成员，我们的成员只有一位母亲和两个 20 多岁的孩子。他父亲是一个激进的码头搬运工。当我们停在车站后，罗伊对我说：“我有一点额外的钱，请让我来付你的车费吧。”我告诫他说：“我姐姐晚些时候会到达机场，我要去接她，这可是一个很长的路程的。”他笑着说：“那好，我把你姐姐的票钱也出了吧。”

当我坐上火车后，打开了信封，里面有40块钱。这个意外之财让我更加相信上帝，雨中跋涉只不过是他对我的一个考验而已，我从来没有忘记它。现在我也能支付我姐姐的车费了。

她很高兴见到我，说她没想到会碰到我。她已经完成了飞行医生项目的服务，并顺便过来参加一个由海外传教士组织推广的暑期语言学院的语言课程。

我开始请求大量的工作以改善我的财务状况。我得到一个意想不到的答复，我被要求去烧学院的锅炉。这个工作要起得很早。令我吃惊的是，这工作的报酬少得可怜。我以前也去园艺工作来挣一些必需的零花钱。

我在学院的室友戴夫·布鲁克响应召唤作为一个传教士到日本去了，他问我，我是否可以参加每周一次为日本祈祷的活动。我同意了，当我们祈祷时，我记起了埃里克·利迪尔对为日本祈祷的质疑。慢慢地我有了想法，想要自己前往日本。（更多关于我受召唤去日本的故事在我文章中关于埃里克·利迪尔的那部分里。）但我对日本之行并没有太大的把握，因为我确信如果我去日本而不是中国的话，我的中文和傈僳语将无用武之地。

我的培训的亮点之一是同亚历克斯·布朗一起在南澳大利亚参加儿童山毛榉布道团及其他布道团活动。亚历克斯给我的切实可行的意见和训练是我在别人那里得不到的。亚历克斯是上帝选择的仆人。在我参加布道团时，他还非常慷慨地作为我的推荐人之一。毫无疑问，他是那个时代澳大利亚最伟大的儿童福音传道者。

在我学习期间，有一场“圣经与考古”的展览。展方召集志愿者以对各种展品配备服务人员。我发现自己分配到负责介绍杰里科古城展台，以及介绍古城的城墙是如何倒塌的。

关于这个课题已有大量的考古挖掘和研究成果。我必需熟读所有资料，并准备尝试解答参观者的问题。而我没有什么准备的是，有两个博学的学者不停地给我说不可知论，以来挑战我的基督教信仰的每一个方面。

他们每天都在。我很快就开始意识到他们不是忠诚的圣经学者，反而像来这里故意扰乱我的信仰的。起初，我真的很喜欢与他们辩论，但后来我发现他们真的是在给我找麻烦，并暗地里在摧毁我毫无经验的回答中获得满足。与此相反，我不再把与他们对宗教信仰做斗争作为一种在祈祷时的精神战斗了，我思想开始挣扎了，才发现我对上帝的旨意的整个态度有了动摇。这开始影响我的精神生活和基督教活动。

展览已经完成了，但我思想的斗争仍在激烈地进行着。我周围很少有人知道我发生了什么事。而我太骄傲而不肯承认发生了什么事。有一天，我在读新约《希伯来书》的评论，看《希伯来书》第 11 章“英雄的信仰”这部分内容。我突然发现自己对第 11 章经文的一至六诗节产生了共鸣。这里有我一直在努力寻找的解决思想斗争的答案。作者说到信心是大于理性的。在这个物质世界，我们可以看到，触摸到和测量到的东西都是由上帝的旨意而存在的。我们可以看到的东西是上帝从我们看不到的东西中创造出来的。慢慢地我开始明白，上帝给了我们信仰这个礼物，让我们接受并遵照行事。从那个时候起，我接受了圣经的圣典和由信仰所产生的灵感。这可能是我在神学院学习阶段最大的进步，它影响了我整个靠近上帝和圣经的一生。我记得有一天读《马太福音》19 章对离婚的看法，我看到耶稣对此引用了《创世记》第一章和第二章的内容，以支持他对离婚的看法。这两个章节正是那两个持不可知论的学者讥为幻想的部分。在那一刻，我产生了一个强大的信念，即经文完全可靠。我渐渐认识到，圣经里的所有经文结合到一起是一整本书，不论人们怎么看待它，不是由客观理由，而是由信仰撑起来的信念。正如我琢磨这些发生的事情后，我才意识到，作为一个信仰者来说不管你参加的学术课程再多，最重要的事情还是必须在精神层面上认识到我刚刚经历了的事情。上帝通过圣经向世人展示自己。显然也有例外，当上帝以更直接的方式来展现他自己时。

我在这个时候发现的另一件事情是，当我自己努力地为布道做准备时，我形成了一个习惯，就是把我要布道的内容完整地记录下来。在这一过程中，我发现我能够检查我的语言，并学着使我的语言更精确。我总是迫使自己开放心灵来让圣灵引导我的思想。我记得有一个复活节我要准备一个启示，我开始阅读圣经的有关段落。我发现自己进入一个状态，那些富有灵感的思想似乎正在相互迸发出来。几个小时后，我意识到这是上帝给了我这个布道，我跪下来感谢他。我没有把这个布道组织在一起，但这思想已经在我的脑海流淌，我带着灵感的兴奋把这些都记录下来。然而，这不是普遍现象，是特例。通常要做好一个虔诚的布道，是一个大的学问，需要大量的研究时间和思考。我会把布道详细地写下来，然后我会审慎研究和简化这些措词，并试图削减语言使之简练。因为我意识到我布道中的一些讲解解释会很快使我超过规定的时间的。不过，我永远无法判断任何我传福音布道的结果。我学会了把结果留给上帝来评判。通常，都会有人因为听到我在福音布道中的一些启示而给予我一些鼓励的话。有一次，我在布道中享有充分的自由和快乐，会众们也似乎显示出了真正的重视和对启示的响应。然而在教堂门口正准备离开时，他们甚至没有人感谢我，或说些什么。最后一个带着热情离开的女士告诉我，最后的赞美诗是她的最爱。两个月后，这位牧师说："我在教会的人都惊讶于你的说教，他们以为是我把你带到这儿的。我们这个教堂曾有一些导致不团结和分裂的问题，但你的布道，解答他们的疑问。作为一名来访者，您能展现出中立的一面。"

在这个时候还有一件事情在我的脑海中不断思考，我应该学习多少东西以为我的牧师职责做好准备？希腊语和希伯来语我需要学多少？我问过相当多的传教士和教师。有一部分人告诉我，这是唯一的机会，你有时间来学习，一旦你到了牧师的位置，你不会再有时间去系统学习了。而另外的人则不停地告诉我，你将会用你的一生来学习的。最主要的是知道基础知识，这样你会知道如何去获取需要的信息。事后看来，这似乎是我所遵循的过程。我从来没有过这样的学术学习生涯。我发现在旧约《所罗门书》中的话似乎击中了要点。第 12 章 12 节中讲到："书永远读不完，持续不断的学习除了让你精疲力竭外，对你没有别的好处。"我发现我非常嫉妒那些拥有超强学习能力的人。但我也注意到，很多时候，他们的布道听起来很费力。他们似乎很少能激励他人。他们是一个巨大的信息来源，但很难与人联系沟通。最后我发现，我需要信息，这成为了我的学习动机。

不久后我在丁利佑宁堂开始了传教生涯，有一对年轻夫妇刚刚生了一个孩子，他们来到我面前，问他们能否让这个婴儿接受洗礼。我从来没有这样做过，但这是一个祝福。接下来的一周我像往常一样提早来到教堂，一个脸色非常忧郁的长者告诉我说，那对夫妻的由我赐福过的小宝贝已经死了。我最好进城去拜访一下他们。在去他们家的整个路上我都觉得糟透了。我要对他们说些什么呢？当我到达他们的房子时我甚至想调头离开。丈夫来到门口，并迅速喊来他的妻子。我记得伴随着脸上的泪水不断流下，她是笑着对我说，他们是如何把自己的孩子奉献给上帝的，而现在上帝已经把她带走了。接着她说道："奉献给主的都是很平常的东西。"他们不知道我当时有多忧伤、多紧张。主通过这些惊奇的设计向我显示出，他会给我带来各种问题和情况，我必须面对这些没有简单的答案的问题和场景。

当我开始了解我的会众后，我开始学习教会里的问题和原罪的情况。作为一个年轻人，我发现这些问题非常难以面对。有一个人经常来做很长的祈祷，并大量地引用经文做一些令人信服的祈祷。后来我发现他有家庭暴力并是个生意场上的骗子。还有一个在教会里不知疲倦地为教会工作的非常令人尊敬的女士，她的丈夫总是表现出痛苦和疲惫。然后我开始听到消息说，这个忙碌的女人统治和支配的家里的一切，她是他们家庭痛苦的主要来源。

我向副主教提及了这些事情，求他在这些问题上给我一些建议。他说，我并不是要陪着这些人给他们一个答案，但是你可以求助于祈祷。当我投入到布道活动中去时，这位女士成为我的一位非常棒的参与祈祷者，她还不断为我祈祷。随着她年龄的增长，她的个性越来越柔和，性子也变了，并给整个家庭带来了幸福。

在我拜访一个个家庭的过程中，我听到了很多不幸的故事。我经常在想，我们的主说了什么以及做了什么事情会导致这些不幸发生啊。

去日本前的最后一个星期天，我在教会拜访了教堂对面的几个家庭，刚好遇见了一个正要出门的年轻妻子。她说："非常抱歉，我没有时间交谈，但我确实希望去教堂，我答应你，我会在下周去的。"九年后从日本回来休假时我来拜访教会。这位女士来到我面前，说你不记得我了吗？你打电话到我家时我正要出去，我说我会去教堂的，我于是皈依了教会并接受了洗礼，现在我的家人也是主的信徒了。

我曾经每周都去打一次曲棍球比赛，这可以帮助我保持身体健康。有一次在教堂的年轻人去墨尔本以北大约60英里的本迪戈郊游，我也去了。

除此之外，我们去参观了一所旧监狱，看了它的地牢和绞刑架等。我是最早离开的人之一，当时我有一个恶作剧的想法，我要关闭监狱大门，并落下门闩。过了一段时间，我听到恐慌的哭声和沉重的敲门声。最后，我悄悄地回来了，大笑着推开门闩打开大门。当我发现有20多人被我恶作剧，其中一些女孩一直尖叫和哭泣，我倍感指责。这是一个我从来没有忘记的教训。圣经说……爱是宽容……爱不是把快乐建立在错误上的。

1951年，新的海外传教会开始在泰国北部的华人和傈僳族人当中开展工作。此时所有的西方传教士离开了中国大陆。这又是一个明确的指示，中国对我来说不再是我传教的一个选择了。我又让自己和别人都惊讶了，我说，上帝在呼唤着我去日本。

父亲和母亲在离开中国的时候经历了一段非常危险的旅程，但神奇地把傈僳族语言的新约手稿保留了下来。这些手稿几次被带走，然后又被返还回来。在一个公共汽车站，一个年轻官员试图在大庭广众下羞辱父亲。他举起了傈僳族新约圣经手稿说，这是父亲从事间谍活动的证据。然后，他转身对父亲喊道："你在中国呆了多长时间了？""45年！"父亲回应道："你在中国多长时间？"周围看笑话的中国人大笑起来，这让这位年轻新贵把那珍贵的手稿愤怒地扔在泥浆中，手稿的封皮因此毁掉了。我父亲弯下腰，把手稿拾起来，而年轻官员不声不响地走掉了。这耗费父亲一生工作时间的珍贵手稿再一次得到了保护。他们最后不得不徒步跨越边境来到香港，在那里呆了一段时间，看看东傈僳族（理泼族——彝族的一支）新约译本印刷出来，并做了校对。

他们能够回到墨尔本定居了，回到他们曾经居住的地方。学院对我非常好，为我免除了学生必须住在学院内的规则，让我和我的父母住在一起，只要每天按时来学院学习就行了。

随着毕业我也不得不辞去原先教会的牧师工作，以申请加入新成立的海外宣教团。我父亲劝我不要去申请加入海外宣教团，因为他们不会招募到有经验的日本传教士。但是，我跟其他三个在日本工作的牧师参加了面试。一个人告诉我，我需要改变一下我的神学观点。而其他两个人，对我说你应该加入到海外宣教团，毕竟你熟悉这个宣教活动。

我的祷告使我加入海外宣教团的申请得以通过，我必须在教士团动身前先行前往日本。我很惊讶地看到莱昂·莫里斯也在那里，我曾经读过他的几本书。他们告诉我在日本有共产党起义的迹象，问我是否希望牧师团送我到其他地方？布道团在适当的时候来信了，通知我说，我已被接受。然后，布道团也收到了一封信，敦促他们马上送我前去，教会也需要为未来去培养年轻人。

事后回想起来，我父亲的忠告被证明是正确的。若干年之内，我们在日本的工作非常混乱，这是因为受之前中国政策以及含糊不清的指令指导所致，这些指示适用在中国，但并不适用于我们现在在日本的情况。

最后的告别

1952 年 10 月，我和姐姐在同一个月内一起因为传教而动身离开澳洲。我们在阿德莱德有一个大型送别仪式，我惊讶地发现大厅里挤满了人。鲁丝要去泰国，她首先发言。然后，跟着我也发言。

我站了起来，面对观众，突然间发现我前女友多特就在旁边，我已经超过四年没有见过她了。我的脑子里一片空白，我根本无法集中我的思想。我不知道我在那里愣了多久，然后我才翻开圣经读了起来，恢复我正常的姿态。之前我从未有过这种情况发生，我挣扎着发完言。

随后哈罗德·伊顿，雷的哥哥，他要在聚会上弹奏钢琴。走到我面前，他说道，“多特的存在真的让你不安是吗？”一个出席现场的海外宣教团主管对我姐姐说：“斯蒂芬总是那么怯场紧张吗？”我姐姐不知道发生了什么事，但一带而过地说，在这么一个会议上发言也是非常困难的。

有太多的人由于座位不够而站在周围。多特和她的母亲都向我走过来，说她们想要鲁丝和我的祈祷书，并会继续为我们祈祷。我不认为多特知晓我的不安。我再也没有见过多特，但她让她丈夫在我们的第一个休假中来给我们接风，我很高兴认识了他。

我们接着回到了墨尔本，在那里还有几场告别聚会。在派遣礼上，和我母亲一批去过中国的桑德斯先生、杰克·罗宾逊先生，还有其他几个人把手放在我身上为我祈祷。那是我永远不会忘记的一刻，响亮的歌声突然打破了宁静，“你们去传遍天下，传福音给万民听，瞧！我与你们同在。”

从这时起我作为一个传教士开始对我们得到的支持非常关注起来。虽然我在贝里教会的朋友们很高兴能送我赠品以示支持，但教会并没有这样，因为我不是作为一个卫理公会传教士去传教的，澳大利亚卫理公会没有在日本展开工作。

虽然海外宣教团四个月前就申请了，但我的日本签证还没有下来。第二天晚上我坐火车去悉尼，从那里乘船去日本。他们说，他们会通过航空邮寄我的签证到香港的。

第二天刚过午饭后，我接到海外宣教团的电话说我的签证已经到了。他们将乘今晚的火车把它送给我。接到我电话确认后，我的家人都在这个美好的时刻停下来为我感谢上帝。一次又一次，我都回顾这一事件，以加强我萎靡不振的信心。

站台上挤满了说再见的人。几乎所有我曾服务过的丁利教堂的人都来送我了，以及来自墨尔本 Murrumbeena 区的人也来了。这么多人在一起使得给妈妈和爸爸说再见容易了些，没有太多的离别和伤感。

火车缓缓驶出了，我努力寻找我的父亲，但我看不到他。当火车加快了速度，我看到他在站台的末端一直挥手向我道别。这是我见到他的最后一面。母亲在一次贝里的妇女会议上做嘉宾。在回答她如何面对与子女分离的问题时，母亲说："我的心都碎了，当和我的孩子说再见时。然而，有些人在这个世界上只有自己的孩子，我们把我们的孩子献给了永恒的主！"

我在悉尼也有一个告别聚会，在那里我登上了去日本的船舶。船下一站是布里斯班。我在那里会见了梅尔·麦克塔加特和她的丈夫。她快乐地回忆起在贝里的基督教奋进会中所有祈祷的答案，她继续说，说她仍在继续这个工作，因为这是神的工作。1988 年，我很惊讶地收到他们从东京打来的电话。他们正在拜访所有在远东的传教士朋友。我们聊了好几个小时，回顾了这些年来上帝赐予我们的祝福。他们在船上我说再见。这确实是恰当的，弗莱舍曼先生是一个非常老资格的中国内地会传教士，他和我的父母在昆明时就成为亲密的朋友了，他在船上恰如其时地为我向上帝祈福，为我生命中新的一页祝福祈祷。

船驶离了澳大利亚，在这里有那么多事情发生。我的心是充满了期待，我开始了独自一人去学习了解什么是上帝将要我去做的。

嘿，日本——在日本的趣事

信仰复兴布道会　1953年1月于轻井泽

那是新年的时候，我被邀请在周日早上的信仰复兴布道会上发表演讲。我已经有好几个月没有布道了。那次布道会预计人数很多，而且还有几位高超的布道者。在准备时，上帝给了我智慧，使得我从圣经的最早篇章开始准备起：伟大的事情、伟大的力量、伟大的荣耀、伟大的奇迹、伟大的陪伴、巨大的困扰和伟大的欢喜。上帝给了我智慧的自由。

晚上我几乎已经入睡，还在祈祷上帝保佑教会的徒众们，突然意识到有人在叫门。发生什么事情了？我还在半梦半醒中，道格已经去开了门。原来是隔壁的吉姆，他激动地说布道会突然开始了。

TEAM布道团面临财务困难，大约100名传教士已经终止了语言学习，正在等待着准备走出教会，到日本各地传教。但是布道团确实经济困难，没有能力买得起房子。那可不是一间两间房子，而是许多房子，还要装饰装修好便于作为传教士的基站。因此他们正在进行一次特别的布道祈祷。这时一位传教士站起来说："在我们掏空自己的口袋竭尽全力之前，不能祈祷上帝的眷顾。"上帝显灵了，不只是让我们赎罪，传教士们纷纷贡献自己的金钱、珠宝，甚至有的是用卖了汽车的钱进行奉献。最终收到的奉献远远超过买房所需。有人引用了上帝的话："我可以证明，他们是按着力量，而且也过了力量。"

OMF和其他许多布道团当时都住在日本本州岛高地中部的轻井泽市，在那里生活和学习。每天早晚我们都召集人员会议，共同赎罪，寻找上帝的指引。祷告会一场接着一场，教士们非常辛苦。但教士和祷告者们对日本这个国家和民族充满了激情。真诚、感恩之心弥漫在所有参加者心中。这种激情更弥漫在全日本的基督社会中。许多传教士心中燃烧着激情的火苗，急于将福音传向社会。他们努力从事着翻译工作，并且一有机会，不管是哪里都走出去传道。我记得当我还是一个人的时候，在传教士教会委员会帮忙，负责组织星期日学校和成人读经班。大约有我这样的十几个人参加教会前的读经班。布道会后，我们的小房间已经容纳不下蜂拥而至的人群。多年之后，还有人说道参加那次布道会和之后到来的布道团的不同情景。越来越多的传教士走向全日本。上帝指引着那些传教士们的精神，克服各种困难传达福音。

在布道会上也会发生一些极端和不聪明的事情。人类不是上帝，却试图助长布道会。有一群传教士被称作富山组织。他们认为布道会上的祈祷十分关键，向上帝的祈祷显迹需要几年的时间，他们试图在几周内就能完成。他们定居在日本中西海岸的富山市，夜以继日地进行斋戒和祈祷。但他们没有像他们想象的那样很快得到上帝的祝福。有些人放弃了，返回北美的家。那些没有放弃的人声称只有在祈福的过程中，才能更多得到上帝的教诲，促进心灵的增长。我个人感谢上帝在那次布道会的祝福。在一天早上的祷告会上，我的一个新朋友已经斋戒了 40 天。祷告会主持人请他做公开表白。他有 6 英尺 2 英寸高，当他站起来的时候，我几乎认不出他来。穿在他身上的衣服空荡荡的，像挂在他身上一样。然而他平静的语气中却闪耀着内心的喜悦，他说，我为自己祈祷上帝的祝福，并祈祷上帝在日本更强有力地显示。当他坐下来后，一个年龄较大的传教士站起来，指责祷告会主持人，揭露他。他引用了耶稣的话，斋戒应当是秘密的。

回头看布道会，我的精神生活快速增长。对我的基督徒生涯产生了最大的影响。如果没有受到什么持续的影响，没人可以日复一日地参加那些没有激情的祷告会。上帝触摸了我的心灵，使我的生活神圣化。也许我在日本的时候我与上帝的沟通还十分不够。我沉迷于对泄气和迷失的日本人的爱中。我们的上帝耶稣是这个民族唯一的拯救。如果我还有一丝的怀疑我在日本的传教士工作，信仰复兴会给了我信心，使我懂得这是我为上帝服务的方式。

我的洗礼　1952 年 10 月

1942 年信仰上帝不久，我参加了洗礼班。但是这个班的领导者格拉斯牧师突然被遣返回国，洗礼终止。我真不明白为什么没有其他人领导这个班。就是说，我没有洗礼。战后不久，父母回到家中，我开始和他们一起去阿德莱德的唯沃利洗礼教会。我父亲的牧师与我商量关于洗礼的事宜。我正处在战后如何还原自己的不安定的经历中，也想找一个适应我成长了的思想的教会。

有许多我的朋友包括我的父母都是在婴儿时就接受了洗礼。父母还在18岁时接受了坚信礼。我一直苦苦纠缠在这样不确定的问题中：我亲眼看到7岁和10岁的孩子，当他们接受洗礼浸入水中时，他们是否清楚地意识到发生的一切。长老派教会和卫理公会的洗礼方式是接受洒水。我的一些救世军的朋友，当他们参加救世军时，只是宣誓，也没有接受洗礼。我有点奇怪地反感洗礼会教友引用《罗马书》第六章，坚持认为应当像耶稣曾经做过的那样浸入水中。我曾经参加过讨论，在那些没有水的国家如何洗礼，比如沙漠国家，或者爱斯基摩人。就在战争爆发前的一年，一些学校的学生在海中接受了洗礼。困扰我的是，主导洗礼仪式的传教士，不幸染上肺炎去世了。另一件困惑我的是，在几次交流活动中，我总是被问到：“你接受过信徒的洗礼吗？”而且我发现我被排除在圣餐礼之外。

当我在来昂内尔造箭者活动组织时，精神觉醒，再次考虑洗礼的问题。然而，沿墨累河上行到达卫理公会后，我又一次被推迟了。因为当时正赶上牧师更换。老牧师将那些曾经来过教会的新人集中起来，其中有些人甚至还没有改变信仰。没有任何介绍，就对其中多数人进行了洗礼，好像一共有12个人。一位很不高兴的老者对我抱怨说，他做这些只是为了让退休报告好看而已。

我洗礼的事一直没有到来。每个人都想当然地认为，作为传教士的儿子和积极活动的基督信徒，我肯定接受过洗礼。当我去圣经学校时，洗礼不是个问题。即使我成为学生牧师也不是问题。教会的年长牧师主持并进行洗礼仪式。

父母从中国退休回来时，我与他们深入地进行了交谈。父母作为卫理公会的教徒，在婴儿时期就接受了洗礼。他们双双被指派到中国西南部的卫理公会地区。在那里他们就是采用洒水喷雾的方式进行洗礼的。然而，有一位和父亲一起的、年轻的、很有天赋并且受人尊敬的浸礼会教友，坚持认为洗礼的形式应当是浮现式的（译者认为此即是指采用额头点水的方式，同前面所说的所谓洒水）。在CIM你必须遵循前人留下的惯例。当父亲离家12年回国探亲的时候，这位亲眼目睹了父亲为了他及他妻子的生命遭受土匪毒打的传教士，写信给父亲说，他要离开父亲，去父母亲以前去过的地方，告诉傈僳族的首领们，洗礼的形式应当是浮现而不是浸入。父亲非常担心会在教会中引起纷争，于是在探亲假的时候，专门去了一个单独的教堂接受了浮现式的洗礼。父亲回到中国后，一个傈僳族的首领对父亲说："我们对苟曼牧师非常失望，我们看不出用水多少的不同，而对于我们来说这是开始一种新生命的外在表现形式。"对我们这些浸入式的，我们要走到河底再爬上山顶。

考虑到我将来作为传教士的情况，我认为必须考虑接受洗礼的事情了。为此我读了很多书，也做了很多的思考。在我航行去日本前不久，我去我们都参加的卫理公会教堂的主持那里，向他说明了我的情况，希望可以接受浸入式的洗礼。我推想那些接受过洒水式洗礼的信徒对于浸入式洗礼没有任何困难，卫理公会接受浸入式洗礼的方式。人们觉得浸入只是圣经的一种仪式。主持说他可以向基督教堂商借浸礼池。然而，真到了洗礼的时候，这位主持请基督教会的主持进行洗礼，因为他本人从没有给任何人进行过浸入式的洗礼。所以最后，我是在两位主持的见证下，由我父亲完成了洗礼。基督教会的主持给了我一本圣经作为纪念。后来我发现在书的扉页上写明了我是接受过洗礼的基督徒。

在日本OMF地区，信徒们最终选择了浸入式作为洗礼的形式。这是多年争论后的结果，可见我们在这个问题上存在着很大的分歧。我们中的许多人会在长老派教会、圣公会和卫理公会从事代理或代表的工作。我们觉得很难的是在招募赴日本的新传教士时，好像对那些没有从事过浸入式洗礼的传教士们关上了大门。当我对一位卫理公会的传教士指出这点时，他回敬道："好啊，就让他们在实践中学习圣经吧。"

我的日语学习　1952–1954

在轻井泽的两年里，我进行商定好的日语的学习。我过去常常自己寻找用福音书里的名词和部分进行学习，以此使自己熟悉语言和文化。上了10节课后，我进行了一个测验，结果是不及格。我惊呆了，老师也同样惊呆了，好像是他们自己考得不好一样。他们以前从来没有人不及格过。日本老师很少给学生不及格，这是个面子问题。OMF的召集人认真和我谈了一次，告诉我说必须回到第五课重新开始，直到我真正掌握了课程。我为此祈祷上帝，在祈祷的过程中，豁然开朗。不是每个人都会在考试中取得好成绩的，接受这个事实，回头跟随老师重新开始。在学习中，推动自己不断去学习新的东西，在你学习使用新的东西的时候，就会逐渐掌握老的知识。因此我就采用这个模式，努力使用我学过的日语。我准备了一个笔记本，根据发音记下我听到的新词。我通常发现我记得并不对，但是借助字典和老师，我总是能找出是哪一个词汇。

我发现日语中充斥着描述性的象声词。老师告诉我们这是儿童的语言。随后我发现这些象声词都没有中国汉字。与几千个来自中国的汉字相比，这些象声词来自日本原来的语言。这些词只有受过教育的人使用。我的老师都受过良好的教育，他们教授的日语都是所谓经典的语言，日常说的话和平常人说的话完全是另一回事。我经常发现我刚从外面学了一个新词，老师们好像听起来都带着尴尬的嘲笑，好像是说这些词可不是教科书里的。毕竟在他们的思想里，我们应当全心投入教科书，好像教我们那些日常用的词汇是不对的。

另一件让我吃惊的事情是日语单词的多样性。日语中不仅只有中文单词，虽然中文传入日本作为书面语使用。其实我发现中文字都有两个读音，中文原音和日语发音。不仅如此，现在又有可能上千个外来词“日语化”，与原意有细微差别。例如日语中有一个词念做“酷瑞”，是冰的意思。有人让我去一家鱼店帮他们买一个冰块。当我说要“酷瑞”时，鱼贩子看起来一脸茫然。于是我拾起几块冰块的碎片，再次说我想为冰盒买几块“酷瑞”。“哦！”他说，“你是要‘爱索’（音近似冰的英文发音“爱思”）”。硬币终于掉地下了（俚语，意思是终于恍然大悟）。日语中相同意思的表达是“荧光照明”，就是指在按下电灯开关但还没有彻底亮的那段时间。于是，我只有继续发奋学习。六周以后，我再次参加考试，这次顺利通过了。从那次以后，我再也没有过回头重学的情况发生，虽然我每次考试也并不怎么好看。

我发现写日语真是个痛苦的考验。我观察到，有艺术天赋的人喜欢写日语，他们在书写时像明星一样，特别是在写所谓书法时。不幸的是，我可没有一点艺术细胞。但是上帝眷顾，给予我极高的模仿天赋，我从没有将其视作天赋。我在孩子时就发现我有模仿的能力，我经常模仿他人或模仿什么事而能引起别人的欢笑。这对我的戏剧表演很有帮助。但是在学校里可不算是什么优势。在学习外语时，我发现它还真有点用处。一些日本最好的学者发音却特别糟糕。我发现自己没有费大劲就能卷起舌头发出最难发的音。外语学习者可以说得很流利，用词很准确，但是他们的发音和口音让人一听就是外国人。听者很快发现，他要努力才能听得懂，很快就累了。而另一方面，对方一旦有一个地方出错，听者可以立即识别出来，并加以纠正。接受一大堆带着奇怪口音的单词确实不容易，除非这是每天都听的口音。我发现语言学习是一门永远学不完的学科，而且人们一旦略有所成，可以应用的生活工作中去了，就很容易终止学习。我一直热衷于学习和应用新词，但我的阅读和书写很差。听到一个新词就把它立即记下来的习惯陪伴我一直到很大的年纪。

日本的第一印象　1952 年 11 月

小客船从香港出发，船上承载了 300 名英国应招士兵，他们计划前往韩国参加朝鲜战争。军官和我们住在船的同一部分。他们很惊奇一个战争中曾经的囚犯居然要去日本做传教士。我对他们说，他们去韩国是用手中的枪创造和平，我去日本是布道和平的福音书和对上帝的顺从。他们认为我是反对战争的理想主义者，我解释说我并不是一个反战主义者。

五天后的清晨，客船驶入日本内海。船长说我们是水雷清理后驶入内海的第一艘客船。突然，海上大雾起来了。海湾中和小岛上一个个工厂区的景色美丽迷人。稻米的梯田像从陡峭的山崖上拔地而起。四周是小小的渔船，马达声打破了寂静。经历过暴风骤雨的海上生活，这里就像是一片玻璃般平静。我们继续夜以继日地前行。

清晨我在吵嚷声中醒来，走上甲板一看，我们的船已经停靠在“酷睿”码头。这里原来是日本海军基地，是一种小型潜水艇的总部。现在这里处在澳大利亚军队控制之下，成为前往韩国的上船出发地。300 名士兵已经上岸了，他们浪费不起时间。我下到我的船舱，发现中国船员正在寻找可以帮助他们将走私品带上岸的旅客。我被要求带两条瑞士手表的表链。每只表链，他们付给我 10 万日元。当时 10 万日元相当于 80 英镑。我们外国人可以不经检查就上岸。船舱里的另外 5 人都携带了走私品，我拒绝了。我还没有到日本本土就违反法律，这事关良心。船员们不断对我施压。第二天，我同舱的旅伴们回来了，他们带回来的故事是住在日本式旅店里，享受着身穿漂亮和服的日本少女的招待并可以和她们一起过夜。他们都认为我不利用这个机会真是个傻瓜。

那天晚些时候，我也上岸了，找到一个邮局给 OMF 发了封电报，告知我已到达。我们的船将在酷睿港停留 5 天，再在神户港停留 5 天，再航行 2 天后到达横滨港。当我与邮局工作人员交流时，突然发现我们不懂日语，而懂英语的日本人如此之少，将来的生活会很麻烦。好在邮局工作人员阅读和书写英文的能力还不错。他费了很大劲试图理解我说的意思，一家商店在橱窗上贴了一张告示，说：“美语口语，英文翻译。”我进到商店里寻求帮助，发现其实他们也不懂，只是可以把你写下来的东西翻译出来。我这一天过得很有趣，在市场上闲逛，比较和中国同样商品的价格。我爬到山顶俯瞰整个内海景色。第二天，我坐上一辆挤满人的公共汽车前往仅有 18 英里远的广岛市。

广 岛

汽车到达广岛车站，这里没有一点和原子弹爆炸有关的痕迹，只是一个熙熙攘攘的小镇，有一辆大产牌汽车和许多小的三轮卡车。人们用手推车或自行车拉着或驮着各种各样的物品，包裹被用或大或小的布捆在一起，称作敷板（“furo-shikis”）。好像每人都带着一两个。最后我被引导到他们称作“半圆房顶”的地方。这是以前广岛工业促进大厦的遗址，1915年建成，是由一名捷克建筑师设计的，现在只剩下残存的半圆房顶的金属骷髅。围绕着它有许多的展览。其中一个令人震惊，在这座建筑物的几个台阶，可以看到一个男人被烧化到混凝土中的身影。还有一些男人身上带着可怕烧伤疤痕，露出痛苦表情的景象。

原子博物馆是一个临时的木棚小屋，里面展出原子弹爆炸前后拍摄的照片，照片展示了那种可怕恐怖的破坏。从那以后好长时间我都回想它，这是一颗让我瞬间获得自由的炸弹，但却是付出如此的代价。然而环顾四周，一切都已重建，生活依然继续，丝毫看不出7年前发生过什么的痕迹。当然每样东西看起来还是破破烂烂的，简陋的棚屋一排排地排列着。在每一排的两头是很拥挤的厨房和旱厕，中间则是十个左右的小房间，每一家一个房间。这是日本到处可见、修建的紧急避难所，特别是可用于那时有燃烧弹的情况。几乎没有我原来希望看到的恐怖的破坏的痕迹，只是在旁边有些堆积着似是原来建筑物的垃圾而已。人们看起来都很有礼貌，乐于助人，都说我还没有开始学习的日语。我给自己买了一个看起来很好吃的像小圆面包样的东西，但随后发现它中间是甜得发腻、巧克力色的豆馅。日本茶水很足，我惊奇地发现我很喜欢冰冻茶的味道。最终我高兴地找到了回去的路，回到船上吃了顿饱饭。这是我在日本第一次独自外出。

终于在晚上又开船了，再次驶入内海，也没有什么可看的，我就上床睡觉。第二天早上醒来，船已到神户港。看了看码头上的各色景象后，我下去吃早饭。快吃完的时候，餐厅远端来了一个中年男人，向事务长询问迈特卡夫先生是否在这里。我正想说话，有人却高声说道：“他在酷睿就下船了。”那人又急忙打听他去了哪里。正这时，他们谈论的那个人拖着行李箱走了进来。当被指认给那位询问的人后，他们交谈了几句，随后墨尔本迈特卡夫先生笑着指向我。我们俩名字一样。

来的是 OMF 的秘书亚瑟·肯尼迪先生，他专程来神户接我，正在着急我自己走了怎么办。我们费了大半天时间找出我的行李通过海关，前往轻井泽。

傍晚我们乘上前往东京的火车。车厢里没有暖气，我都快冻僵了，一直到清晨都是坐着。亚瑟 1932 年去过中国，现在和家人一起来了日本，是 OMF 的业务经理。我们拂晓时抵达东京。

走出火车站主出口，迎面而来的是东京市中心的巨大的老建筑物，在美军轰炸中幸存下来，有一个美军的售票处和几家看起来不错的餐馆。我们走了过去，找到一个不那么起眼热闹的餐馆吃点早饭。我们要了一碗热气腾腾的玉米粥。战后食品极度短缺，美国人运来成千上万吨的甜玉米，成为饥饿的日本人的救命粮。玉米粥后是一个煎蛋卷和一杯无味的茶水。

吃些热乎食物后，我感觉好多了。随后我们四处散步观景，包括皇城的入口和 Murunouchi 大厦的商店。亚瑟还拜访了汇丰银行，告诉我从中国开始，OMF 就一直使用该银行。随后我们去了邮局，我在那里买了邮票和航空信封。这段时间我一直在照相。我一直是一个摄影爱好者，在香港还被给予一台莱卡相机带给一个美国传教士团使用，因为个人携带可以不交关税。

最后我们回到东京火车站，在一趟拥挤的火车上找到我们的座位，前往轻井泽。这是一个西去的缓慢行程，途中停了很多站。后来火车咔嚓咔嚓地开进一个河谷，两边是壮观的高山。到站停车后，火车后边加上了第二个动力机车。让我惊奇的是，火车沿着之字形的线路在山中盘旋，每到一个顶头都要停下来，为下一阶段做准备。日语称之为“转轨准备”（SwitchyBacky），形容得很巧妙。最后火车冒着浓烟穿过一条隧道，来到四面被山头环绕的高原。

轻井泽小镇在东京平原3000英尺之上。这里曾经是外国人和日本人夏天的休假地。住在酷热的日本南部的传教士们已经修建了木制小屋和一个用于开大会的大厅。然而房子却丝毫没有为寒冷的冬季做准备。战后房屋缺乏，所以不同派别和组织的传教士们都聚集在这里学习日语。OMF租下了弥撒卡宾馆破烂不堪的配房，两套各六个房间的房子，其中一个作为孩子们的学校。天色已经渐黑，我们坐在火车站乘坐过的大产牌出租车开到OMF的房前。

在轻井泽开始语言学习

我发现我已经被分配到一个紧挨着那座配房的一个有三个房间的棚屋里。早到的两位年轻的传教士已经搬了进去并正在热切地等待着我的到来。他们就是我未来几个月的伙伴，来自澳大利亚的大卫·黑曼和来自英国的道格·亚伯拉罕。他们用日语向我打招呼。他们说每件事都夹杂着日语单词，经常就是当天刚学的词。我们穿过原来宾馆的配房，入口开向一间非常大的房间，现在作为餐厅。我需要再一次脱下自己的鞋，换上啪哒啪哒作响的拖鞋才能进入房间。然后我被介绍给二三十名来自不同国家的人们，他们都在这里学习日语。一位来自加拿大的中年妇女似乎是负责人。随后有人告诉我她是一位精力旺盛的领班。几位当地的日本人带进来盛满食物的几个大盘子。

我被很快地一个接一个介绍给每位传教士。这些就是我的语言学习的同学们了。亚瑟领我到一张桌子前。问了几个简单的初步问题后，我意识到日语学习是一件非常复杂的问题，还有文化和地理的掌握是保证会话通畅的永恒话题。在我无知地看来，我非常崇拜这群渴望学术知识的人精通异国语言的能力。他们中很多人已经学会中文，现在又开始学习日语。随后我发现对话范围广阔，从理论讨论到在日本生活的日常琐事。

第二天，发给我几本教科书。“日语会话”是耶鲁大学的教材，本来主要用于美国军队，都是拉丁字母拼写的日文。另一本小书是关于重要的宗教词汇和短语的，以及一页日常会话常用语。第一天我被告知要坐在课堂上。我回去吃中饭时，发现我的两个室友正在背诵宗教句子。日语字母的发音在英语中没有的很少，这使我略感宽慰。头几周我每天花费数小时练习基本发音。

我到达后不久，我走出几英里地到镇上去买学习用品。很快我就发现了一家像文具店的小商店。店里有一个玻璃柜台，所有的东西都陈列其中。于是我对着一位看起来很和蔼的女士，用手指着钢笔问道："多少钱？"她伸手进去拿起笔来说："钢笔带斯卡？"我吃惊地回答道："你是说英语？"她摇晃着脑袋，在嘴前摆着手表明不是这个情况。于是我又指向橡皮，她再次拿出来说："古穆带斯卡？"我高兴了，用法语问道："你说英语吗？"她再次用动作表明不是。我再次指向笔记本，她快速拿出笔记本说："笔－记－本－带斯卡？"这会儿我已经选好了想要的东西，随后很快我就明白了日本人可以同化各种语言，但是都带着日本味儿，面包可以称作"平底锅"。我离开商店时，女人向我鞠躬并说："马－踏－都－骚。"我想这应该是再见的意思，于是也鞠躬并说"马－踏－都－骚"。让我懊恼的是，她一下笑出声来。回去的路上我一直重复着这句话。到家后立即查字典发现她说的是："欢迎再来。"

一周左右以后，我斗胆出门进行在日本的第一次理发。我在中国北方成长的童年经历是那里许多城市的理发师都是日本人。他们的店铺都有一个红白蓝三色的旋转灯柱，表明这是家理发店。轻井泽的主街上也不过20家店铺，其中就有一家理发店，我很快就找到了。

踏进店门时，我得到了高声的欢迎，理发师暂时离开客人，领我到位子上坐下并冲了一杯绿茶。在我按顺序等着的时候，我发现在另一张小桌子上有三个男人在玩一种被称作"将棋"的日本象棋。理发师结束了上一位顾客的服务，这位顾客理了个光头，随后他走过来坐在我身旁，理发师也给他倒了一杯绿茶。好像每个人都抽烟，屋子里烟雾缭绕。

我很快被领到理发用的椅子上。理发师对我飞快地说着什么，我不知道如何表达，只好微笑点头。但我心里有种不详的预感，他是在问我是否也剃个秃瓢。理发师随后开始为我理发，我正襟危坐，警惕地盯着眼前的镜子。很快半小时过去了，理发师似乎很缓慢悠闲地消磨时间。又过去了25分钟，似乎要理完了。突然理发师把椅子放平，将一块非常热的毛巾敷在我脸上。一会儿他将它拿走，又换了一块。然后他给我脸上打上泡沫，用一把锋利的剃刀小心地为我刮脸。但是理发师的工作还没有结束，他又对我的脸乃至脖子认真地刮了一遍。当他刮第三遍时，我觉得有些疼了，他似乎要将那些胡须的根也要去除干净。从心里我想阻止他不要再刮脸了，因为当天早上我自己已经刮过一次了。但是因为不会说日语，只好硬挺着。

理发师终于把椅子重新扶正，我在镜子里看到自己发红的脸颊。我环顾四周，惊奇地发现在我旁边一把椅子上，一位妇女也在刮脸。以后我才知道其实许多妇女去刮脸，是为了去除脸上的绒毛。理发师用一种香喷喷的乳霜给我抹脸。就当我认为终于结束时，理发师又开始为我的肩膀和脖子进行按摩。

理发师终于结束了工作，又仔细修剪了几根头发，为我扫干净头发渣子后，将我领到原先的座位上，又换了一杯绿茶。我取出钱包，拿出一张100元钞票递给他，同时又准备了另一张100元。理发师接过钞票，又找给我30元的硬币。我从前理发从未超过20分钟，而这次花费了足足一个半小时，而且我还没有喝完茶呢。我在门口鞠躬再见时，理发师照例走出来鞠躬并同样说道“欢迎再来”。

回去的路上我一直在回想看到的一切，暗自发笑，觉得很有收获。后来我知道，理发师用时较长的原因是，不如此，顾客会感觉受到了慢待。看来我要重新考虑“时间就是金钱”的意义了。在日本接受的服务会让你觉得西方对待顾客的那一套服务简直就是垃圾。

长野乡下

圣诞节平安夜那天，道格和大卫提前安排了一次福音传道之旅并预定了一辆工作车。天刚拂晓，我们就起床了，但最终还是在女士们的推动下，汽车才发动起来。路况很差，车辙都冻得梆硬。湛蓝天空映衬下的山头还有许多没有消融的雪。我欣喜地看到金灿灿的柿子褪去叶子悬挂在树头。那是我在中国的童年中非常熟悉的景象，真高兴又看到了。我们拜访了许多村子，散发印有圣经片段的传单，大多数都被很快接受了并认真阅读。在一个日本餐厅，我们得到了难得的温暖。餐厅里的桌子上铺着被子，我们把脚伸进一个有木炭烤火的地洞里。我们订了一大碗米饭，米上面是肉片、鸡蛋和洋葱。这是我最爱吃的。我们等饭的时候，他们给我们倒上一种称作“板茶”的深棕色茶汤的日本茶。他们还给我们一些粘糊糊的玉米饼子。自从离开中国就再没有尝到这些食物，我真是太高兴了。回到营地，我们是又冷又累。不过这次经历我终身难忘。

警察和十字架的故事

一个星期六，我在包里塞满了传单和福音书片段，准备去邻近县的几个村子拜访。我乘上火车离开轻井泽下山，在一个大城市高崎下车。在城市后面的山头上有一幅巨大的女观音肖像。这是佛教的肖像，我在中国经常看到。我问人们如何称呼观音，他们说是：“坎农萨马。”我把发音记在我的单词本上。随后我去了公共汽车站。那里有一面墙上挂着一幅与墙等长，像壁画似的一张图片，上面标注着一条长长的山谷，以及沿途的所有村庄和车站。汽车终点是一个大的村庄，标明有一条山路弯弯曲曲上行通向轻井泽的山。于是我决定就去拜访这个村子。

我坐下来等车时，一个农家妇女和她约 10 岁的男孩子坐在我对面。他们显然是有些紧张地看着我。于是我指着男孩膝盖上环抱着的一个小竹笼子问：“恁戴斯卡？这是什么？”他举起笼子，但搞不清是什么。接连问了两三次还是没搞清楚，我困惑地转向孩子的母亲，她说是：“可立克丽素。”我拿出单词本，请她慢慢说我好记下来。这时我感觉身边一阵很大的响声，我恍然大悟孩子是把蟋蟀当成宠物。我问有什么用？回答是他们叫喊。随后我发现他们说叫喊和喳喳叫是一个词。我慢慢重复着“可立克丽素”，突然意识到单词后边部分就是英语的蟋蟀。于是我开玩笑说我是“可立克丽素”蟋蟀人。男孩哈哈大笑，告诉他妈妈我说自己是蟋蟀人。至少我是破冰成功了。他们问我去哪里，我指着墙上图片中的最后一个村庄。随后又问了一些问题，但是我听得似是而非。我拿出传单和福音书送给他们。他们起初以为我是要卖的，我告诉他们都是免费送给他们的。汽车终于来了，我还有一个座位，一路无事。

最终和车上仅剩的几个人下了公共汽车。很快我就发现被一群高声尖叫的孩子围上了，他们以他们最大的声音尖叫着：“美国，美国！”我急忙给他们发放传单，爱国主义情怀涌上心头。我也喊道：“我是英国人。英格历史。”孩子们看来被我的回答搞懵了。我想起笼子里的蟋蟀，就笑着说：“我是蟋蟀人。”他们一脸疑惑，随后就开始嘲弄地大叫，蟋蟀人，蟋蟀人。我觉得自己就像被大量孩子围观的吹笛手。我什么事也做不了，只好说要找一个旅馆。随后我被领到一个不大的地方。旅馆的女主人让我进去，并大声叱责围聚在门口的孩子。我被领入一间典型的日式空房间里，地上有一个很小的矮桌和一个靠垫。女主人给我拿来一杯茶，这时孩子们又趴到窗户上向里观看。女主人冲他们大喊，但毫无用处。随后她显然叫了村子里的警察。孩子们一哄而散。警察走进房间，和我一起坐在桌子旁。女主人给警察倒了一杯绿茶。警察很和蔼，询问我从哪里来，是做什么的。我拿出注册卡，他仔细地检查。

随后我拿出印刷品，递给他圣约翰的福音书。他接过去，从第十九章钉十字架的故事开始大声念起来。我跟不上他念的速度，但每隔一段，他都停下来，发出“好，好，好”的感叹声。不知道他以前是否读过圣经，我开始默默地祈祷上帝用钉十字架的故事对这位警察说话。读了一会儿，他的声音突然干涩起来，随后我就看到大颗的泪珠滚过他的脸颊。他站起身，试图付给我书钱。我告诉他，拿着书就行了，他就急匆匆地走了。在一个像浴缸的大桶里好好洗了个非常热的热水澡后，我享受了一顿热乎乎的晚餐，还有冒着蒸汽的汤和米饭。女主人一直陪我坐着说话，但她说的什么对我来说都是天书。在地板上铺好垫子做好床，我美美地睡了一个好觉。随后又是典型的日式早餐。我告诉她要返回轻井泽了。她随后给我开出 320 日元的账单，当时日元对美元汇率是 360：1。付款后我又递给她几本福音书。旅馆的男主人领我走出村庄，指给我通向轻井泽的山路。山路很陡，但风景秀丽，我足足用了两个半小时回到镇上。我在祈祷中经常为那天读了钉十字架故事的那位警察祈祷。

农村布道经历

一个非常寒冷的周末，我出发去访问日本阿尔卑斯山脉附近的几个城镇和村庄。我乘坐的是在日本阿尔卑斯山脚下盘旋的一趟小火车。我在一个大的村庄下了车，找了家旅店睡了一夜。天已经黑了，我决定洗一个日本式的热水澡，吃一顿有各种野菜、蔬菜的日本餐后早早睡觉。突然，一片鼓乐和嘈杂声打破了寂静，我从窗户向外望去，看到是一队广告业者，胸前背后挂着广告牌，还有一队乐手。看起来旅馆外面聚集了不少人。我迅速穿上和服，下楼去看热闹。我看到一队销售商占用了旅馆面向大街的一间大屋子，完全敞开来销售各种各样的商品。看着拥挤的人群，我突然想到我完全可以利用这个机会给村子里几乎每个人散发基督教的宣传单，不需要再一户一户地艰难跋涉了。我快速跑上楼，拿起成捆的宣传册跑下楼冲进人群中。我惊喜地发现，人们几乎立即将我团团围住，争抢宣传单，有些人还在犹豫这东西是否要付费。随后我步入商店，饶有兴致地观察销售情况。

最后交易结束了，人们也都散去了。商店的门板关上了，商人们开始整理清洁。我走上前送给他们每人一份宣传单。我还想用自己不太准确的日语与他们开展对话。有一个人对我说："在你们国家，在家里也穿鞋，甚至是在起居室里也穿鞋，是真的吗？"我想我明白他其实想说什么了，因为他明显地在盯着我的脚，我那时才尴尬地意识到我还穿着拖鞋呢。但是我的尴尬很快变成了更大的恐惧和耻辱，因为我低头发现那双惹事的拖鞋上清楚地标明"WC"。显然，我刚才上楼取宣传单时去了趟厕所，然后无意间将厕所专用的拖鞋穿了出来。我赶快脱下拖鞋，马上离开，身后传来一阵笑声。很快我把拖鞋放回应该在的地方，换上依然还放在厕所门口的我刚才更换的我自己的拖鞋。在我房间外面，我小心翼翼地脱下拖鞋，放在门口外面。我忍不住笑起来，嘲笑自己这不可原谅的“失礼”。经文中与此有关却意思截然相反的一句话突然闯入脑海：“那些带来好消息的人的脚是多么美丽啊！”这是通过痛苦的方式又学会的一个习俗。

几周之后，我再次前往乡村，在一个小城镇过夜。我找到一家旅馆，前面还有一个小商店，什么都卖。我询问过夜的房间，很高兴给安排了一个楼上的房间。我问晚饭的情况，却惊讶地得到旅馆女主人这样的回答：“恐怕什么也没有。”她带着歉意地反复重复这句话。我觉得很奇怪，因为通常早饭和晚饭都是包括在内的。我只好结结巴巴地用日语说，那我出去吃。我很快就在附近找到了一个吃饭的地儿，吃了一大碗乌冬面。

回到房间，女主人到我房间来，给我一件和服，一条小手巾，告诉我洗澡水准备好了。那是个寒冷的夜晚，泡在热水中确实很惬意。回到房间，我惊讶地发现，地上放着小矮桌，上面摆满了诱人的碗碟。正这时女主人进来了，手里拿着一大碗热腾腾的米饭和一壶开水。边倒着茶，她边不停地重复说：“恐怕什么也没有，但能吃饱。”我多么错误地理解了她原先的意思，她其实说的意思是：恐怕我们没有什么好吃的，但请你多吃点，吃饱。这是一种对客人谦虚的说法。饭后她返回清理饭桌，拿出垫子为我铺床。做完祷告，又念了一些日语的经文，我躺倒在地上的床上。几分钟后，我听到隆隆的声音，像开水烧开的声音。这个声音就在低地一直响着。我实在睡不着，起来开灯看个究竟。我惊奇地发现，在我脑袋后面一排木架子上摆满了带盖的小木桶。厨师在用卷心菜和芜菁制作泡菜。发酵过程产生的气泡是声音的来源。我想了一会儿，觉得最好的办法就是把床调过来，尽量让头离噪音源远一点。我很快睡着了，直到被听起来痛苦不已的老奶奶的声音惊醒。

日本的滑门在下面有一块玻璃，可以从外面向屋里探视。通常还会有两个白炽灯作为夜灯用。老奶奶从走廊经过，无意间看到我睡在地板上。

把她吓一跳的是我的头居然朝向北方，而不是南方。死人的尸体通常是头朝北摆放的。我不知道这个风俗，自己调整了床，自然是头朝北了。接下来当然是乱哄哄的解释，直到我的床重新摆好。即使借助字典，我当时也没完全搞明白到底发生了什么事。直到回到语言学校，老师的解释才使我恍然大悟。

马苏达 台索

到学校放暑假的时候了。虽然不断有新的传教士到来，另外一些则结束培训出发去他们新的传教士站，但我依然发现找不到人愿意和我一起去乡下。我只好独自外出，一天晚上我到了一个小集市城镇（指每星期有一两次露天集市贸易的城镇）。有人告诉我这个镇上有一间教堂，因为第二天是个星期天，我想我可以去那里做礼拜了。当我走出汽车站时遇到一个高中学生，我以前在别的镇上曾经见过他。他说正好有时间带我去教堂。教堂里的年长者是位 80 岁的老人，他信仰基督已经 40 多年了。他对我非常和蔼，给我饭吃。

我费了很大劲试图理解他所说的。他告诉我就在汽车站前面有一家旅馆。离开时我说第二天我会来教堂。我找到那家日式旅馆，进去想要一间过夜的房间，但意外地被告知，所有的房间都订出去了。我只好再问镇上是否还有其他旅店。他们告诉我在镇的另一头有一间很小的旅馆，不然要沿着山谷走很远到温泉度假处去住。我只好带着沉重的成捆的宣传品上路，步履蹒跚地去那家小旅馆，希望那里不会拒绝我。从上一家旅店的服务人员的态度中，我可以肯定出于某种原因，他们并不愿意让一个外国人入住。这是我第一次被拒绝入住。

这个镇子沿着山谷像一条长长的带子分布开来。只有一条主路，两边都是农舍。沿着一条大河，我好像不停地走啊走啊，甚至差点走过了那家小旅馆。当我询问是否有可以过夜的房间时，得到了热烈欢迎。我被引到楼上，房间很简陋但很干净，还通向一个摇摇晃晃的旧阳台。站在那里可以俯视大河。一座漂亮的吊桥横跨在河面上，可以看见湍流带动着两三架水车。街道一侧的一家商店好像存有各种商品，从筷子到火炉的烟囱。直到太阳下山，我可以看见农夫们在田地中辛苦地劳作。他们拂晓就起床，一干就是一整天。这令我想起在上帝的田地上，劳动者们要长时间地准备好土壤，然后是播种、除草、灌溉，才有了收成。

我躺在草垫子上，很快就睡着了，直到旅馆的女服务员笑着叫醒我，告诉我洗澡水已经准备好了。她带我去的是一个破旧的小浴室。这和我以前习惯的浴室不一样，以前的浴缸都是木制的，像是一个大木桶。而这一个则像一个铜制的大锅，下面还有火在加热。上面漂浮在水面上的是一个像木制锅盖的东西。因为无知，我挪开锅盖爬进水中，但立即就跳了出来，下面的脚几乎要烫熟了。随后我重新摆好盖子样的东西，慢慢沉入水中放在脚下。坐在热气腾腾的浴缸中，我想象的是动画片中那些食人番把传教士放在锅里煮熟吃的景象。我觉得这是和我当时最接近的想象了，只是这个小旅馆可不像食人番那样充满敌意。我后来知道在日本许多地方依然使用这种浴缸。舒舒服服地泡了很长时间，我穿上他们提供的和服顺着摇摇晃晃的楼梯回到我的房间。女服务员端进来可称作奢侈的晚餐。她把一个生鸡蛋打碎搅拌进肉盘中，倒了一杯茶，盛上米饭。在这过程中，她一直试图与我对话。我只能假装听懂了她说什么，实际上她说的太快，大多数内容我都听不懂。吃完晚饭，钻进床上的蚊帐里，我迅速进入梦乡。

我被女服务员的开灯唤醒了，她告诉我有客人来访。我钻出蚊帐，看到一个年轻人以正规的礼仪跪在草垫子上行礼。我赶紧还礼。他递给我一张名片并告诉我他的姓名，但是我听不懂。我一直在想，这个身穿和服的人是谁，为什么深夜来访？他随后打开一个布包裹，拿出一本日文的基督教新约全书，还有两本字典和其他几本日文书。他打开新约全书，请我为他讲解。突然我完全清醒了，这是我来日本要做的事情，这就是我为什么能够拖着沉重的宣传品沿着街道走一英里，这也是为什么我在另一家旅店被拒绝入住的原因。我拿出我的双语新约，在随后的两小时里带着他学习圣经中的段落。他的问题我多半都没能听懂。女服务员拿进来一个托盘和两个杯子，她倒上两杯茶水后就出去了。他带了一大包日本“花林糖”（日本一种沾上棕糖炸的面团），我们一直在不停地吃。每次我提出来准备结束这个小小的圣经学习时，他总是提出新的问题。已经是夜里 11 点了，我晕头转向，满脑里都是新的日语单词，不得不不停地查字典。感觉确实要停止了，我告诉他我要祈祷然后睡觉了。他说他也想祈祷。我想这很重要，是我第一次和说日语的人一起祈祷。我结束后请他祈祷，但他一直保持着祈祷者的沉静，突然说：“哦，你结束了？阿门是不是就是表示结束？”随后他画了一张表，列出佛、日本神道、“Hotoke”（死灵魂），还有耶稣基督。他要向哪位上帝祈祷？我目光迟钝，绝望地求助于《使徒行传》17 章保罗在战神山上的演讲。祈祷上帝在他念经的时候开启他的明智。第 23 节，他停下来对我说：“他是一个谁都没有看见过的上帝，我对他是一无所知。”我要他继续读下去。突然，好像天光闪现。他转向他画的图表说：“佛，还有其他这些神都是人创造的。这位神不住在人们制造的庙宇中。他是制造了所有一切的伟大创造神，所有的一切从他那里得到生命。现在他命令各地的所有人忏悔……”圣灵在我不知的时候启示了他黑暗的心灵。当他说：“现在我要向我不知道的真正的神上帝祈祷。”面庞上映出上帝照亮的喜悦。当他祈祷时，楼下的钟敲响了 12 下。我听不懂他在祈祷时说的话，但是他结束后几分钟，我可以确定的是，那个他原来不知道的神已经成为启示他的活神。我的心情因喜悦而分外激动，是天堂中耶稣基督因为又找到一只迷失的羔羊而喜悦的回声。

第二天早上刚过 5 点钟，头天晚上的那个年轻人就在我窗户下面的街道上把我叫醒了。这位年轻的农夫要去田地干活了。他手里正挥动着我送给他的一本宣传册子，题目是“这是道路”。吃完经典的日式早餐后，我拿出这个人的名片，问女服务员他叫什么名字。她和我仔细研究半天，说他的名字是：“马苏达・台索。”她随后指向马路对面的农舍，滔滔不绝地说了大半天，估计是关于他的家族史什么的。我只能是相应的点头。第二天早上我去了小教堂的周日学校。这里没有早课。这个教堂 20 年没有牧师了，主要由一大家子构成。他们所受教育有限，似乎已失去了为这个社区的 21000 人服务的愿景。看起来在战争的艰苦时期，他们艰难地保持着信仰，依然还没有进入战后的挑战状态。傍晚，我和马苏达一起去了教堂，这是他第一次来教堂。他挨着坐的是一个盲人。他们两人的深入交谈对他产生了深刻影响。他们请求我说几句话并用英文唱歌。因为别人告诉我他们有可能这样安排，所以我下午就预备写了几句我读的圣经的句子。这是一个热心的群体，我请求他们教导马苏达。

又一个早晨，马苏达陪伴我走出城镇，到路上的一个转弯处等长途汽车，我要去另一个长长的山谷。在我们分别时，我鼓励他给我写信告诉我发生的每一件事情，因为他说给我听的事情，我绝大多数都听不太懂。在几个大村子，我停下来散发传单，但这些村子都没有旅馆。每个人都告诉我要一直走到谷底，那里有一个温泉镇，有很多的旅馆。听从人们的建议，我走了两个小时，到了一家很大的旅店。但是他们告诉我所有的房间都被来的一个团体预订了。不过经理给了我他的名片，并在一张便条后面画出去路另一头较小的旅馆的路线。我找到了旅馆，发现这里的家具非常西式，和我以前住过的旅馆比非常漂亮。在漂亮的温泉里泡个好澡，吃了一顿包括当地三种鱼的丰盛晚餐，两位旅店女服务生进来为我铺床。我烦恼地发现，他们准备了两个枕头。我对他们表示反对，他们却非常坚持，并试图解释过夜的价格里面就包含了一位陪睡的“叫起姑娘”。最终他们终于放弃了，撤去了一个枕头。我感觉深受其扰，取出圣经开始长时间的阅读，从中寻找喜悦和精神支持。后来我发现这个温泉胜地因其放荡邪恶而臭名昭著，一年搞一次著名的古老的与生殖有关的神道节。这是我唯一一次不愉快的事件。又拜访了几个城镇后，我回到轻井泽。在那里我被要求做一年一度的为传教士举办的大型夏季布道会的引导。我非常享受这份工作，见到了来自全日本各地的几百名传教士。

三个星期后，我收到了马苏达的来信。我急切地请我的一位老师帮我翻译。显然，虽然我的日语不怎么样，但上帝已经进入他的心灵，他现在定期去教堂。他说他告诉每一个人 8 月 8 日是他的精神生日。他与旅馆里的那个年轻的女服务员作了交谈，告诉她他所了解的我的一切生活方式。

他已经戒烟，也不再喝日本清酒。他说他注意到我在正餐之间不吃零食，于是他也不再吃零食了。他不再唱那些猥亵下流的歌曲，而是学唱赞美诗。他最喜欢的赞美诗之一是日文版的“我最近的太阳正在快速沉没”（这首赞美诗通常用在葬礼上）。他注意到我不去弹球室，也不玩日本象棋，不因钱而喜，而是将钱捐给教会和穷人。而且晚上我也不与那些放荡的女孩子鬼混。结束时他说，教堂里的人都说他晚上去旅馆找我是神迹。因为他并不是真正了解我做的正确的和不正确的事情，因此我意识到我的生活和言行对他来说就是如何做一名真正的基督徒的唯一指导。他的下一封信全是问题。谁是圣经中的法利赛人？欣嫩子谷在哪儿？圣经说到上帝的孩子们，上帝只有一个儿子，这是什么意思？我回信说看到教会帮助了他，他自己也逐渐成熟非常高兴，并且回答了他的问题。我们一直保持联系多年，他还举行了基督教式的婚礼。

选　派

1954 年的早春，我准备参加考试。考试顺利通过让我如释重负。我觉得我可以离开去哪个站点工作，但重要的是去哪儿呢？似乎没人能够给出建议。同时我在不断加强语言学习，花费大量时间阅读各种读本，学习新的词汇。在阅读和书写日文方面我还算是个文盲。语言学习逐渐变成了一种挑战和迷恋，而不是一种折磨。每一个我交谈过的外派到传教站点工作的传教士都说，他们最大的挑战和困难就是语言方面准备的不足。我的身心完全投入到语言学习中，周末到乡村的旅行真的成为对高强度记忆的一种很好的放松。周末我还在一所高中领学英文圣经课。

一天，一个年纪较大的已婚的传教士来找我，说我在这种类似半公社性质的居住环境中，和一位年轻女士关系暧昧是不正确的。他直率地说，每个人都在议论这件事，我应该尽快公开此事。我听得目瞪口呆，问他：“这位年轻女士是谁？”他回答说：“别跟我打马虎眼了。”我说：“说实话，我真的不明白，毫无头绪。”他看起来真的有些困惑，随后说出了这位年轻女士的名字。“女医生告诉我妻子，让她通过我来告诉你，让你尽快和这位女士谈谈，别再藏着掖着了。”我回答说：“你认为是真的吗？她比我至少大十一二岁，这完全是她自己的想象。”他说：“年龄是问题吗？”我只好说：“我要去与女医生谈谈。”

随后我就去找女医生，她是个很好沟通的人。她带着受伤的表情看着我，这位女士是她很好的朋友。我告诉她，我甚至没有想过找伴侣的事情。然后她说：“斯蒂芬，你说过这说过那，说她是你完全信赖的朋友。”我说：“我十分抱歉，但这一定是有很大的误会在里面。我丝毫没有意识到她认为我爱上了她。”女医生看起来忧心如焚。她告诉我这位女士为此夜不能寐，心思全在我说过的这些话上。我问医生这有多长时间了，她说有好几个月了。我突兀地说：“你为什么不早点说这些事情？”然后我就思索这位女士是如何误会我的。确实我和她一起参加一位日本教师的对话课，但这不是我或者她决定的。为了用我们那点破烂日语使对话练习进行下去，我可能说过让她误解的话。我们恰巧处在语言学习的同一阶段。另外，一位加拿大传教士曾经给我提供一个机会承担一所日本高中的英语课。他带我去见过学校的老师和同学们。但是时间和我在另一所学校的英文课冲突。于是这位加拿大传教士请求我为他找一位能够代替我的人。我询问了这位女士，并带她去了学校。她欣然接受，有时我还问问她情况如何。周末我们的房东让我去最近的城市买些肉回来，这位女士问我是否可以顺便给她买一个蒲团回来。我自然是满口答应。不幸的是，这些小事在她心里积攒成堆，使她相信我是爱上她了。我在教堂里带领过主日学校。在寻找教师时，也问过她是否愿意担任。她也是欣然应允。另一件事情就是我们俩是唯一还没有选派到外地站点工作的人，而选派又恰巧迟迟没有宣布。我们也一起讨论过目前的境况。也许我太幼稚了，与她交谈的过深了，或者哪些话给她造成了错觉。在我看来，年龄的差距决定了我们之间不可能有什么故事发生。我试图把这一切向医生解释清楚，但她坚持认为我应该受到谴责。我有些恼火地结束了谈话，告诉医生我会给这位女士写封信，尽可能策略地说清楚。直到四年后我订婚时才收到回信。她的信写得很好，说：

“感谢你为我保守秘密。”她说她一直在读“圣光日引”，而那天回信中写到的诗句是圣经旧约以赛亚书中的“因为造你的是你的丈夫”的章节部分。回想起来，这件事情给我上了一课，使我更多地去考虑别人特别是异性的反应和感受。

一天，我正和专业委员会的一个委员聊天，我抱怨说至今我还没有选派，已经超期很久了。他说他们已经一致通过给我安排了一个很好的去处。但显然有些事情需要事先安排妥当，所以造成了延误。过了一会儿，主管告诉我说他想让我和他一起参加一个去青森县的调查活动。青森县位于本州岛的最北边。直到调查活动结束，虽然他们心中打算选派我去青森，但却一直没有最终确定下来。从那时起，我总觉得领导层在人事问题上不需要口风这么紧，因为这对于相关的人来说意味深远，也导致了这些人无时不刻不在祈祷着事情的早日落实。

5 月 10 日，我出发去青森车站会见斯惴特先生和他的翻译小野君。我乘早班车穿过山区到达西海岸，再乘坐西海岸快线向北 320 英里到达本州岛。我到达时已经是晚上 10 点半了，在检票口见到他们二人。他们说他们也刚乘坐渡轮从北海道过来。

我们很快找了一间旅店过夜。第二天是周日，我们乘坐公共汽车前往小城五所川原。混凝土的路面都被冻坏了，座位上也没有垫子，还是站着更舒服一些。道路穿过一片片的苹果园，一直向西，来到一座山顶。出现在我们眼前的就是西海岸的广阔平原。美丽的景色中最抢眼的是一座火山，高高山顶上的积雪在阳光中闪耀，火山南边环绕着几座低一些的山岭。这个景色在我的记忆中永久留存。平原上点缀着村庄，一条河流从平原正中穿过。五所川原小城就在平原的中心，只用了一个小时，我们就到达了，正是举行宗教仪式的时间。我们就直接去了教堂，这个唯一的教堂叫做“日本联合基督教教堂”。原址是一个烟厂，教会买下了。

教堂里 35 名会众正在举行仪式。我感觉很难跟上来源于天主教的布道。仪式后，牧师和我们坐在他小小的书房里，斯惴特先生向他解释海外基督教会正在考虑向青森县派出传教士。请教牧师如何评估我们的工作环境，特别是没有教堂的地方。我发现我能轻易听懂翻译用日语问的许多问题，但是牧师的回答很难懂，有时翻译过来才恍然大悟。他说他是一个战争寡妇的儿子，住在名声很差的街区。年轻时他遇到一个街上聚会，听一个日本牧师宣讲《约翰福音》第 8 章。当他听到耶稣说“你们中间谁是没有罪的、谁就可以先拿石头打他”时，他灵性觉醒，“他们听到这话就从老到少一个一个出去了”。随后他皈依基督，成为一名牧师。教堂经历了战争的困难时期。他说传教士们普遍比较富有，难以和日本人真正发生联系。他还说青森县当地的方言很难学，这也是和日本人沟通不畅的原因。斯惴特先生送给他一本由中文译成日文的《戴德生传》。他还告诉牧师他曾经在中国西北做过传教士。随后我听说这本《戴德生传》给牧师和教会里的每一个人带来深刻影响。在我们询问了许多关于教堂历史的问题并作答后，牧师告诉我们最大的问题是如何冲破偏见和难存异己的篱笆。斯惴特先生回答得很巧妙，他说上帝会用自己的方法为我们指引。

在镇上转了一圈后，我们又乘上火车，继续向北，前往金木市。路程需要大约半个多小时的时间，一路上路边全是片片的稻田。

保守的浸信会传教团已经选定本州岛的东北部作为他们的传教区了。牧师雷·克里尔已经开始在青森县工作，但是他又决定迁到韩国去。教会理事会认为，他们已经把自己的摊子铺得太大了，现在需要向回收一收并巩固好他们的传教工作。他们找到海外基督教会，询问他们是否考虑一下接管他们在青森县的工作。为了考虑是否接受这个邀请，需要进行一个调查。两个还在学日语的年轻的美国女传教士开始在金城进行调查工作了，我们在她们已经做的工作基础上继续调查研究。我们住在一个很不错的饭店，是原来金城地主的房子。对马家族，作为以前富有地主虽然他们的巨额财富绝大多数都被剥夺了，但是他们家族在当地还是非常著名的。大哥是青森县的县长。最小的儿子已经成为一个著名的小说家，他的笔名叫“太宰治”，他的最后一部小说名为“沙柳”，日语中落日的意思。然而，在小说中，意味着日本贵族地位的落寞。他在他的书出版的同时，以一种传统的武士道方式，和他的爱妾自杀了。他们家族的大房子被卖掉了，变成了一个酒店，名字叫作“沙柳馆”。

金城是一个有着 27000 人口的小镇，当时小镇的周围都是稻田，山坡上到处都是苹果园，有一条小河流经小镇。然而大部分的财富来自山上的森林，特别是柳杉树。

我们的下一个要调查的城市是弘前市，日本一个非常有名的古老城市，那里有一座标志性的城堡。它位于津轻平原的最南端，位于形状像富士山一样的岩木山的山下。当地流传的一个关于早期基督教的故事是本田洋一的故事，1875 年他从弘前去横滨学习。当他跟随早期的传教士学习英语时，他成为了早期皈依基督教的教徒。他后来成为日本卫理公会教堂第一位日本籍主教。他在弘前市还创立了两个传教士学校和一个非常大的教堂，在接下来的几年培养出了 140 人从事神职工作。我们没有见到弘前教堂的牧师，于是又去拜访了一位日本圣洁会教堂（美国卫理公会派徒）的女牧师。她张开双臂欢迎我们，并说她一直祈祷希望能有一个像我们这样的宗教团体来到这个城市开展工作。她自己的教堂由一个非常少的核心成员组成，圣洁会教堂的领袖中田重治牧师原本来自弘前市一所大的卫理公会教堂。后来他同远东宣教会的查尔斯·考曼开始合作。二战期间，他受到严重迫害。中田写了一本书，用日语来阐述了希伯来语圣经的教义。书中讲，天使从东往西慢慢征服，最终抵达耶路撒冷，然后弥赛亚会回到那里，建立他的王国，并统治世界各地。日军认为这可以用来征召教会助其征服世界。然而问题的症结是，教会不是日本天皇统治的，而是奉耶稣基督命令的。这导致了所有的圣洁会教堂的牧师被怀疑并关进了监狱，教堂也被关闭。结果弘前教堂也被捣毁了。这里曾经是一个大学城，有着 15 万人口，有两个基督教学校，曾经有过一段辉煌的教会历史，但现在只有一百名左右的定期参加教会活动的信徒。从这里我们乘火车到另一个有着 5 万人的乡镇，叫作黑石市。在那里我们拜访了日本联合教堂的女牧师。经过短时间的提问之后，我们听到了同样的意见，当地已经没有足够的区域让我们教会来传教了，他们教堂足以覆盖整个地区。

然后我们回到了青森县，我们同雷·克里尔牧师讨论了与浸信宣道会工作交接的影响与细节等问题。然后我们与两个福音派联盟教会（TEAM）家庭度过了一段非常愉快的时光，他们是我在轻井泽认识的。他们说在这个有着 25 万人口的城市，有太多的福音传教工作要做，告诫我们不要有任何与他们的工作相重叠的顾虑。有一个新西兰兄弟会传教士，做了一个很棒的工作，但不幸已经染上了肺结核病，这是当时的流行病。他已经回到新西兰休养。联合基督教会（日本基督教团）由大约 35 个牧师成员组成。圣洁会教堂在战争期间被关闭了，牧师大都在监狱的虐待折磨中死去了。青森县在战争的前夕被燃烧弹几乎完全摧毁了。他们不得不建立起数百个工棚式的房子来安置无家可归者。

我们的下一站是三泽市，在日本东海岸，美国空军有一个大的基地在那里。随着基地的建立而带来的就业率的增长，这个日本城市的人口已经增长到 40000 人了。城市里有两个教堂，还有一个日本基督教团岁数相当大的牧师。城里还有一个繁荣的圣洁会教堂，会众大约有 50 人。我们了解到教会在战争期间所面临的种种试炼和贫困的困扰。在那里，我们被安排会见了一个年轻的美国传教士，他积极奔走传教于青森县域东南部的所有小镇。我们在十和田市火车站遇到了他，一起在一家日本小餐馆共进了早餐。他雇佣了一小伙年轻的基督徒工人，让他们开车载着他从一个地方到另一个地方，并帮助他在户外传教。他经常需要通过翻译进行传教。对于那些相信上帝的人，他几乎立刻复现受洗于他们，并不断地返回来教导他们。当他和他妻子外派任务的时候，他只有 21 岁。他们办了一个英语幼儿园，有很多富裕家庭的孩子参加。我对他记忆最深的就是他对非教徒传教时的强烈热情。当时我们正在吃饭，他突然站了起来，走进房子的起居室里，那所饭店是和起居室连在一起的。当我回到房间时，我没注意到有位老奶奶走了进来，并开始给神龛烧香拜佛。我四下看了看，我被传教士的举动震惊了，这个身高 1 米 93 的大个子跪在地板上搂着脆弱的老太太，热泪从他脸上流下来，他恳求她不要崇拜这个神像。她看上去很困惑，他用非常简单的日语向餐馆老板解释了救赎之路，恳求他们远离偶像崇拜。几年后，他离开了日本，去了夏威夷。他已经播下大量的种子，唯有时间才能见证他的结果。15 年后，我遇到了一个说着流利英语的日本大学生，她就是当年传教士幼儿园里的蹒跚学步的一员。

我们最后停留的城市是八户市。这是一个繁忙的海港城市，沿着海岸占地有数英里，城市有 20 万人口，有四个教堂。这四个教堂都不大，都在从事幼儿园的经营。一个浸信会牧师的话也许概括了许多牧师所提到的，传教士是富裕的，如果你来到一个地区工作，并且能够与富有的美国教会有联系，还能够为教会弄到更多的资金的话。然而当我多年以后听到许多日本传教士都过着极度贫困的生活时，我发现这种现象极其令人失望。我开始不再挑剔他们对待美国传教士的态度了。同样海外基督教会传教士也确实不得不生活在比起许多来自北美传教士更少的预算中。

这时候，斯惴特先生留下我写调查报告，并要我再花三周时间继续在青森县境内较远地区进行考察。当我踏上考察之路后，我感到自己完全不足以对是否可以在该区域进行传教工作的可能性进行讨论并做出评估。我经常不得不请人们给我指出地图上的城镇，因为日本地名的日语拼写非常难读。我记得我乘公共汽车抵达一个渔村后被告知没有路去海边了。我问我能不能走过去，那人脸上挂着笑容，对我说我如果继续往前走的话，至少需要五双草鞋。我非常困惑，不知道为什么要用到五双草鞋。他最后向我解释说这是一个笑话，为了爬上海边陡峭的悬崖峭壁，我需要两个草鞋穿在脚上，两个戴在手上，一个扣在我的鼻子上，所有站在旁边的人都笑得前仰后合。当我反应过来后，我才意识到我要能搞懂日本幽默的话还需要很长的路要走。

三周时间匆匆而过，一天一天地颠簸在车上赶路，晚上就住在日本小旅馆里。日本的食物都是各种口味的鱼。偶然有一次告诉当地人我喜欢鸡蛋饼，他们便时不常给我制备非常美味的鸡蛋饼。但是由于当地人用鱼丸来喂鸡，甚至连鸡蛋的味道都有鱼腥味了。语言的匮乏让我觉得我像是走失了，不知道在拐角处是什么。在很多地方，我发现和我讲话的很多人都说的是津轻地区的方言，这是最令人困扰的。我有一次拜访了野道地镇上的一个小的长老会教堂，在那里我遇到了两个圣经协会的书商。当我把我的名片递给他们后，他们似乎对我亲热起来。他们说，战争期间，他们思考了很多关于第一位基督教殉教者斯蒂芬的事情。在这之后，我没有见到任何日本基督徒。我沿着西海岸走访了所有的小渔村，也来到了大鳄温泉。我搭乘巴士到了很多津轻平原上大的村庄和城镇。最后，我很高兴回到轻井泽，在我们召开会议前的几个月内，我更有动力尝试并学习更多的日语语言。

1954 年日本地区会议

很高兴能够认识整个团体内的传教士，并听他们互相讨论。会上出现了一些关于进行本土教会栽培的政策真正的保留意见。我们的一些传教士正与日本人领导的教会一起工作，虽然很多人试图做本土教会的培植，但发现由于当地语言的不足以及没有日本基督徒的帮助，这项种植计划进行得非常艰难。事实上我很震惊地发现在我们的队伍里没有一个传教士，可以表达、理解和读写日语。当我请一些人从中国过来时，他们说他们也刚到那里。

在现场会议上，我做了一个关于青森县的调查报告。人们听着很感兴趣，但是一涉及到存在的方言问题，大多与会者都选择逃避这项挑战。他们不得不学习标准的日本语言已经都不堪重负了。在北海道，传教团的大部分人都在寻求去那些没有教堂的地方工作。然而，决定已经下了，在青森县内，我们要在城市里以及没有传教过的乡村城镇和村庄里工作。来自加拿大的唐·莫里斯牧师和我被指定去青森县城，住在克里尔先生的房子里，已经开始和日本浸信会教堂一起的工作。

会议一结束，我收拾好我的东西就出发前往青森市了。唐·莫里斯是大约两个月后到的。这所房子是一个宽敞的平房。我给我自己搞了一辆自行车用来到处走走，我还买了些基本的家具。克里尔还留给我们一个非常年轻的女佣人，她似乎每天只是来做一些清洁工作，并给我们做两餐饭。

他还给我们留下了他的日语老师，让我惊讶的是那是个和尚，就是街尽头那座庙里的。我认为他发现我缺乏日语能力会相当困难。我努力地去读和写，会问他关于单词的起源，对那些我看上去一无所知的词汇，他还会给我做详尽的解释。在他那里我学到了很多宝贵的知识。有一天，我试图把握日语中“绝对”这个词的用法。他告诉我，在日本佛教思想里，只有一个是绝对的，那就是“没有绝对”！！对于他的话，我觉得好像我站立的基础被抽掉一样。如果我所信仰的就是基于这种“绝对”的话，我如何去传授上帝之道呢？然而，对我来说，信仰是非常清晰的，耶稣说过，当圣灵降临时，他会把无神世界的错误一一暴露出来，从罪恶、公义和判断的角度。这正是发生在第一个受我帮助而把灵魂风险给耶和华的年轻农夫身上的事情。

两个月后，和尚不再教我语言了，但在此之前，他已经找到他的替代者，一位在夜校教授日本古典文学的女老师，她需要额外挣些钱。她非常耐心，我认为她发现教一个外国人学语言，他会问来问去，这是一个相当大的挑战。接下来发生的事，是她结婚了，不得不离开。在她离开时，我送给她一本昂贵的日语版的圣经。40年之后在我访问青森市期间，有人告诉她我来了，她来到教堂找我。教堂活动结束后，她向我展示这本已经破旧了的圣经。她表示，它已成为她的一个珍藏。不幸的是，她仍然没有成为一个基督徒。当她结婚离开后，她把我介绍给一名负责青森县博物馆的出色的老师。他英语知识非常棒。他是我最好的老师，他曾经告诉我说，他经常感觉到我们呆在一起的时间太短。我们成了好朋友，我多年来一直和他保持联系

当唐·莫里斯到来时，我们发现我俩像一根绳上的蚂蚱被晾在一边了。因为我比他到日本整整早了一年，他希望我来带头，尽管他比我大四岁，并有一个在北海道的未婚妻。我意识到上帝把我带到他的身边，教给我许多我所欠缺的基督教美德。我常常希望我们能够有时间再重新经历一次。

到达青森后，我开始了解小浸信会教堂的领导人和成员，我在学校遇到了他们。他们有一个年轻的从美国来的女传教士，她是拿了儿童福音传教奖学金来到日本的。她嫁给了一个很好的基督徒老师，他在青森县高中

教书，是她在东京学习语言时认识的。他们住在高中宿舍区最不平常的事情就是有 40 个高中学生信奉了上帝并接受了洗礼。教堂成员内有一个年轻的城市公路部门的官员，他曾在雷・克里尔不在的时候领导过教众。成员中还有一个年轻的女医生以及两三个年轻的护士。

有一个叫儿玉的很有天赋的年轻人，是东京师大二年级的学生，英语非常流利，那年回家过暑假。海外基督教会非常强调用当地语言传教而不是通过翻译，否则就会过分依赖翻译，致使我们的语言得不到进步。我和儿玉君坐在一块儿，花了几个小时准备一段用来布道的神示。他最后说，请让他来翻译。我坚持了我的立场，自己用日语讲述了我准备好的圣言稿。事后看来，我意识到，如果我用英语来讲的话，我将获得他们的信心，相反，他们对我感到失望，觉得把布道都没做好的人还成了他们的牧师，我们不得不忍受这些吗？山下先生和他的妻子那时都还年轻，但是并没有做好面对我的准备。在第二年他们去了美国，就读于耶鲁大学。只有儿玉这个大学生非常直率地对我说："我告诉过你，我应该为你解释的，再有几年的时间，你日语会讲得比雷・克里尔还要好。"我当时不知道的是，山下和其他人已经深深地受到内村鉴三的非教会运动的影响了。这个团体在知识分子中很有影响，他们反对成为任何教会的成员或牧师。他们成为各种不同的基督教学术神学教授们的门徒，每堂圣经讲座仅收取他们少量的费用。客观地讲，就像他们的领袖一样，在信仰上他们还是非常正统的。因此，当这个小教堂需要良好的辅导和领导时，我们不能给予它这些它所需要的。为了进一步觉醒的这部分年轻的基督徒，唐・莫里斯和我搬到金城去开展一项新的工作。从加拿大来的李・里特尔和他的妻子接替我们的工作，他们的日语水平更差。正如我们的感情已经深深地投入到这个有前途的小教堂里，我们花了很多时间为它的成长祈祷，毕竟这不是我们的教堂，然而上帝对它的成员有着更为永远的计划。

几个月后，李・里特尔搬到了东南部的八户市。随后到来的是休伯特・费舍尔先生，一个中国通，他来监督第二批年轻传教士的语言学习。他的助手是一个残疾人，他阐述圣经的能力非常好，负责管理这群传教士，他们真正地成长起来了。一年以后，语言学校关闭的时候，那位残疾人三桥先生和他的妻子将转到圣经学校去。我接到一个电话后赶到了青森县，帮助商议对于这个蒸蒸日上的教堂的下一步安排。做完早礼拜后，教堂的人要去吃一些点心，然后讨论如何安排教堂的未来。一个从仙台市回来的年轻大学生，被要求来领导这个仪式。出席的大约有 30 人。三桥先生宣布了他的告别消息。最后这位年轻的学生宣布，从现在开始将解散教堂，每个人可以选择去自己想要去的教堂。我惊呆了，走到费舍尔先生那里去，他开始没能理解那个日本学生说的什么意思，然后对我说："噢，不，他是错误的，他只是一个从仙台来的学生，他得到了错误的信息。"于是我走到三桥先生那里，他正被祝福者包围着。我给他重复了那个学生刚才说的话。他笑着说："哦不，他只是在这里度假的，根本不知道我们的计划。"然后我走过去找了那个学生，问他他说的话是什么意思，他正与另一个主要的学生宗教领导在一起。他说："这是我们已经决定的，我们都喜欢三桥先生。但传教士不会说日语，而且人员变换很频繁。所以我们决定从下个星期开始，我们将去自己选择的教堂或加入非教会运动。"不幸的是，真的有一部分会员及求教者停止了去任何教会的举动。整个事件萦绕在我的脑海里，我躺在床上夜不能寐思考着如何将这些有希望的年轻人带入上帝的怀抱。我得出的肯定答案是找一个翻译。我写了一封信给我们的主管期待能去拜访他，但没有得到答复。我记得我的父亲说过海外基督教会没有经验丰富的传教士，而这本来应该是他们几年前就应该做到的。

金　城

我们踏上了去金城的旅途，我们将要在那里找到住处并呆上几周的时间。我们在一个旅馆里住下，老板问我为什么来到这样一个偏远的地方？我告诉他我们是传教士，正在寻找住房。他告诉我他妻子拥有一所缝纫学校，学校楼上的房间很多都是空的，他愿意租给我们。不久之后我们离开了青森县，搬进我们在金城的新家。那里没有自来水，但楼下有一口井，还有个小煤炉供我们做饭用。我们设法从香港订购了一批煤气灶过来，这比起烧煤来说是一个巨大的改善。

有一天有个小贩在我们的屋子外面摆摊，除了蔬菜外他还卖一种大的红色的甜菜。我买了几磅，小心地不碰掉它的皮，以保持它们的颜色。当剥去甜菜皮后，我才郁闷地发现里面竟然是白色的。而我已经煮了醋和糖准备做红菜汤了，这才发现日本人并不种也不吃红甜菜的。又有一天，一个小贩慢慢地边走边叫卖："卖梨了，卖梨了。"我匆忙跑出去买，但困惑地发现他只有茄子可卖。我很困惑地问他梨在哪里？他像看白痴一样看着我，指了指茄子。问了几个问题后，我忽然意识到在津轻地区，人无法区分矢（shi）、苏（su）、粗（tsu）发言的不同，Nashi 意味着梨，Nasu 意味着茄子。于是我厚着脸皮问他，你如何区分出来这些不同的。他回答说，这没有问题，你可以通过不同的季节来分辨这些！我从来就没有完全理解，所以许多我学过的标准的日语词汇都受到了这种差异的困扰。"寿司"总是发音为"苏苏"，这在标准的日语里面意味着"烟灰"。我们的住处位于城中心地带，所以我们能够方便地购买到大部分的东西。我们还可以去公共浴室洗澡，那里是结识不同人的好地方，尽管我很少能在他们穿上衣服后再把他们认出来。

我们搬进来后的第二天是星期天，我们拜访了我们的两个邻居，去跟他们打了个招呼，告诉他们我们将在周日晚上举办个小集会来讲述圣经。我们高兴地看到住我们旁边的一个年轻的干洗工以及住在另一边的一个年轻的农夫答应来参加。下午 6 点半左右，风开始刮起，接着下起了倾盆大雨。这两个小伙子跑来时 7 点了，他们说，我们这里遭受台风袭击了。当我们试图教他们唱赞美诗，并解释圣经给他们听时，建筑物在风中不住地摇晃。更令我们不适的是灯也灭了。唐把手电筒打开，我们又继续进行下去。最后他们都购买了新约全书在暴风雨的夜晚回家了。台风似乎肆虐了几个小时。第二天早上太阳出来了，我们开始查看台风造成的破坏。我们惊讶地获悉，一艘大渡船沉没在离北部岛屿不远的地方，有 1000 多人死亡。两个传教士把他们的救生圈给了别人被淹死了，另一个传教士不会游泳，被大浪冲上了海岸，他的救生圈却救了他，一些乘船的美国飞行员也失去了生命。

这是一个被人铭记的夜晚。角田先生，那位19岁的洗衣工，在三个星期内把新约读了五遍，后来他成了一个好的基督徒。六个月后，他是第一个接受洗礼的，同时受洗的还有另一个小伙子，他是一个摄影师。此后通过角田君还见证了很多年轻人成为基督徒，最值得注意的是他的一个在一家书店工作的朋友，川村高野先生。他有一天前来对我们说他受到了召唤以皈依宗教。他申请加入圣经学校并且被接受了。毕业后他继续成为一个受到广泛使用的牧师。

然而，角田先生在第三年后开始堕落了，他沉湎于赌博，背负了可怕的债务。他跑去了横滨，终于在那里定居下来，成为一个成功的销售员并结了婚。最后，45年后在即将死于舌癌之前，他走进教堂说他想要祈祷，并想唱赞美诗。那位接待他的德国传教士给在伦敦的我写了信，我才得以和他联系上。他这次真正回到耶和华的怀抱，在死于癌症前，他还介绍了他的妻子和孩子加入了教会。川村牧师那时已经68岁了，他给角田打了个电话。在他们说完之后，他又对我说："这是令人惊喜的，我的老朋友已经重生了！在他第一次带我去的你的教堂里。"

第二年，我的同事唐·莫里斯结婚了。我们俩都在与青森县方言做斗争。有一天，当我们正在学习，一个非常健谈的老人来看我们。我开始倾听他讲的，唐还准备了茶叶和饼干。我仔细地听他说，竭力去理解这些，因为他是用当地的方言和我们交谈。他愉快地交谈，不受打断地一直说啊说啊。一个小时后我实在受不了了，找了个借口进屋里了。我对唐说"现在轮到你了"。他来到客厅，接着听老人家讲。通过纸门我继续听他那连绵不断的莫名其妙的单词。在我听他们谈话的时候，我很高兴能听到唐不时能发出轻松的感叹词出来，例如"哦！是这样吗？"等等。他甚至能咯咯地笑着离开，好像他已经明白了这个笑话。经过约20分钟后，门打开了，他走了出来，面无表情地说："还是你回去吧！我没有听懂一个词，甚至没有一个词我听得出。"我很不情愿地走进去，又在绝望中听他又讲了 40 多分钟。然后他拿出一个怀表，开始有了要离开的迹象。他把饼干包在一些薄纸里，给我深深鞠了一躬，我叫来唐，我们把他送到楼下的门口。没过太久，我们就发现我们的大多数访客呆的时间大约是两个小时。对于我们的半吊子语言，这也不失为一个很棒的练习。我们贴了很多圣经故事的照片在房间里，这给我们一个机会去给那些从来没有听过圣经的人讲述美妙的圣经故事。我们的一些传教士觉得他们都会被当作偶像崇拜了，但他们完成我们的传教任务完成得非常好。

1955 年新年我们安排了青森县福音派联盟传教团（TEAM）和其他组织共聚金城，举行新年会议。所有参加的日本人都是新皈依的教徒，他们充满炽热的感情无比热爱耶和华。我们传教士对这一切也感到非常新鲜。女士们都住在楼下的缝纫学校里，男士住在楼上。所有的空闲时间人们都会坐下来阅读圣经，或者学习一首新的赞美诗。上帝与我们同在，原罪得到了忏悔，这些天的一切将会一直保留在我们这些传教士以及日本教徒的记忆中。

父亲的归宿

每周我会收到一封信，要么是母亲写的要么就是父亲写来的。我父亲开始患有前列腺肥大，他俩觉得是时候离开在阿德莱德海外基督教会代表的工作，搬到在墨尔本海外基督教会养老院去了。只有十几个人住在那里，他们可以得到很好的照顾。在圣诞节前，父亲把他的一大堆衣服打包送去了韩国。1954 年圣诞节刚过，父亲输胶管完全堵塞了，在巨大的苦恼中他被送进了医院。经过 3 周的治疗后，医院决定做手术。痊愈的机会并不太高。父亲的弟弟阿诺德是一个卫理公会牧师，就在三个月前刚刚因相同的病因去世了。手术进行得很成功，但是第三天他的病情突然恶化，伴随而来的就是可怕的疼痛。海外基督教会的主管以及父亲所在教派的牧师从伦敦的裘园浸信会教堂也前来探望他。他们与他一起祈祷，然后他用有罪者的祈祷文进行祈祷，用的是《路加福音》18 章 13 节中的“上帝开恩可怜我这个罪人”。父亲拉着妈妈的手，对她说：“阿诺完成他的旅程，继续上路了……这也是我想要做的。”我的妈妈坐在他身旁一直到第二天早上，给他啜饮些水，最后他悄悄地走了，停止了呼吸。当还在他要进行手术的时候，我在金城收到了一封电报，说他病危了。然后三天后我又收到另一个电报说他去了。收发电报的日本女士在电话通知我的时候也禁不住失声痛哭了。我当时还是单身，感到十分孤单寂寞。我祈求的精神力量，在我悲伤的时候，一段《约翰福音》第 3 章 36 节的经文浮现在我脑海里，“他相信圣子会拥有永恒的生命”。我的父亲在他 17 岁时就信奉神的儿子，他在人间已经拥有了他永生生命中的 59 年。我又找到了那种有信仰的美妙的感觉，因为我相信我有一天会再见到他，在天堂里他永恒的家中。第二天，他最后一次写给我的信收到了，信上的日期是 1 月 8 日。在顶部他写到：“我们的时间掌握在他的手里。”（赞美诗 31 章 15 节）。这封信开头写到：“我的手术计划于 8 点 30 进行，所以我希望很快最糟糕的日子将会结束。”但上帝早早已经为他计划好了。在接下来的几周里，母亲的信件里详细地告诉我他去天堂的一切。

她用她的独特的表现方式给我写的这些信，“我拉着你爸爸的手，在他走之前，‘他就像星星一样闪着光芒直到永远永远’——而且他的确如此——‘他使很多人归化到正义里’。他最后拉着我的手谦卑地向上帝祈祷，只是请求‘以耶稣的名义宽恕他这个可怜的卑微的罪人。恳求上帝保佑母亲、姐姐和我三个尚在的人’。当我和我的朋友露丝·哈特利最后一次走过去看他的时候，看到他躺在棺材里那张平静的脸……即使是一具空躯壳也都是那么的荣耀！每一行的由年龄和痛苦所带来的皱纹都平滑了……他的脸很平静，安详，又像是高贵庄严的。他看起来好像他已经面对他心爱的主了，并充满了满足……这些最后都变成了他的肖像。露丝和我都转身走了出来，等待计程车的到来，我们的灵魂受到了触动但非常宽慰”。

她接着写道……葬礼在退休人员之家举行。葬礼上的花朵非常美丽。那里的人们说还从来没有一个葬礼能像父亲的这个葬礼有那么多人参加。圣经协会是其中的代表。致辞者说“（对于死亡）我们如今彷佛透过玻璃

（窗户）观看，模糊不清。到那时，到那时，就要面对面了”。哈里·贝利（他的妻子是露丝·波蒂厄斯），作为第二致辞者，他曾与我们同在云南武定共同工作过在一段短暂的时间。

他说，许多初级传教士认为高级传教士都是有非常高的理想的，但他们通常都失望了。但你的父亲是一位长者，他在生活、助人、奉献和祷告生活中都结出了灵魂的果实。他从未让人失望过。他谈到父亲把他的爱和奉献都给了云南傈僳族的人。“他们也是如此地爱他。”他还说到父亲一直把为主服务的任务放在他的首位，即使他非常爱鲁丝和你，但帮助那些云南山区的迷失的羔羊是他生命中的第一职责。在父亲的墓旁，西奥·辛普说到，他与我们一起工作了多年。他说，他从来没有想过父亲会忘记提摩太后书 2 章 3 节中的经文，“像耶稣基督的精兵强将一样去忍受痛苦”。他告诉我说父亲从来不对各种艰苦条件抱怨，例如严重的疾病……他有次落在在严酷的强盗手里，作为人质……长期艰难旅程中的寂寞，暴雨和湍急的河流。独自一人日复一日地在高山上跋涉……不得不吃粗糙的令人难以下咽的食物……等等等等。所有这些他所承受的使他的灵魂得到升华，真正成为基督耶稣的精兵强将。他谈到了因父亲而得到救赎的数千名信徒。以及父亲花的所有的时间用来持续、一丝不苟地翻译圣经和赞美诗，以及圣经研究小册子，这些从未中断过。于是他们让他躺在坟墓里长眠了，现在他终于来了！他一直是一个非常好的典型，他把上帝带到他的信徒中。

母亲的去世（1966）

我的母亲比父亲年轻十岁，去世时，她已经 76 岁了。1965 年在回日本的旅途中我们探望过她。在我们离开的那一天，吃完早餐，我们让孩子们去给奶奶说再见。当我们进去看望她时，她滑稽地笑着告诉我们，菲利普刚才天真地问她：“奶奶，你打算什么时候死啊？”幸运的是在母亲去世前，我的姐姐完成了在泰国照料麻风病人的医疗工作后回到了墨尔本，并被请求负责主管海外基督教会退休人员之家。父亲去世后第二年，1966

年 8 月 25 日。两次轻微的心脏病发作在她身上，我姐姐陪在她的身边，把她送去和父亲团聚了。他们并排埋葬在墨尔本的斯普林菲尔德公墓里。她去世后我们在日本收到了她的最后一封信。这是写在她死前的那一天。这些信件自从1934年我在中国北方进入寄宿学校时起就从来没有停顿过，整整持续了 32 年的时间。

藤田校长的追求真理之路

一个星期天，已经下了一夜的雪还在下着。我开始觉得不可能有任何人会来我们教堂了，因为雪一点儿要停的迹象都没有。令我们惊奇的是，除了修鞋匠小杉先生，我们还有两个年长的男士和一些年轻男士来教堂了……这两位先生曾经在报纸上读到一篇关于我们的文章，尽管外面下着暴风雪他们还是来了。年长的冢本先生是一位基督徒，他住在一个渔村里，那里距离青森县的西海岸有三个小时车程的距离。另一个人是藤田先生，他是一所小学的校长，正对着金城的西方。因为没有跨江大桥，他花了三个小时时间才来到这里。藤田校长后来要求我们一定到他们村子去，去见见他的家人，并请我们去他们学校演讲。我们去了他的村庄，我们在雪地里走路三个小时才到。我低着头冒着暴风雪行进，突然我的头撞到了什么软软的东西上了。我停下来，突然意识到我撞到了一匹高大的农场的白马身上了。我很高兴的是，它非常温顺，没有撩起它的后蹄踢我。

当我们到达藤田先生的村子后，他安排我们去学校演讲。然后他把我叫到他的客厅，说有一个重要的事要和我谈谈。他解释了二战以来日本的一切都改变了。他说他们是神道教和佛教徒，作为他们那个岁数的人，他们太老了做不到改变了，但他希望他们的孩子能够归化改变成为基督徒。我向他解释说，如果他没有成为一个基督徒，他死时孩子们会敬拜他（那是违背基督教教义的）。指着屋子角落里摆放的祖先神龛，我说大多数日本人相信他们祖先的灵魂和他们在一起，而基督徒相信死后灵魂会回到赐给他们的上帝那里去。他的脸色变得阴暗，他坐在那里静静地思考着。然后他真正确信地说："我明白了，我明白了。从现在开始我将成为一个基督教的求教者。"我于是和他一起祈祷。他买了几本圣经和赞美诗的书。我离开后感觉这将是非常困难的跟进过程。在接下来的几年里我不时会遇见他，他告诉我他还在阅读圣经和学习唱赞美诗。而我没有意识到他会花多长时间持续下去。

二十年后，我们又再次生活在青森县。一个做保险销售的基督徒与我联系，说他的一个客户叫藤田的想要联系我。尽管他住的地方离我所在的城市非常远，我还是动身前往他那里，并和他一起学习了圣经。几个月后我接到他女儿打来的电话，说他从楼梯上摔了下来，现在正住在城市医院的重症监护病房里。我去看望了他，他对我说的第一句话是："现在再成为一名基督徒是不是太迟了？"我在那儿读圣经给他听，然后，我们祈祷他能明确他的信仰。在接下来的几周，我每隔几天就去探望他。他在打点滴，从他的腰部往下的下半身瘫痪了，他抱怨说他的腹部疼得厉害。有一天，我去看他，他说："昨晚他们停掉了我的点滴，我死了，他们又救活了我。现在我不再害怕死亡。我知道它是怎么一回事了，我要去与耶稣在一起。"我回去过周末，在我刚回到家正准备坐下来吃早餐时，电话响了。是藤田先生的女儿打来的，她说，她的父亲去世了，他们把他抬回了家里。我放下一切，直接开车赶去他那里。他的妻子已经请来了做法事的和尚。他被安放在他们的起居室里和尚们正在吟诵着经文，房间里充满了烧香的烟气。他的手里拿着一柄大的武士刀用来在来生继续保护他。我把藤田的家人叫到周围，与他们进行祈祷后说，尝试着将基督教的仪式和佛教仪式混在一起举行是不可行的，但是佛教葬礼结束后，我们会再进行一个基督教的葬礼。他们乐于接受这个建议。回家后，我接下来的五天都感觉很难过，考虑到藤田先生是一位校长，我们错过了应该举行一场大型的葬礼的机会。佛教葬礼结束后，我们在教堂又为藤田举行了一场葬礼，只有藤田的直系亲属参加。仪式由日本牧师主持，我讲了话，讲述他希望家庭成员能够成为基督徒的愿望。仪式的最后，藤田的长子站起来代表家庭讲话。他告诉大家在过去的五天里他们都经历一段黑暗的日子。他们不得不支付一大笔钱给那些没有人听得懂的天书一般的经文和祷告中。今天，他们走进了教堂，他们走出了黑暗，走入光明，甚至连他们的孩子能够理解这些祈祷词，还能够唱出他们父亲喜欢唱的赞美诗。他感谢了教堂，说他们现在知道他们的父亲是与耶稣在一起了。不幸的是，藤田的妻子仍然笃信佛教。自那以后，藤田的同样是当校长的儿子成为了一个虔诚的基督徒。

另外的那个人，冢本先生在接下来的几年里加入了我们的教会，并成为教会传播福音的一个宝贵的伟大的财富。多年后我收到了一张他外孙寄给我的明信片，他在伦敦读研究生。他也受洗了，成为一个虔诚的基督徒，这对于他的奶奶来说是个非常大的鼓舞。遗憾的是他的母亲，冢本先生的唯一的孩子，嫁给了一个老师联盟的共产党领袖。他是坚定的共产主义者甚至给他儿子起名叫“列宁”。正是这个儿子去了伦敦。

我的同事唐结婚后移居到北海道。我的工作变得越来越繁忙，我要在平原上的各个村镇举行乡村宗教集会。金城的宗教团体开始增长，福音传教的机会是无限的，这更激励我在语言学习上的进步。

我组织了一次教会集会，邀请了一位日本传教士做一个简短的布道。这在当时来说是很困难的，因为海外基督教会的固有政策使它很难邀请到日本牧师主持宗教仪式。对于我的工作来说，症结集中在教会里谁来给牧师发邀请，谁来给牧师付酬金。最后教会邀请了一位非常杰出的老牧师，他对于日本的求教者和年轻的信徒来说是一个非常好的激励，在此之前他们从来没有听说还有日本牧师的。缝纫学校挤满了人，还有人们站在街上听。在那段时间，有很多人明确地转换为教徒。

在我传教期间，当地的一个非常邪恶的宗教仪式和庆典就在金城城外举行，所以我与安西牧师一起前往西之河原，那里聚集了大约 50 名失明的女巫。母亲们带着他们的女儿找他们占卜女儿未来要结婚的对象。由于他们说的是津轻地区的方言，无论是日本的牧师还是我自己都无法理解太多意思。我们依赖于当地的日本人来给我们解释。那些母亲和年轻的女人要问女巫问题或交谈的话都是要支付费用的。瞎女巫会进入恍恍惚惚的状态，并给女孩提出一些建议等等。最邪恶的一部分原因是，当女巫从恍惚状态清醒后对于刚才她说了什么一点都没有记忆了也不明白刚才说的那些是什么意思了。令人遗憾的是，参加的群众对于女巫的言语深信不疑。这个邪恶的仪式已经延续了数百年。对于在日本这部分地区传播福音来说，这显然是另外的障碍。

刚结束的宗教现场会议在精神上给了我极大的挑战，会议结束后我期盼能有一位同事能代替唐·莫里斯同我一起在金城工作。海外基督教会的主管，奥斯瓦尔德·桑德斯先生来到金城参观，我陪同他见证了日本的一个普通的传教点的生活是什么样子的。我们借此机会举行了三个晚上的会议，J. 奥斯瓦尔德·桑德斯先生做讲话，来自青森县的我的年轻的大学朋友儿玉先生做翻译。这是一个非常棒的会议，大约有 25 个年轻人参加。会后我又陪同桑德斯先生回到青森县。与此同时，遇到了教会委员会，他们宣布我将从金城调离，去开展一项新的工作。桑德斯先生对他们的决定表示了异议，现阶段让我离开当前的工作将会破坏教会移植工作的稳定。我按计划参加了一个在北本州举行的宗教交流会议。在那里，我和一些其他传教团的人进行了交流，他们已经在日本工作好几年了。我告诉了他们我现在的问题，说我不得不离开现在的工作，将会有几个女传教士接替我的位置。这些传教士警告说要抵制这项决定，所以我把此事汇报给了海外基督教会的负责人，他十分棘手地说，这个决定是祷告会上全体一致通过的决定。他们说，开始一个新的工作显然是给我的一份礼物，然而我才刚刚开始一个工作，我想看到它有结果。我越来越相信，尽管海外基督教会在传播福音和教徒培训方面做得非常好，但是我们仍然没有实现建设起多所教堂的目标。

我回去后向上帝祈祷报告了整个事情的经过并接受我的下一步工作安排。一天我很诧异的是有一个年轻的警察来到我家门口，他问了我很多有关那位大学生儿玉先生的问题，儿玉一直为我们做翻译。看来他们对他的跟踪是因为他与弘前市一所酒店的盗窃案有关。又经过了一个多星期我才开始意识到他是不诚实的人。有一个参加我们教会的女孩在银行工作。有一天我外出了，他拿了我的银行存折和我的印章来到银行，告诉那个女孩我让他来取款50英镑。后来那个女孩跟我提及此事，于是我检查我的银行存折，他已经带着钱逃走了。一年前我和唐在核查我们的帐户时发现不见了50英镑，我们当时还非常困惑究竟是如何发生这事的。海外基督教会有一个政策，如果发生了盗窃案，由此带来的损失我们不得不自己去承担。我没有把这个情况处理好。我写了一封非常愤怒的信给儿玉先生，但从未得到回复。毕业几年后，他来见我。我告诉他，我不想看到他，除非他痛改前非。后来，当我在读腓利门书时我认识到我把整个事情处理得如此糟糕，这不是我的救世主会做的。

五所川源（1956年春）

有一位日本圣经协会的书商，他也是日本联合基督教会的成员，曾经在早些时候请我进行每周一次在周四下午的1点到2点的时间段为五所川源市的一家会计师事务所举办圣经讲座。这件事非常令人鼓舞。同时我还为整个地区的高级中学教英语。当他听说我要离开金城后，他说他觉得如果海外基督教会要建立一座教堂的话五所川源是唯一合适的选择，因为它位于津轻平原的中心。我也得出了同样的结论。尽管我们的许多传教士觉得我们应该在那些没有任何教堂的城镇进行工作。他告诉我他会帮我找住的地方的。我告诉主管事情的进展情况却发现他不赞成对我的调动。他说，现场委员会建议反对我的工作调动。他们的想法是，我们应该在津轻平原的东部开始一个新的工作，我对他所说的觉得毫无意义。我已经在这个城市开展了两个课程，已经快精疲力竭了。我意识到我们教会的现场委员会已经脱离了我们正在做的一线工作。我一直都在祈祷伟大的主能够对此施加影响。那位圣经协会的人帮我找到了一个非常好的公寓，在五所川源市铁路和公路车站附近。它太棒了，不能错过。价格也是非常合理的，家具租赁也是很难找到的，所以最后决定租下那里。

我们开始一个大型会议的工作，会议要在市政厅举行。我和我的新同事亚伯步行前往市政厅，我说我担心我们的会议会和一些神道教的神社节日发生冲突。街道上挤满了人，当我们接近市政厅后，让我们惊讶的是所有人都蜂拥而入了。我邀请了当地电台的一位女播音员作为司仪，她参加了我的圣经学习班，但还没有成为一个基督徒。她做了非常出色的工作，亚伯还用他那好听的男中音独唱了好几首歌。然后我全身心地宣讲了 40 分钟，这是我第一次给一千多人传教。但看到人们都在用心听讲后我深受鼓舞。当我完成宣讲后我请所有那些想对基督教有更多了解的人留下来。有大约 400 人留了下来，其中有许多人是一直站在外面，无法进入大厅内的。我又花了 20 多分钟时间讲述了如果要成为一名基督徒所需要涉及的一些东西。然后我们给他们发放了圣经摘要和宗教宣传册，并敦促他们相信上帝耶稣基督，向他们解释了救赎之路，以及要成为一个基督徒所需要做的事情。我继续敦促他们在第二天周一的晚上来我们家中参加接下来的集会，在那里他们可以了解更多的东西。如果有今天十分之一的人来参加的话，我们的小屋是无法完全容纳下他们的。第二天晚上，有七个年轻人来参加集会，除了一人外，其他六个都是理发店的学徒。他们说他们才刚下班正好听我说我们第二天的会议。周一理发馆放假。他们成为我们工作的支柱，但随着时间的流逝，他们中的大多数搬往别处，或是不再信奉上帝。然而他们其中的一位仍然保持信仰成为家族里的宗教领袖，他的孩子们也都成为了模范的基督徒。

为了尊严而自杀的女孩

在我还在金城的时候，圣诞节临近了，我们邀请了缝纫学校的女生来学习一些圣诞颂歌。一个星期天的晚上在我们晚上的集会中，我们听到楼下的门打开又关上了，有人从会中出去看看是否是有人来了。似乎并没有人来，所以我们继续开会。第二天早上，当缝纫学校学生到达学校时发生了很大的骚乱。在日本，几乎所有的房间里面都有一个或两个约 6 英尺高 3 英尺宽的大型橱柜，其中一般都会有一个大的储物架在中间，方便把床上用品和坐在地板上的垫子以及其他家居物品储存在里面。那天早上，一个女孩拉开橱柜的门，想取些东西出来，发现有一个女孩自杀了，死在了橱柜里。她的手边是她的自杀遗书，说她无法面对一场包办的婚姻，于是吃下了 5 包安眠药。她还写了：“生活是如此平静，我开始昏昏欲睡，楼上他们正在歌唱美丽的赞美诗，在这样一个美好氛围下，我离开了这个不幸的生活。”这令人不安的事情对我敲响了警钟。

大约一年后，我们在五所川源就有 40 个左右的年轻人固定参加我们的宗教集会了，我在布道会上特别强调上帝并不想让我们去死，而是要活下去。我强调，我们的生命并不仅仅是我们自己的，而且还是上帝的，上帝会来决定什么时候是我们死亡的时间。自杀，我说那就是谋杀。那是对创造了我们并爱着我们的上帝的反抗。接下来的一周，一个年轻的学校老师走到我跟前，提醒我，我说过的这些话。她告诉我她的学校里的一位同样是老师的朋友，她曾经带她到集会来过，无法面对生活了，在一个晚上出去，来到积满厚厚积雪的野外，躺在积雪中准备结束自己的生命。但当她躺在那里所有感觉渐渐失去，开始麻木起来后，我的话语不断地在她脑海中回响：“你的生命并不是你自己的，而是上帝给予的。自杀就是谋杀。”她挣扎着回到了家中，明白了上帝让她继续活下去。

我在日本的这些年里，我不断提醒人们不要自杀，在日本几乎每个人或知道有人曾自杀或近距离面对过自杀的场景。多年后我去拜访一位老师，他负责对父母和孩子们的咨询与辅导。他毕业于美国大学，英语很好，我过去常常顺便到他所在的教育中心同他聊聊天或和其他老师说说话的。这一次我发现他情绪低落，相当沮丧。“有什么问题吗？”我问，“你今天不像你平常那样啊？”他回答说，“我有一个非常棘手的问题。三个高中学生自杀了，我不得不跟他们的老师和家长谈论这个问题。”“哦！”我说，“你必须教孩子们，自杀是错误的，它就是谋杀”。“噢，不。”他说，“在日本文化中你不能说自杀是懦弱的和错误的。这是一个可敬的行为。”然后我们便展开一段长时间的讨论，关于随着自杀后所带来的所有的种种不幸的问题。这可怕的两难的困境仍然存在于日本。只有基督教关于永恒的生命及生命可复活的教义才可能对那些信奉佛教的人带来可能的改变，佛教向人民灌输的是生命是不真实的，所有的一切都是虚幻。而这种悲剧的国家性的进退两难的困境仍然在现今存在。

结 婚

随着牧师工作的展开，我开始觉得我需要一个伴侣及合作伙伴了。在1956年夏季，我要帮助一支日本团队在弘前市进行为期一周的一个福音传道活动，弘前在南边一个小时火车车程的地方。我觉得我被一个叫伊芙琳·罗宾逊的年轻女传教士吸引了，但我能感觉到我只是单方面对她有好感。在过去的一年半时间内，我已经通过其他的语言学校的学生对她有所了解了。在此期间，他们一直在青森县学习语言。最后，我虔诚地写了一封信给她表达我的感情。她的回信来了，我满怀期望地打开了它，但她在信中非常强烈地拒绝了我。我不知道我所期待的是什么。她没有解释原因，但这似乎让她注意到了我。我已经等了这么长时间，我觉得上帝能给我一个我想要的答案。继续有一些日本人想帮我促成婚姻大事，并介绍了一些富裕的日本女人给我。一些年长的传教士也一直不停地暗示我或针对一些他们认为和我很匹配的女传教士给我以建议。他们认为可能会是适合我的。几年前，我在日本集中营期间，我有许多欧亚混血的朋友。我发现当我与他们谈论时，他们的每一个都会有一种既不是英国人又不是亚洲人的窘迫，这个复杂的情节是在他们童年时建立起来的。孩子们的言论有时是很刻薄的，这些话给他们带来了各种各样的困扰。这些想法在我的意识中已经形成了一道屏障，使得我没有娶一个日本女人的想法。此外海外基督教会还有一个规则，不能和亚洲人结婚，除非他们加入圣经学校学习教义。这帮助我排除了娶一个亚洲人的想法。收到伊芙琳硬邦邦直接的拒绝后，我感到自己的心都碎了，事实上，她没有阐明任何原因，这给我带来的结果就是各种各样的问题都在我脑海中萦绕。我一直祈祷耶和华给我以指示。大约三个月后我对结婚的事情已经没有进一步的想法了。但我又虔诚地写了一封信给伊芙琳，希望她能重新考虑她的答案。只得到一个非常简短的回答说，她不想让我去追究此事，她已下定决心。然而，尽管我祷告要自己不要只钟情于一个人，但我并不觉得自己有考虑其他人的自由。

在这个时候我的工作忙得要死，到处都是来求教的人，我会让很多年轻人坐在我房间里阅读圣经并向我提问题。同时我用日语布道也越来越熟练流利。我经常被邀请去这里或那里做讲演。我再一次有了这样的经历，晚上躺到床上后疲惫不堪不想再做传教工作了。有一次，我与圣经协会的书商花了五小时乘火车及大巴前往本州岛西北角的小泊。当我们到达时，我们发现我们遭遇了一场特别大的大雪。我们努力前往各个渔村，给他们发放圣经。我们乘坐的大巴几乎无法移动。最后我们发出了所有的圣经摘要。第二天早上书商说看来我们得走回去了。这是一个异常艰难的跋涉，我们坐在马拉的雪橇上，花了一整天时间回去。我回去的时候发现海外基督教会的主管在我离开的时候已经到了这里，他为了见我已经等了五天。在这几天里，他还去探望了其他的人。

随着日本漫长的冬天，我发现我咳嗽得非常厉害，并吐出浓痰。肺结核病在日本非常普遍，我经常去医院看病在那里会碰到很多结核病患者。一些日本医生警告我肺结核病是如何传播的。然后我收到一张大卫·哈曼寄给我的明信片，他建议我们休息一个星期。我请了一周假，我和大卫在一起参观一些著名的景点。一个是位于恐山上的硫磺温泉。我们出后发现我们乘坐的大巴是当天的唯一一班，一到达我们的目的地就返回原路了。我们还发现了当地唯一可住宿的地方就是一座佛教寺庙。当我们走进寺庙后，庙里的和尚训斥了我们，因为我们对佛像没有深深鞠躬致敬。我们解释我们是基督教传教士，十诫禁止我们向其他的神灵鞠躬致意。我们得到了一个房间，房间里只有一层薄薄的垫子和一张薄薄的褥子，没有家具。食物是最粗糙、最平淡无味的那种，我从来没有吃到过的。我们都看到这件事有趣的一面，想知道在他们的眼里我们是否能为他们赢得一些特殊的功绩！住宿的价格是我所住过的最便宜的一个！在该地区户外到处都有小的温泉池。因为没有暖气，这是唯一的用来取暖的方法。我被冻得瑟瑟发抖，寒冷迫使我爬进一个热气腾腾的泛着黄色硫磺水的温泉池中，硫磺的味道闻起来像臭鸡蛋。我坐在那里，大约半个小时后，我感觉到我的胸口憋闷的感觉减轻了。第二天早上我们去乘巴士，却被告知由于下雨和山体滑坡，车来不了了。三天前我们出发时就开始下雨了，这段时间一直没有停。大卫和两个和尚一直在交谈。而我一直进出于温泉池中。温泉是对我罹患的胸闷症状的完美治疗方法。大卫和我一起对工作做了很有价值的交流。他的日语水平更高，不需要为青森县方言所头疼。我们遇到的许多问题都是相同的，比如如何帮助年轻的转换者来坚定他们的信仰，我们彼此间互相帮助提高了。

几个星期后，我不得不去一趟青森县。我的同事亚伯·弗里森告诉我他的未婚妻，杰基·斯莱宁也乘坐同一列火车。当我到达车站时，一个日本女医生，森田夫人，我曾经教过她圣经，也在同一趟火车上。雪下得非常大，火车晚点了。我们三个一起聊天，听着火车压在积雪上发出嘎吱嘎吱的声音，显然它受到大雪阻碍了。到处是一伙一伙的人在铲雪。最后我们到达一个站点，我们不得不换乘火车了。他们宣布，由于大雪不再有火车去青森县了。到五所川源的火车也停运了。我们所乘坐的火车将驶往弘前市，但也许在到弘前之前也会停驶了。站在大雪中的空旷的月台上可不是什么有趣的事情，所以我们又回到车上，我们决定如果火车继续前进，我们将去弘前拜访我们的传教士朋友，并在那里等待雪停，看看会发生什么事情。森田医生决定她也跟我们一起去。她和杰基·斯莱宁根本不知道我在想些什么，我们要去的地方没有其他的女人能与伊芙琳相比，她如此强烈地拒绝我的求爱。一路上我一直在思考我被拒绝的原因所在。自从我收到伊芙琳最后一封信后已经过了四个月了。最后当我们进入他们的前门时，玛丽非常欢迎我们的到来，同时惊讶地听到所有的一切都因为压上重重的积雪而发出嘎吱嘎吱的声音。

当我坐在门廊的台阶上脱掉我的靴子的时候，伊芙琳从一个侧门出来进了门廊。她看到我简直不敢相信，当其他两个人进入另一个房间后，她匆忙对我说："我想要和你说两句话，很快的。""今天早上我一直祷告结婚的事情。你的面孔不断在我面前浮现，我无法忘掉你，所以我告诉主，如果他想要我嫁给你。他会在今天上午把你带到这里给我以启示。”我听到这些惊呆了！就在这时，一个帮助他们铲雪的日本女人走了进来，我向她打了个招呼，并给她解释了我们的困境。然后我对伊芙琳说，我们需要设法在一起进行一番深入的交谈。

在下午 4 点的时候，我们从收音机里听到火车会继续前往五所川源，感谢了我们的东道主，感谢了他们的热情款待，然后我们就出发了。一路上所有的时间我的大脑都在高速运转，我被突如其来的幸福转变震惊了！我们离开之前，我单独设法安排了和伊芙琳见面，如果天气好的话，在下周一我们在弘前车站见面。回来的旅途既漫长又乏味。尽管雪已经停了，但铁路道基等仍需要被从雪里挖出，还有几次火车不得不转轨换道后再次前行。我告别了其他两位女士。杰基还要换乘另一列火车花 30 分钟去往金城。正如他们所谈到的特别的旅程，使得我们没有什么地方好去，又白白浪费了一天时间。

他们并没有怀疑到一出戏剧性的场景正在他们眼皮底下发生。接下来的周一里，伊芙琳和我见面了，我们有太多的话题要谈了。我们俩相互间并不甚了解，这对伊芙琳来说是个不小的障碍。然而她的祷告得到这样一个神奇的答案，这都是她所从未料到的，她所有的反对我的意见和障碍都消失了。她的主要反对我的是，我们的生活方式是如此不同。此前她看我的方式就像有人开车只是工作一样，不曾停下来度个假或平常的娱乐那样。我对她的认识，则是作为一个认真的试图克服文化和语言障碍的新传教士。作为一名传教士我比她早两年开始工作，而另一方面，她比我年长三岁半。这在她心中是另一个障碍。

当时，对于自由择偶来说，日本还是一个封闭的社会。所以我们决定推动我俩的关系并结婚，现在已经 7 月初了，年底前我们只有四个月的时间将所有的事情都打点好。当我们宣布了我们的婚约，我们遇到的每个人都对我们的婚姻表示赞许，并不遗余力地提供帮助。我们俩都没有什么钱。我很快就写信给墨尔本，在那儿我的银行帐户上还有 35 英镑（当时 1 英镑约合 1200 日元）。有这笔钱，我可以买一个合适的订婚戒指和一套西装。

但当我们考虑到钱的时候，我们显得无望了，我们俩加起来也没有可能筹到更多的钱。我们两人有着相同的经济原则，就是我们绝不欠债，这条原则我们从那时一直贯彻到现在。伊芙琳有一个非常要好的朋友，巴斯康卜夫人，一位日本基督教高中美国老师的妻子。她和她的丈夫非常高兴为我们举办一场婚礼，他们在他们的大房子里提供对客人的招待，并获准使用学校新建成的教堂举办我们的婚礼仪式。伊芙琳教堂里的一位女士强烈要求在我们的婚礼上表演独唱。她还请了一位从北爱尔兰来的传教士做我们的司仪。她的美国朋友找出了她自己的婚礼礼服，只是稍微改动了一下就非常合身。她请另一个海外基督教会的美国传教士朋友做她的伴娘，请了巴斯康卜夫人的小女儿做花童。我请我的大学同学从日本南部赶过来做我的伴郎并帮助我们接待客人。然而，随着时间的推移，我们开始面临严峻的的财务问题了。我们决定把婚礼安排在 7 月 3 日，因为 6 月底我们将收到给我们的新汇款。

两场典礼

法律规定要求我们去到横滨的英国领事馆做结婚登记。因为我们必须要有两个证婚人，我们请求我们传教团住在东京的业务经理作为其中一个。令我们惊奇的是，他非常高兴；他想把我们所有人在婚礼结束后请出去吃结婚晚宴。我们两个筋疲力尽的新人乘坐了 16 个小时的火车后终于抵达了横滨，我们没有足够的钱买特快列车的车票。婚礼的一切都非常顺利，更锦上添花的是，伊芙琳的一位在贝尔法斯特堂兄也来了，他是一艘船上的工程师，该船正好停靠在横滨，所以他得以见证我们的婚礼。

1957 年 6 月 25 日，我们已经是合法婚姻了，但我们还要再等一个星期，我们需要在教堂里对上帝说出我们的结婚誓言。我们在一个很棒的餐厅美餐了一顿，和朋友们度过了一段非常美好的时光，之后，我们不得不原路返回来。我们在返回的路上疲劳极了，当我们终于回来的时候我们眼睛都几乎睁不开了。我们都深爱着对方，不能忍受把我们分开等待另一个星期的到来。第二天我们收到从海外基督教会新加坡总部寄来的信，我们都震惊了。信中说，由于前所未有的资金短缺，传教团将会历史上第一次不发放任何新季度的汇款。我已预订好了我们的蜜月计划。这是我们永远都不会忘记的教训。这不是恐慌，但它确实让我们俩成为更虔诚的祈祷者。最后，在第二个月末，在原来那个特别的季度我们反而收到比在其他任何时候都更多的钱，因为我们所有的朋友给我们寄来了结婚礼物！多亏了摄影师，我们仍然有这些照片来回想起那快乐的一天。彩色摄影刚刚流行，一个美国朋友带来了好多彩色胶卷。在招待会上我们的很多朋友，无论是日本人还是英国人都给我们致了新婚贺词。我们大家在一起吃了草莓和冰淇淋，此时伊芙琳出去变更蜜月旅行计划了。令我懊恼的是，客人们似乎一个接一个都要离开了。甚至我们的伴郎和司仪都跑掉了，他们说再不走的话很可能会错过回东京的火车的。客人们众口称赞这是一个美丽的婚礼。他们说，在仪式结束时女生独唱的歌曲“美丽的百合花洁白如雪”，声音就像歌剧一样美丽动听，歌声犹如绕梁三日回响在他们的脑海里。每一个人，当他们离开时都在问，“伊芙琳哪里去了？”最后当伊芙琳穿着一件绝妙的深褐色礼服出现时，现场已经没有其他客人了，只有我们的东道主巴斯康卜夫妇对这件从伦敦寄过来的衣服发出赞美。我拿上我们的行李，就去拦出租车，却发现有人已经坐上了。我们必须拦下另外一辆。最后我们最终坐在火车站候车室里的硬板凳上时，我们的火车刚刚开走了，那天晚上不会再有另一列车让我们乘坐了。后来我们去了我们路过的另一个小镇过夜，我们蜜月的第一天住在了一个非常不舒服的小客栈里。我不得不取消我们预订的当天的温泉酒店。但第二天的预订没有问题，我们到了那里。

我们的蜜月

那个时候，“大汤”温泉胜地在通往一个美丽的湖泊的路上，它坐落在十和田火山的火山口上。那时它还只是一个非常安静的次级景点，而现在它已经成为日本的一个非常有名的旅游胜地了。那里那时候只有一个小酒店。我已经订了它，因为价格的确很公道，我们两个人连带两餐加住宿仅仅1000日元，约80便士一晚。当我们走下汽车，酒店的行李员已经在那里等待我们了，他扛着我们的行李走了500码来到酒店。当我们进入酒店后，酒店穿着和服的女服务员向我们跪下来，并深深鞠躬说："非常欢迎，您累了吧。"我们被带到我们的房间，却发现竟然是一个有单独私人温泉浴室的套间。一切都非常干净看起来就像新的一样，而木制品都是由闪亮的松木制成，显示出美丽的松木花纹。有一个阳台打开后就能看到我们房间后树木繁茂的山区。温泉上有一个竹制的水车，当接满后会带动水车转动把水舀出去，温泉汩汩地流水声不断地提醒我们我们现在所处的地方。我们立即把我们的夏季和服脱掉，进入温泉内放松起来，泉水中充满各种矿物质和微量放射元素，才泡了五分钟我们的身体就有了刺痛的感觉。于是我们又穿上和服出去外面散散步，有一条小路，通往一条山间小溪，小溪延绵数英里长，不知道从哪里发源的，我们所走过的地方都是出奇的安静。从酷热的平原来到这里，凉爽的山区空气令人舒畅无比。

我们仍然有很多要相互了解对方的，我们一直在交流，聊来聊去。一件特别的事情被我们注意到了，那是我们在阅读婚礼的贺词和信件的时候发现有非常多的人引用了一句相同的赞美诗，圣歌第84章11节："因为耶和华神是日头，是盾牌，耶和华必将赐下恩典和荣耀。他未尝留下一样好处，不会给那些行动正直的人。倚靠你的人将被赐福。"我们这些年所经历的一切都见证了这些话是多么的神奇和正确啊。对这段圣歌的一个现代的释义是："上帝不吝啬依伴在他身边的人，他并不吝啬给予礼物和荣耀，与上帝在一起的人将会一帆风顺的。"这样的话语不断在我脑海里浮现。我们俩很容易在我们的新的生活中找到共同的思想的，我们平日的奉献和祈祷等一些事情令我们的生活在多年内都非常充实。

女服务员深鞠躬着进到推拉门内，给我们带来一壶新鲜的日本茶。她告诉我们，她们不久后将送来晚餐。两个女仆慢吞吞地来给我们上菜，我们的桌子上摆满了各种各样的小碗。女服务员耐心地解释都是什么菜，有许多美味的野生山珍，或炒或腌制的。这些对一个日本城市里居住的人来说是一种罕见的菜肴。在我们进行餐前祷告，感谢上帝“把最好的葡萄酒在最后上来”，女服务员来了，带着一个桶米饭。伊芙琳曾问她是否有面包，不一会就惊讶地发现上来了 14 片烤面包片。菜里有五条鲤鱼，每一条都经过精美烤制，并伴以蔬菜。似乎菜的分量并不是足够，我们每个又吃了一只小烤鸡，这是非常独特的食物，我们永远不会忘记这次盛宴。伊芙琳看着 14 片吐司开心地咯咯笑起来，乐于助人的日本女服务生被她的笑声弄得窘迫不安，起身后退出了房门，她再也没有回来。显然他们对外国客人还是不习惯的。我们是那天唯一的客人，是他们不熟悉的外国人。他们的服务我们非常满意，这也让我们前一天的不快一扫而光。那天晚上我们在静谧的山里睡得很香。一顿丰盛的早餐被送到我们的房间，我很不好意思地问他们是否可以给我用通常的生鸡蛋做一个煎蛋卷。我还说，六片吐司就足够我们两个人吃的了。最后他们给我们煎了两个非常美味的鸡蛋饼端来了。

早饭后我们找到了旅馆老板，对他说我们在这里感到非常放松，想要再多住一夜。他们非常高兴我们这样做，晚饭给我们特别做了一顿美味的“寿喜烧”还有土鸡蛋！我不得不重新安排了我们所有的预订，没有造成任何麻烦。我们走的时候，旅店的全体人员在门厅深鞠躬送别我们。我不认为他们猜到了我们在度蜜月，他们做的非常好，让这次旅行令人难忘。下一个晚上我们住在了半西方式的十和田湖滨饭店，那里也是美国占领人员居住的地方。除了位于火山坑的湖景色壮丽以外，其他的一切都是破旧的，令人失望。在乘坐小型休闲游艇，绕着湖参观了一圈后，我们登上一辆巴士从十和田湖向南开，在一个深峡谷中做了水疗。我们在那里短暂地住了一晚后，搭乘另一辆巴士返回正南边。太阳非常毒，让我们感觉更不舒服，道路非常崎岖不平，站在巴士上反而比坐着更舒服些。在车上跌跌撞撞了两个小时后我们下了车，发现有一辆吉普车正在等着我们。这辆吉普载着我们开上八幡平高原陡峭的山上。在路上的司机转过头对我说：“我们以前见过面。”他打开了他车内的手套箱，拿出一些基督教小册子。他说：“你曾经在弘前市樱花节上传过教，你走后我买了这些书。如果我有时间的话我想要研究它们。”当我们半仰着坐在车上，吉普慢慢地爬上了山后，我跟他说起了这些书。

吉普车最后停在了一个饱经风霜的专门接待徒步旅行者的小旅馆前。我们走出吉普车后发现外面非常寒冷，山雾弥漫在我们周围。然后我意识到我们是在云中了。我们很快穿上为我们准备好的冬季和服棉衣，走到温泉热汤去。那儿有一大池淡黄色的水，不断上升的蒸汽使它很难被看到。硫磺的气味闻起来就像臭鸡蛋一样。我们被告知，没有任何细菌可以在这温泉水中存活。只泡了大约 10 分钟，我们的身体就开始浑身刺痛。我们在一个冰凉的山涧里冲洗干净身上的硫磺，然后我们到外面去散步，看到了滚烫的温泉水汩汩地从岩石中冒出来。然后我们来到一个泥火山，泥浆受热破裂后会发出很大的噗噗的声音。就在这时，云散去了，周围都是郁郁葱葱的绿色山脉，我们都可以看到山下山谷内的景色。没多久，这些景色随着另一片云的到来就又消失了。在我们回去的路上，我们经过了一排像营房一样的地方，那是很多生病的人来此泡温泉所住的地方。他们自己带来食物，自己做饭。我们很快就回到了自己的房间，挤在一个小木炭火盆前，喝着泡好的热的绿茶，直到服务员送来我们的晚餐，有很多山上长的蔬菜。睡觉前，为了使身上暖和起来，我们又泡了一回澡。房间里没有蚊帐，山上温度太低了，连蚊子都没有的。

32 年后我们开车经过一条美丽的新收费公路又来到这里。一切都看起来不同了，那里有了霓虹灯和铺好路面的小路，还有美丽的纪念品商店和众多酒店。泥火山还没有变样，但硫磺浴更奢华了，浴池都是用马赛克瓷砖铺成的，美丽的闪亮的淋浴间和水龙头排列在墙上。只有天气似乎还是一样，雨夹着雪在风中盘旋着。

第二天早上我们不得不早起，以赶到山下的山谷里搭乘我们的巴士。巴士准时到了那里，当它载着我们到达火车站时，离开车只有 2 分钟了。我们整个早上都是在一个非常简陋的火车上度过的，直到我们到达北本州岛的西海岸。在那里我们换乘另一个小火车，载着我们继续北上来到一处风景非常优美的岩石海岸。清新的海风吹过窗户，使得我们两个小时的火车旅途非常惬意。

我们在一个可爱的小渔港下了火车，来到了一个看起来摇摇欲坠的小旅馆。令我们意外惊喜的是，我们了解到把我们带到我们房间的那个年轻女服务员在几年前曾参加过金城的主日学校。从我们的房间窗口，我们可以看到渔港和岩石海岸的全景。第二天早上退潮后，我们走在海边的岩石上，尽情享受美丽的海岸线。

在当时我们并没有预见到，这个地方后来变成一个著名的旅游景点，充满了现代酒店和饭店，以至于游客太多，高速公路都会发生交通拥堵现象。最后我们坐火车在晚上8点钟回到了五所川源市。我把我的新娘带回了家，我们偷偷溜进了我们在楼上的公寓里，我们俩的生活从此将会不同了。

与伊芙琳的合作

伊芙琳一家的财产运到了，只有一个小锁箱和一个手提箱，我为它们如此之少而感到惊奇。至于在日本一个新娘总是要带很多嫁妆的，包括她的家具。我们的房东看到这幕会如何想，我就不知道了。但就我们来说，我们已经带上了所有我们需要的了。

我发现我的菜单发生了根本性的变化。早餐是一碗热气腾腾的大米饭，我倒了个生蛋在上面，靠着米饭的热气把它蒸熟了，还在饭里拌上酱油。这不是给伊芙琳的早餐，先给她上的是煎鸡蛋和培根，紧随其后的是烤面包片和果酱。

返抵后不久，我们就忙着福音传道者的帐篷会议。我为厨房添置了一个带排水的水池，我不得不把它抬着放入它要放置的地方。但愚蠢的是，在我把它抬起来时，由于我姿势不对，直着腰就把它摇摇晃晃抬起来摆放入位，而这个水池是非常沉重的。结果就是，放下水池后我站不起来了。我只能弯着腰，并忍受这种剧痛。为此，我去了医院。医生检查后，给了我一些止痛药，告诉我我需要卧床休息一到两个星期。另外，他还让我去找一个盲人按摩师，他也许能够通过针灸和按摩的方式为我治疗。

我在床上躺了大约十天之后，我觉得似乎那最痛苦的日子熬过去了，于是继续传道的帐篷会议工作。然而，我都很后悔那些天没有去找按摩师治疗。十年之后，我一年的大部分时间内都与腰疼作伴，而这次扭伤就是后来我椎间盘突出的源头。

帐篷会议导致不少人转化到教会里来，我们被我们的工作所鼓励。尽管这一年我们已经看到了 15 人远离五所川源到日本南部的大型工业城市去了。小农场都使用机械来种植和收获水稻了。只有父亲和长子依然在这里，而所有其他的儿女都离开农场去南方工作了。这对所有的农业区来说是一个巨大的社会影响。尽管所有的机器需要推销员推销和机械师去修理维护。

青森麻风病院

在我婚后不久，青森市最大一所麻风病院的教堂就开始要求我们能更多的到他们那里传教，那里有超过 700 个麻风病人。最近发现了一种治疗方法，但治疗后麻风效果还依然非常明显。在战争期间由于药物匮乏，病人中死亡的数量逐月递增。

一个高个子男人叫吉桑，在战前就通过教会在圣教堂的牧师千叶令人欣喜地归化为教徒了。牧师千叶为了信仰死在了青森县监狱里。吉桑看到这么多麻风病人同胞在没有希望、没有基督中濒临死亡，他就来到麻风病院边上的玉米地进行斋戒和祷告。然后他说服两位女信徒与他一起进行祷告。

上帝开始创造奇迹了，开始只有一些病人被转换为教徒，最后有超过 100 个人变成了信徒。每次伊芙琳来，风琴师总是很高兴。这个年轻女子来自一个非常富裕的家庭，住在离麻风病院大门外不远的地方，但自从她得麻风后就遭到她家庭的抛弃。事实上，他们从来没有一次来看望她。在她归化成教徒后开始弹奏风琴，但现在她只有三个手指和一个拇指能用来弹琴，她仍然尝试弹奏出完整的曲调。伊芙琳经常来弹琴，麻风病人们便有滋有味地在一旁跟着歌唱。他们总是有时间开始祷告，我还可以看到吉桑高高举起他因麻风病而残缺的双臂，他头发都掉光了，脚也因麻风病残掉了。他跪着，用一种坚强的声音说：“天父，感谢你，我是一个麻风病人！如果我不是一个麻风病人我永远不会被救赎。现在我有了希望，可以期待你的到来，或带我到天堂，哈利路亚……”

归化的选美皇后

有一次，有个特别美丽的年轻女孩，来到麻风病院做宣讲。她是一个学校校长的女儿，在一家银行工作。她参加了青森县苹果选美比赛，并被选中作为新的苹果选美冠军。在最后的颁奖仪式上，她的一个朋友因为强烈的嫉妒，非常恶劣地把一小碗硫酸泼在她的脸上。为此她的脸的一侧几乎是令人作呕得难看，而另一侧则是美丽的。这个故事成了当地的头条新闻。她马上被送进医院，她母亲从自己背上取下很多皮肤来为她进行了皮肤移植。那些日子里她们几乎没有什么可以做的了。当她躺在东京的医院病房的数月里，一个日本牧师来探访她，但她用毯子捂住她的脸，连死的想法都有了。此后有一天，她从广播里听到一段圣经的宣讲。收音机里牧师讲到：“上帝所赐福的，必将是心灵洁净的人，为此他们必得见神。”他接着说：“外表的美丽是肤浅的，真正的美丽的是内心。”这些话语打动了她，在牧师的下次病房探访中，她向他要了一本新约圣经阅读。几个星期后他带领她成为了信徒。当她回到青森市后，她去见了那个曾犯下这样一个令人发指罪行的女孩，并用圣约瑟给他的兄弟的话对那个女孩说：“你的行为在你看来是罪恶的，但上帝看来那也是一件好事。”

麻风病人和美国基地

有一天，我们接到一个来自美军在三泽空军基地随军牧师的电话，这个基地离我们住的地方有三个小时车程。他们教堂里的女教徒协会想来麻风病院教堂参观，问我是否可以为她们安排并为她们讲解一番。这个女教徒协会的领导者不是别人，正是该基地指挥官的妻子，一个虔诚的基督徒。访问结束之际，许多女人都热泪盈眶，她们问是否需要她们为这些麻风病人做些什么。我很惊讶这些麻风病人的要求，他们问是否可以安排两辆车带着他们参观一下美国基地，他们想看看美国家庭是什么样子的。他们解释说，他们的麻风病真的已经治愈了，但是他们是被抛弃在他们自己的圈子里了，他们会很高兴地向美国基督徒们来展示这个事实，那就是他们已经愈合了，不再携带致病的传染病菌了。美国女人们很高兴能这么做，同时她们希望能够为此寻求到一些财务的支持。

美国基地的访问很顺利，我们联系了几家日本报纸为此做了一些宣传，然而他们的报告压根就缺乏热情。我们被感动了，每个麻风病人基督徒都去了，甚至还有一个非基督徒。在基地的小教堂里他们还与驻地教徒一起举行了宗教仪式。然后我们参观了基地指挥官的家，指挥官本人亲自迎接了他们，并拿出点心和饮料招待大家。有两个为指挥官妻子服务的日本人看到有这么多麻风病人出现在他们雇主的房子里都吓坏了。他们只摇头，不敢相信这一幕，说这种情况永远不会在日本发生。美国基督教女教徒们真正地以她们自己的方式来认同这些日本麻风病人，并对他们表达出一致的爱和理解。麻风病人后来说道，那天的一切完全就像一个美国电影里的画面。

那时还发生了一个令人尴尬的事。每年新年我们会从麻风病人那里得到一个为我们牧师准备的小礼物。有一年我们已经去外地召开新年特别会议，当我们回来时，发现我们囊中空空如洗了，我们把我们的钱都布施出去了，而所有的银行都关闭了。我们只有一个信封，当我打开它，是一张邮政汇款单，是麻风病人给我们的。邮局还在营业，我得以兑现了汇款单。感谢上帝，是他通过麻风病人给我们雪中送炭来了。

学习做个人布道

当时我仍是单身，我花了整整一个夏天同一支日本传教队一起旅行、休息并完成巡回布道的工作。显然作为一个基督徒，我比日本男青年更成熟，另一方面除了语言外，我要学的东西还很多。整夜地坐着听日本同行做辅导是我在任何学校里所学不到的。

我从小就是接受摩西律法教育长大的，但日本人并不知道摩西十律，对原罪也没有什么意识。另一方面，他们确实有一个整体上的羞耻文化存在。我在一些书中都读到过这些方面的介绍，但是现在我将夜复一夜地通过与一个个活生生的人的交谈与聆听中学习如何面对这些知识，并在现实中应用。像《哥林多前书》13 章中所述，“上帝之爱”为他们指出什么是更美好的生活，向他们展示了他们的不足之处，指出他们离上帝所创造的真正的人之间的差距。当然这些对于他们来说都是从未接触过的新概念。更不要讲那些一长串的揭示神对原罪所谴责的诗句了。我们一次次发现圣灵在原罪的认定，公义和判断中无处不在。连续数周的倾听和学习帮助我提高了我的日语水平,我以前呆板的书面日语渐渐被替换成日常的口语了。巡回宣讲常常爆满，每天晚上的宣讲都吸引来众多寻求上帝的灵魂。这造就了一群信徒，他们开始形成一个教徒团体，从而需要更定期的宗教仪式活动。

建筑商伊藤先生

我认识的一个年轻人后来成了一个真诚的信徒，他的名字叫伊藤，职业是个泥水匠，是他们家的独子。他在一次参加青年基督徒聚会回来后，受到圣经中犹太勇士基甸故事的感召，他撕掉了贴在他房间里的所有的神教神像，其中很多还是以前他自己买的。当他正准备烧掉这些时，他母亲回来了，对他的不敬行为非常生气。他泪流满面，说："妈妈，只要所有这些神道教神像仍在我们的房子里你永远不会成为一个基督徒。"然后他就跑来告诉我们他所做的事情，他害怕他父亲回家后会对他的行为进行严厉的惩罚，他要求我们为他祈祷。然后，他回到家中，清理掉客厅里的那个大的古老的神龛，把他在主日学校里得来的一张耶稣为门徒沐足的画像贴了上去。他告诉他的母亲，日本神道教数不清的神灵中没有一个会给他们的弟子洗脚的神灵。

他的父亲回到家后被他所见到的震惊和羞辱了，他最后说："儿子，如果你成为一个基督徒，我将不得不成为半基督教徒和半佛教徒了。"此后，他已婚的姐姐也回到娘家，对他的做法勃然大怒。他回答说，如果她想崇拜她的祖先，她最好去寺院或家族的墓地去。那天晚上，他说他做了一个梦，耶稣参观了他们的房子，他只是带着主参观到客厅里，忽然想起客厅里的祖先神龛，便迅速领着主去到后面的屋子了。他把他的梦告诉他的父母，他们还为此琢磨了半天。到了第二年融雪的季节，他告诉我，他要离开家去另一个城市工作。他说在他走前，他想要像耶稣那样在河里受洗。我告诉他，河里满是大块融化的冰和雪，非常寒冷的。但是他非常坚持，于是我们来到河边，我为他进行洗礼。

我还记得那天风冷的就像刀子一样。我的同事亚伯·弗里森站在河岸上见证了这一切，我知道伊藤今后永远不会忘记他的洗礼。两年后，伊藤的母亲也接受了洗礼，全家讨论起神龛的问题，他们说他们应该把它处理掉，因为它太占客厅的地方。伊藤立刻把那个神龛装上车，运到河边，把它沉进了河里。当他回家时他的母亲说："你也太仓促了，我的金戒指还在神龛的抽屉里呢。"他回答说，上帝会让他买一个更好的戒指给她的。

他发现它几乎不可能在周日去教堂做礼拜，因为他的公司不给他放假，如果他在周日休息就意味着他带的泥水匠学徒也无法工作。所以，虽然他没有多少钱，他也开始自己做生意了。他常常给工人支付工钱后自己就没有什么钱了。几年后他成为了那个城市最大的建筑商。他的母亲敦促他为全家建造一个更大的房子。有一年，他为一家钢材公司做建筑，然而这家公司破产了，作为报酬，他们给了他一些钢材架，于是他用来构建了一个巨大的三层楼房和多间棚屋。

他娶了一个可爱的基督教女孩，他们是在我们教堂里结婚的第一对基督徒。为此，他的父亲曾被他所有的朋友警告，说他疯狂的儿子会带来灾难的，并会受到祖先的惩罚。十年后，他的父亲也转化为教徒接受了洗礼。他经常给他的工人周日放假，方便他们去教堂礼拜。他的一个雇员成月成月地去教堂，去了就是打盹睡觉，然而有一天他突然被一段教义打动了："看到他们所看不到的，听到他们所听不到的、所不明了的。"这导致他转化为教徒。

1958年对所有那些从事基督教工作的人来说都是艰难的一年。电视作为一件新奇的事物席卷了日本全国。我们看到参加我们主日学校的孩子从五十到一百多个减少到个位数了。传教帐篷曾经被挤得很满，信徒们曾夜复一夜地来参加活动，而现在就只有少数几个参加了。教堂在晚上的集会都被取消了。一天晚上，我到公共澡堂洗澡，付了费后我对服务员说："怎么回事啊？今晚没有一个人在这里洗澡吗？""今晚电视转播职业摔跤，每个人都呆在家里看电视了。"

丹尼的出生

然而在6月底，上帝赐福给我们一个儿子。我们给他起名叫丹尼尔。我们在海外的父母以及许多朋友都非常高兴。伊芙琳发现自己被日本人开始叫太太或丹尼尔妈妈了。而当她开始在日本的传教工作时，她总是被称为"老师"。即使在她结婚后，她也总被人叫做"新娘子"。我们的日本朋友也来看望这个白人小孩儿。有一天，我们被邀请到麻风病院做宣讲。伊芙琳带着小丹尼去了。很快所有女人都来围观了，她们感到非常惊奇。她们说，她们在这里从来没有见过任何婴儿，在这儿出生的所有的孩子都被带走了。没有人敢把婴儿带到麻风病院，尽管现在麻风细菌已经被消灭了。伊芙琳把丹尼抱给她的一位好朋友，却发现她惊恐地直往后退。伊芙琳坚持让她把丹尼抱在怀里，用她那因麻风而粗短变形的手。泪水划过了她的脸，其他女性也都流下泪水。这样一个举动比我们任何的说教对这些非基督徒的麻风病人更有影响。

我们第一次回家

尽管经常来参加我们宗教集会的人的数目不多，但这也是一段非常好的整合巩固的时间。许多家庭的男性已经皈依基督，这些信徒开始渐渐在灵魂高度上更接近上帝了。第二年，1959 年 5 月，我们第一次在工作上落在了其他传教士后面，因为我们需要搬家并休息一段时间。伊芙琳到日本已经五年了，我已经在这里七年了。我们把工作交给了艾伦·米切尔，他刚刚结婚，面临着因为语言不很过关而导致的各种工作无法全面展开的问题，对他们来说这是一段困难的日子。几个月后，我们接到了一封信告诉我们他们的工作进展情况。我们都非常清楚地意识到这些信徒在教会里仍然是刚刚学步的婴孩。看着有那么多人来到车站为我们送行我们非常激动，这天是五一劳动节。人们送给我们很多的小礼物，在火车开来的时候，我们一个非常要好的朋友给了我们一个漂亮的大日本玩偶，装在一个玻璃箱里。这些东西与我们所有其他行李混杂在一起，再加上一个婴儿，成了一个我们没有预料到的大麻烦了。

抵达东京后，发现我们乘的船没有拉上我们就开走了。于是我们只好乘快车去神户，到达后马上奔赴港口，到了却发现他们不让我们上船。尽管他们让我们把我们的行李放入了我们的舱室，但直到第二天我们才得以登船。我们给我们在日本福音传道者乐队的朋友打电话，他们说他们会马上过来，并向我们保证他们有足够的地方来收留我们，即使我们在这么短时间才通知他们。第二天，他们带我们来到船上，并给了我他们在佐世保港传教士朋友的名字，船的下一站就是那里。

那天晚上，我们一整夜都顺利地在内海上航行。第二天早上船停靠在了佐世保港码头上，有一个年轻的传教士骑着一辆三轮车在等着我们。日本福音乐团已经给他打过电话了，并告诉了他我们的事情。这些完美的陌生人给了我们如此热烈的欢迎，他们带我们到他们的家里。在那里，他们当天正好与其他传教士有一个祈祷和交流的活动。我们倾听他们的交流，意识到我们之间竟然有如此多的共同之处，我们都没有太多的在日本传教的经验。我很高兴能够在他们即将举行的一系列的福音传道集会上帮助他们讲道。这艘船要在港口停泊 5 天。多年后，我参加了一个日本牧师和传教士的聚会，有一个有着灰白的头发的日本牧师走过来对我说："你不会记得我了，我曾经是佐世保一所新的圣经学校的学生，当年你为我们来传过教。我从未忘记你，感谢上帝，以及感谢你在传道中把上帝的话语传达给我们。"我们还抽出一天时间乘长途汽车去了趟长崎，见闻了原子弹所造成的巨大的破坏。

重返上海

日落时分，我们驶离了佐世保港，这里现在是美国的一个海军基地。第二天早上天刚亮我们就醒了，船已经停在中国长江口了。中国海关和检疫官员登上了船，他们没收了所有的双筒望远镜并有看守锁了起来。伊芙琳的接种天花证书不被接受，她不得不再次接种。接下来的几个月里，接种的位置一直长着那种丑陋的溃疡。

再次踏上上海外滩让我非常感怀，我离开这里已经有 20 年了。在那个时候，共产党中国的大门对外界是关闭的。我们在我们的船里坐了 5 天。我们在陪同下做了一次短暂的游览，一路上伴随着令人瞠目结舌的政治宣传。我曾相信了他们给我们的彩色宣传小手册，上面介绍我们可以自由的拍照。我每拍一张照片都会向我们的陪同请求许可。当我回到船上时，被一个管事的人拦住了。他看起来很受惊，说："你的胶卷必须在上海冲洗。"由于彩色照片刚开始流行，我很勉强地给了他我照的胶卷的一半。这艘船的船长严厉指责我做了这样的一个愚蠢的事情。他说，我们都可能被拘留在上海，你甚至可能会因为拍照的原因被关进监狱。当船即将启航时，那个管事的人给我带来了那些胶卷，说他们没有时间去冲洗它。当我们终于悄悄地离开，前往香港后我想我们都松了一口气。

生活在日本的几年里我们仅仅只有非常简单的饮食，而船上丰富的膳食使得我们非常满意。船上每周五的菜单都能把我们逗乐，在那天厨师会给我们提供最好的牛排和和最差劲的鱼肉。我们的医生和一个石油公司高管都是罗马天主教徒，在星期五必须戒除肉食。一天，我们正在进餐，一个服务生微笑着进来服务。在我们的船舱内，丹尼曾经调皮地用他的手摆弄一堆香蕉，并把这些香蕉涂抹在漂亮的白色沙发巾上，这个服务生就是来关注丹尼的。当我们来到了香港后，令我们惊奇的是中国船员都出现了，并且打扮得像一些富有的商人。一些人甚至有驾驶豪华轿车的私人司机来迎接。船上的二轮管对我说："我们知道他们都是些走私犯，他们都被警告过了，如果他们被抓，公司不会保护他们的。但这些看上去也让人怪怪的，毕竟他们挣的钱远远比我们挣的多。"到现在我还常常会想，现在这些人生活的怎么样了呢。

接下来我们的船驶往了北婆罗洲。我们从此可以在每个港口都能和教堂联系上了。船上的侨民对我曾经被日本人丢进战俘营，战后又去日本传教的经历所惊奇。日本军队曾经在婆罗洲有过特别残忍的占领期。我很高兴可以跟当地人讲述和解和宽恕的重要意义。

6 月 23 日我们顺利地驶过了悉尼海港入口，这天是丹尼的一岁生日。船长邀请了我们到舰桥上，更妙的事情发生了，丹尼迈出了他的第一步，他会走路了。而后，我们就无法阻止他自己迈步了。

当我们靠上码头，伊芙琳的弟弟和他的妻子，以及他们的两个儿子已经在那里迎接我们了。自从 1945 年她离开北爱尔兰加入海军后就没有看到过他们。事实上她是她弟弟一家 14 年之后在澳大利亚见到的第一个家庭成员。和他们呆了几天后，我们乘火车返回了阿德莱德，斯蒂芬的母亲为我们在那里租了一个房子。伊芙琳还从未见过我的妈妈，虽然她每周都读她来的信。我非常高兴能见到许多老朋友，我发现他们现在都成了年轻的父母了。我给他们放了我们在日本的幻灯片，我们开始了解人们想了解些什么了。不幸的是，我们发现他们提到日本时仍然是很多负面的认识，这都是战争期间日本军队的残酷行径的结果。

在 11 月我们再次乘火车前往悉尼，同伊芙琳的弟弟汤姆聚了几天。然后我们登上了一个非常大的 P&O 公主邮轮公司的伊比利亚号邮轮前往伦敦。船到了塔斯马尼亚岛的霍巴特后，我去拜访了那里的我的几个海外基督教会的朋友。我们接着驶往了墨尔本，在那里我们去母亲那里给她道别，她住在墨尔本河东海外基督使团的退休人员之家里。我在大厅里遇见了罗兰·巴特勒夫人，她拄着拐杖，在熨烫衣服。她因为在马来西亚被黄蜂蛰咬而跛足了。在我们谈话的过程中，我引用《圣经·新约》罗马书的第 8 章 28 节的一段，“我们晓得，万物都是为着向好的方向发展……”当我背诵完这段圣经，她兴奋地说：“继续，背诵第 29 节。”“……要塑造成他儿子的形象。”这几段圣经每一个字我永远都不会忘记。

不幸的是，我们在回船的路上堵车了，当我们驱车来到拥挤的码头上时，一个戴着顶红帽子的搬运工走到汽车旁，对我说他被嘱咐来关注我们。看到他帮我们拿行李，我感到非常尴尬，我对伊芙琳说，我们没有多少的钱，我不认为我可以给他多少小费。他是我的两个丁利教堂成员的父亲，他曾属于另一个教堂。他带我们回到我们的舱室，当我把手伸进口袋里找小费给他时，他阻止了我，说：“哦不，你不要这样做。我对上帝发誓我将把我今天挣的所有的钱都捐给上帝。”然后他拿出一把皱巴巴的纸币，没有数就给了我，并用最愉快的声音说：“这是我捐献给上帝的钱，我想让你收下它。”总共是 44 英镑，这足够我们整个航行中的费用了。这是在我的生命中第二次，上帝令人惊讶地通过某个人来缓解我的急需了。

丹尼很快和同他年龄相仿的一个小男孩成为了好朋友。他们俩尽管都不会说话，但他们有他们自己的奇妙的沟通方式。整个旅途有数百名乘客在船上，所以一点都不沉闷，而且每一个港口都有一些有趣的故事发生。

亚丁湾

一天下午我们在亚丁湾上岸，伊芙琳联系了一些红海传教团的教士。她是在就读于威克利夫语言学学校的时候认识他们的。他们的生活与我们在日本的传教工作截然不同，他们住在四层的小楼上，习惯是上楼梯后把梯子抽上来。他们和我们共进了晚餐。然后我们看着窗外那些旅行者们来到一个露天旅馆租床位，这对我们这些习惯于下雨天的人来说是一个非常新奇的体验。

晚上我和两个修士去当地的夜市，这对我来说也是一个全新的体验——看到他们是如何在一个穆斯林主导国度传递福音。我发现这一切都非常了不起，整个晚上，因为他们都在推销圣经，并大声解释圣经是关于什么的一本书，很多人都聚集了过来听他们在说什么。当诘难者对他们大吼，称他们是在非法布道时，他们会谴责那些人的话："这是我的客户，请你不要干涉。"诘难的人越多，越能吸引过来更多的人倾听，我们直到后半夜后才回到船上。

开罗的金字塔

我跟船上的其他两个传教士在苏伊士港下了船。我们已经预定好了去开罗和金字塔的"库克之旅"。当我们到达金字塔时，导游宣布他的东家，托马斯库克旅游公司，已禁止游客进入金字塔里面去了。我们向他强调，我们绕了半个地球来到这里就是为了进入金字塔的。最后他缓和了，并且说："我将转过身不去看你们，如果你们从盗洞入口进入金字塔时，我会在主入口处的骆驼那里等着你们出来。"当我们再次碰头后，他告诉我们一个非常耸人听闻的细节，就在前一天，一位游客的钱被抢了并被谋杀了！最后我在集市上为伊芙琳买了一个装满精油的玉瓶。

直到现在我对参观开罗博物馆还有一个非常清晰的记忆，当我走过一扇门进入另一个大厅时，出现在我的前面是一个“黄金牛雕像”，让我想起圣经《出埃及记》中亚伦的金牛犊的故事。

剩下的旅途是常规的旅游线路。我们经过了那不勒斯、马赛、直布罗陀。最终我们船上的汽笛吹开了泰晤士河上的浓雾中，我们在伦敦蒂尔伯里港靠岸了。那天伦敦的烟雾是几天来最糟糕的一次。

当我们从利物浦大街车站下车后，伊芙琳出去拦了辆出租车。她拦住的第一个司机是一个爱尔兰人，听到司机用爱尔兰口音说：“你准备挪到哪儿去？”她就咯咯地笑起来了。这些有趣的对话是我们从那些严肃的日本出租车司机那里听不到的。当她说去“纽因顿绿地”后，他回答说：“你是说英国特许营销协会的大门那边吧？我申请我的出租车执照时在那里考的试。”我们很快就被带到我们在三楼的房间。丹尼跑到窗前，把它打开往外看。我们的房间马上就被令人窒息的厚重的黑色烟雾所充斥了。“爸爸为什么有人在外面抽烟。”这是他的第一反应。

我们旅程安排得非常赶，接下来要去赶火车和渡轮到贝尔法斯特。我们首先乘火车去曼彻斯特，在我姨埃塞尔和表妹诺拉家住了一晚上。第二天，伊芙琳的哥哥杰克在利物浦接了我们。晚上他开车带我们到利物浦港乘船去贝尔法斯特。海上浪很大，但我们有床铺，这一晚睡得很好。我们醒来后发现船已经停靠在码头了，天也刚刚亮了。伊芙琳非常高兴能与她的父母团聚，给他们炫耀我俩的那个动个不停的儿子，他似乎喜欢到处看个不停。丹尼对延伸到三楼的楼梯非常感兴趣，他还着迷于点燃燃气灯的打火机。一大早他就冲着我们“驾——驾”地学马夫把我们吵醒，因为每天送牛奶的人都赶着他的马和马车在周围绕行。因为我们的第二个儿子菲利普的到来，我们推迟了几个星期才回到日本。

我们乘坐一艘货船要经过了一段长达 6 星期的平静的海上旅行从伦敦去横滨，这是五星级的食宿，所有花费才 99 英镑。一旦我们绕过非洲之角来到印度洋上，暴风雨的季风天气弄得我 10 天都吃不下饭。然而伊芙琳没有晕船，菲利普小宝宝也没有事，在摇摇晃晃的船上都能心满意足地睡着了。船开到马来西亚槟城后天气平复下来，我们终于告别季风带风暴了。

我们有很多教会所任命的工作要去做。我在此期间还收到了一个非常大的惊喜。那是一次会议后，一位农民扛着一个大包走到我面前，对我说：“我已经等了三年，终于有海外基督教会的人来了，这些钱就是捐给他们的。我对上帝发誓，我将把我收入的十分之一捐给海外基督教会。”后来我清点了一下，总共 368 英镑。

我主要是在北爱尔兰，而且一路上旅行到苏格兰因弗内斯。我一次又一次地被人们内心对在日本传教深深的偏见所羞辱了。越来越多的我开始确信我们将要做的都是上帝的旨意都是为上帝工作。祷告神的人常常能更好地做好他的工作，因此我饱含能量和热情地一直在一个非教徒的土地上进行上帝的推广工作。

所有其他的乘客现在已经到达目的地了，我们非常开心的是和我姐姐的重逢，她从泰国赶了过来。我乘公共汽车从斯威特汉姆港到吉隆坡，我在那里的海外基督教会之家和她汇合，然后她和我们一起乘船到新加坡。船运公司给了她一张免费的去新加坡的船票。我们有 8 年没有见面了，这也是伊芙琳第一次见到她。在新加坡呆了 3 天后她回到泰国。从这里开始我们是唯一还在船上的乘客了。

在海上六个星期后我们终于到达了横滨，并且很快就前往日本北部，我们所到的每一个地方都被成群的人群所震惊，人们都是来等着听福音启示的。夏天闷热的天气让我们疲惫不堪，我们抵达青森县后发现所有的海外基督教会成员都在度假。我们在福音派联盟代表团（TEAM）中的好友迎接了我们，他们有一个空房子，说我们可以住在那里，于是我们得以重新安家了。

一位来自金城的年轻的牧师河村先生，接替了我在五所川源的工作，这是令人鼓舞的进展。代替我们位置的传教士已经开始动身了。教会要求我们去另一个更大的拥有 50000 人的城镇。所以我询问了我们以前的房东，看看他是否知道有房屋出租。他立即向我介绍了一个正好在城市中心的房子。我的福音派联盟代表团的传教士朋友用他的摩托车载着我当天晚上就去看了房子。这个房子是在一个从市中心分出来的狭窄的街道里，它正是我们想要的，而且租金也很合适。但当我们走出屋子后，我们意识到这一整条街都是些妓院和酒吧。如果我们要进行救赎会工作的话倒是个好地方，所以我们不得不放弃这个地方了。

鯵泽町 1960 – 1962

几个星期过去了，我们仍没有找到房子。鯵泽是日本西海岸的一所小城，那里的车站站长，是两年前在五所川源归化入教的。他给我来了个电话说他发现了一个在建的全新的房子，他请求我去他们城市工作。这是一个古老的小渔港，有 25000 人，这里还残留着许多封建迷信。这里整个地区没有一个教堂或宗教集会。伊芙琳看到这个房子后很高兴，它带着一个澡盆，但没有自来水，我们屋子的后门出来有一口公共水井。这个房子是属于镇长的，我们当时一点也没有觉得镇长的儿子，他曾经参加过我们的主日学校，后来会成为一个虔诚的基督徒。

这个小镇冬天海上会刮从西伯利亚横扫过来的西北风。在过去，它曾是主要的航运港口，在日本西海岸航行的小货船都是以此地作海港的。当镇子上过节的时候，人们要抬着神龛在街道上游行，我们被命令清除掉所有街边的垃圾，并移除我们的晾洗衣物，以免冒犯神灵。

整整一个夏天我都忙着在帐篷传教集会，很多人来参加，人们认真地倾听着。一天晚上，一个男人走出帐篷不小心被固定帐篷的拉绳绊倒了，狠狠地摔进一个小排水沟里。我跑去试着帮助他，我听见他呼喊说这是他的祖先对他聆听基督教异端的惩罚。

缝纫学校的老师木村小姐

瓢泼大雨和咆哮的大风在我们挣扎着走到帐篷前时已经把它吹翻了两次。渐渐地有一小股搜寻者开始向我们的房子靠近。我们的主日学校里挤满了孩子，事后再看，我应该把更多精力放在那里的。由于我们传教团固有的政策，使得它很难邀请到讲日语的宣教者。我发现自己被推到了最前端亲自布道。有一天我坐下来听我自己录制的我自己布道的录音磁带。尽管为了转化灵魂这个信念使我一直在努力，但我仍很震惊我日语词汇的缺乏。一个年轻的缝纫学校的老师尤其成功地归化了，当时她正在学习“煎茶”，一种日本茶道的扩展方法，包括茶道的文化习俗和礼节。她归化后不久要去京都进行考试。根据安排，她住在她的考试老师的房子里。我敦促她，当她到达后马上给当地的一所教堂去电话，并安排出一个星期天去那儿。

她到达后不久就打电话给了教堂。她刚挂断，接待她的主人就说：“我才听到你给一个教堂去电话了。我们全家都去教堂，我们家两代人都是基督徒。我刚开始并没有想到你是一个基督徒，因为你的茶道老师属于一个在青森县偏远地方的一个非常古老的寺庙。”她回答说，她真的只是一个探索者。在接下来的六个星期她跟他们一起去教堂，这特殊的指导是使她转化的原因。

她后来成为一个坚定的主日学校的老师。尽管后来她的家人强迫她嫁给一个非常富有的商人，他非常粗暴地对待她，她仍然坚持她的信仰，最终死于恶性癌症。

在另一个场合，我的传教团请我去离鲹泽町大约一个小时的火车车程的一小村庄的帐篷布道会去传教。上帝又施展了他的影响，除了成群的孩子外，许多果农也夜复一夜地来听教。这也许是我布道中最令人鼓舞的帐篷传教了。45 年后我们还在镇上工作的的传教团和许多该村庄所在地区的联系人进行了交流。他们当时都是参加帐篷布道会的孩子，现在都五六十岁了。正是这个特殊的传教会和一些另外的因素，起到了催化剂的作用，使我们决定前往弘前市，在那里我们将进行一系列的传教会活动，这也正是那里所需要的。

虽然我们那年有许多好的布道活动，但并没有给我们带来我们真正想要的结果，我们想要的是一个日本本土的福音传教士，日本年轻的基督徒们也需要有这么一个日本本土的牧师。

难产，我们的第三个儿子

1961 年伊芙琳又要生了，海外基督教会在青森市有自己的小诊所和自己的医生、护士。当菲利普在贝尔法斯特出生时，化验表明，伊芙琳是 Rh 阴性血型，考虑到我是 Rh 阳性 O 型血，医生们为伊芙琳检测她是否有抗体，结果是阴性，说明伊芙琳没有发生新生儿溶血症。这次伊芙琳不得不乘两个小时车去青森县做进一步检查，因为在怀孕的第三个月她有轻微出血，这提醒了莫妮卡医生有“臀位胎儿”及其他并发症的可能性。看到这样的信号，她于是送伊芙琳到青森县医院，检查她是否产生了对胎儿血液的抗体。幸运的是所有结果都很正常。

怀孕 8 个月后，她要呆在诊所进行观察。来到的第二天，她突然开始大出血。医生迅速叫来救护车，送她去做剖宫产，因为诊所并不具备做手术的条件。不幸的是，这天是一个日本的全国性的节日，5 月 5 日儿童节。产科当时没有医生值班，只有护士。伊芙琳还在流血，最后到了晚上 10 点才联系上一个实习医生，他要求马上给伊芙琳输氧，因为胎儿开始虚弱。

他们在拂晓才联系上我，我马上就赶往医院去了。早上 9 点，主管医生、血液专家、莫妮卡医生和我碰了头。医生似乎更关心我们是罗马天主教徒，试图先保孩子。我向他保证作为一个新教教徒，我希望先保母亲。我向他保证，婴儿的命运在上帝的手中。然后我去三泽空军基地去取 Rh 阴性血液。血液专家告诉我们没有问题，因为他们有 2 品脱的血液，这对我们来说是一个奇迹。当时在日本农村 Rh 阴性血的稀缺程度就像母鸡有牙齿一样罕见。伊芙琳含泪告诉我说她已经出血 24 小时了。我们开始祈祷，将她交到上帝的手中。

伊芙琳被人用轮椅推进手术室里，医生对她说，最初的十分钟会很疼。然而当她和陪同她的莫妮卡医生意识到她要无麻醉操作后，她们被强烈震惊了。医生告诉她们，在胎儿虚弱的情况下麻醉剂会危及孩子的生命的。随着手术刀开始切开伊芙琳皮肤，她疼得尖叫起来，医生转向她，说如果你尖叫就是好事，疼痛不会持续很久的。宝宝一接生下来，医生就给了伊芙琳一个麻醉。孩子很好，当然还要放在一个保温箱里观察 24 小时。两个小时后，伊芙琳被推了出来，我看到她的样子大吃一惊，她脸色是灰色的就像要死了一样。她不想说话，甚至没有看孩子，她连我也没有认出来。我为她祈祷，请求上帝救救她的命并恢复她的健康。我转向莫妮卡医生，她看起来疲惫不堪，紧张得心烦意乱。我问，“有什么我能做的吗？”“没有，”她回答说，“只有回家和祈祷”。我彻夜不眠，不知道第二天会有什么在等着我。第二天早上我带着丹尼经过两个小时的火车一早就来到了医院。

海外基督教会诊所的护士达芙妮整夜都在照料伊芙琳，我看到她脸上恢复了神采才终于放心了。她还在承受无麻手术的巨大痛苦，但看到我和孩子后很高兴，唯一让她遗憾的是又是个男孩，而不是一个女孩！丹尼跟着我，他看到了还在恒温箱里的弟弟，然后用一个庄严的声音说道，“生病和无助和准备死亡”，一个引述自圣歌“主寻亡羊歌”中的一句。丹尼觉得弟弟看起来像一只剥了皮的兔子，他曾经在屠夫的肉铺那里看到过挂着的兔子。实际上这个小家伙恢复得相当不错。第三天，伊芙琳发起了高烧，当实习生问她，“为什么你有如此高的高烧？”她非常害怕。她担心由于输入了错误类型的血液而导致败血病。幸运的是抗生素起作用了，她开始慢慢恢复。天天吃大米粥（稀饭）的饮食让她失去了胃口和活力。她在医院住了一个星期后被允许返回海外基督教会的诊所。当她走出救护车后她终于放松下来。莫妮卡医生说：“你可以自己走进去了。”但是当她试图自己站起来时她又瘫倒了，还是被抬进去的。突然间，工作人员开始意识到她有严重的贫血症状。

我经常每隔几天就从鲹泽町去诊所探望她。三个星期后，我带着 11 个月大的菲利普去看她，这小家伙精力旺盛得很。她紧紧搂着他，恳求我把他留下，但达芙妮护士告诉她说，如果他留下来你将不得不去照顾他。她发现带孩子是一项很费力的事情，她同时还要接受治疗，不得不放弃了这个想法。6 个星期过去了，我去看她，她流着泪说：“什么时候我才能离开这个地方啊，我要一直被关在这小黑屋里吗？”这是一个美丽的日子，我敦促她穿好衣服，靠在我的胳膊跟我出去走走。当看到我们走出前门时医生和护士都表示出惊讶。我们只是在后面的小街道上稍微走了走。然而从心理上来说，它是一个转折点，她开始恢复她的力气和精力了。

在我们回到鲹泽町之前，我们必须从医院那里开出出院报告。令我们担心的是那份用日语写的报告上讲："该病人必须在未来不能接受任何输血，因为她已经有两品脱的 O 型 Rh 阳性血。"我恍然大悟，他们说错了，在那个时间我们同那么多专业医生在一起，这点医学常识还是有的。我们又去做了一个 X 光透视。又是一个不好的消息，X 光片显示发现她有一个大的肺炎阴影，那是她上次发高烧引起的。后来一位美国专家指出她之所以没有死的唯一原因，是因为她流了很多她自己的血，她没有产生对 Rh 阳性 O 型血的输血反应。

几个月后她康复了，但长了大量的褥疮。上帝对我们是很仁慈的。不幸的是这不幸的经历影响了伊芙琳的整个对生活的态度，她再也不是以前那个坚强的外向的人了。她的两个日本专科医生朋友，对伊芙琳的主管医生十分愤慨，在她的治疗过程中竟然有这么大的危险。他们责骂那个医生告诉他他可能导致一个国际事件发生。

铁匠冢本先生

当站长帮我们在鲹泽町找房子的时候，冢本先生，他曾经在金木町拜访过我，并对我们五所川源的工作给予了非常大的帮助，打电话给我说他想让我去他的村子去，他们村在离这里半个小时火车路程的西海岸。

冢本先生出生在 1897 年，成长于一个叫做小户濑的以农渔业为主的小村庄。他学会了他父亲的手艺，成了一个铁匠。18 岁时他被征入伍，他成了一名骑兵部队的铁匠。离开军队后，他在东京开了一家无照的铁匠铺，很快就有了一个稳定的生活。他租了一个牙医的房子，而那名牙医是一个基督徒，于是冢本很快就被转化了。后来他娶了牙医的女儿。结婚后不久，他们都赶上了 1923 年的东京大地震。当地面震动时，他们都逃离到了户外，冢本爬上了一棵高高的树，下来后他说他们必须逃命出去。随后的大火席卷了东京。地震刚好是中午，人们都在做午饭，木头和纸制的房屋已经坍塌在大火中。他们逃进了一个大公园，在那里他们发现被火包围了。牙医失去了一切。

向上帝忏悔后，冢本和其他的几百人一起去加入了拓荒团来到日本北部千岛群岛地区拓荒。作为一个铁匠在这些农业区他很快确立了自己的地位。到 1945 年，太平洋战争几乎没有影响他们所在的偏远岛屿。他们的小女儿现在已经从高中毕业。由于他在教会有很多的朋友，他决定把他的女儿送去东京青山基督教学院学习。

1905 年日俄战争后俄罗斯曾承认南千岛群岛归日本所属，二战胜利后又决定索要回去，冢本他们不得不逃回东京。在那里他们把他们的女儿送进了大学，而学校的建筑基本都在一次可怕的空袭中被美国轰炸机炸毁了。他再次以他的方式向上帝承诺，留下他的女儿在大学读书，回到在日本西海岸的青森县内他的村子，他出生的地方。在那里，他设法用海上漂来的浮木盖了一个小棚屋，开始了新的生活。他造了一条小船，开始出海打鱼，并建起了自己的的小菜园。通过与教会的联系，他设法搞到了来自美国的好种子。

通过努力劳动，他勉强维持了家庭的生活。他女儿毕业后在一所初中教书。自从父亲去世后，冢本妻子的日子过得非常难，她不再信奉上帝。让他更伤心的是，他的女儿曾经在战争结束后因为社会主义思想而被捕，后来嫁给了一个共产主义教师工会的领袖，他们的第一个儿子起名叫列宁。尽管如此，冢本更热衷于为上帝服务。我们在过去两周举办了多场帐篷传教活动，村里几乎所有的 6000 多居民都参加了会议，我于是继续在这个村子里进行传教。

经营基督教书店的片川先生

有一个贫穷的寡妇，她是从库页岛逃离回来的，冢本帮助她在佛教寺庙和神道教神社之间建立一个小棚屋，她和她的儿子住在那里。她的儿子得了肺结核快要死了，冢本先生走进深山里斋戒并以他的生命来祷告。上帝回应了他的祈祷，他的母亲和他都归化了并接受了洗礼。他后来成为了弘前市一个小基督教书店的经理，并做出了非常令人鼓舞的工作成绩，那就是传播基督教文学。然而运行这样一个只有 15–20% 的利润的业务使他压力很大，他曾在 1997 年有一次心脏病发作。他的妻子和一个男孩仍然健在。

信仰共产主义的西谷小姐的归化

1962 年我们搬到了弘前城生活，在那里的两年时间里我们非常努力建起了一座小教堂，并到一些坐落在津轻平原的村庄里进行宗教活动。一个有趣的传教会是在弘前大学校园内举办的，当时那里正在放映一部名为“上帝创造”的电影。之后，一个问答环节在草坪上举行。我感到有点担心，担心我不得不回答一些关于我们的宇宙和造物的问题。一个年轻的学生问一个关于上帝和创物以及圣经的问题。在回复她的问题后，她立刻接着又提了一个问题。由于她的问题接连不断，尽管她的态度看起来很认真，但所有的学生都把这一幕当成好笑的事情来看。

几天后，她和另外几个信基督教的女孩来到我家里，宣布她想成为一个基督徒。我很惊讶地了解到，她的父亲是当地一所初中的校长，也是当地共产党的负责人。她的家成了当地所有有抱负的共产主义者的培训中心，她从很小就开始参加许多共产主义思想的集会。她告诉我，在那天的宗教问题问答会上她问了很多的问题，有的问题我回答说，我不知道答案，而不是虚张声势或捏造一个答案。我诚实地说我不知道，使她确信我说的是实话。那一天她开始祈祷，把她的信仰交给了上帝。我告诉她，她应该告诉她的父亲，她已经成为一个基督徒。她发现很辛苦地向父亲讲述这个事实后，她父亲只是笑了笑，说没关系，如果那是你的选择。

我们在她洗礼后在她的家乡尾上一个人口 2.5 万的城镇举行了一次帐

篷传教会。传教会有不少人来参加，最后有七个年轻的果农又参加了后续的一系列传教活动。还有一个朝气蓬勃的主日学校开始运行了。然而，当年轻的农民面临洗礼时，他们的父亲不让他们接受洗礼，作为家庭里的长子，他们不得不接受祖先的信仰。其中有一位，名叫天内的果农是一个孤儿，如期进行了洗礼。几年后我又拜访了尾上镇，前去拜访天内，很惊讶地听到当地人说："哦，你是找天内那个基督徒吧。"不走运的是那一天他出城去了，所以我去拜访另一个年轻的农民，他曾经非常真诚地寻求上帝。他那天也不在，他父亲却很欢迎我并邀请我去他们家里，并说："我有重要话要对你说。"他接着说今年是苹果种植100周年的日子。政府邀请上世纪第一个将苹果树苗从宾夕法尼亚州引入的传教士的后代来参加庆典。所有的苹果树苗都被编上了数字。所以我们的许多苹果树不是叫"星际之王"这样的名字，而是有一个号码。我们还了解到，传教士们还怜悯那些可怜的农民，他们只有稻米可以耕种，而且他们的大部分利润都被地主拿走了，他们很是需要另一种作物增加粮食产量。然后他还讲述了，他之所以知道这些都是通过那些给他们带来利润丰厚的苹果产业的基督教传教士们。他为禁止他儿子受洗而道歉，因为他现在已经发现基督教是一个很好的宗教信仰，而不是一个欺骗人的东西。他接着说道，所有的果农都加入了一个叫做"大和冥王"的封建迷信宗教，这是一个以封建迷信的占卜为主的宗教。他现在准备他的家人成为基督徒，但是他自己太老了，不能归化了。

牧师河村的订婚

在我们还在鰺泽町时，有次河村牧师从五所川源来看我们。他想和我们讨论一下他和齐藤沙织的婚事。齐藤是一个来自农场的女孩，她感受到一种为上帝服务的召唤。她参加过一个冬季为平常人举办的圣经学校，此后她想转化为正式的教徒。我建议，如果她将要成为一个牧师的妻子，她最好是去一所在东京的圣经女校去学习，在那里她将学习对待各种场合和各种人的正确的宗教礼仪等。那所凡人圣经学校的校长得知后很生气，他告诉年轻的河村牧师让他不要受愚蠢的传教士的影响。我赞成他们订婚，但建议这对年轻的夫妇先不要将结婚的消息向任何人提起，直到我同负责婚姻登记的教堂婚姻委员会谈过之后。当时的日本大多数婚姻是包办的。我当初应该直接到婚姻委员会，并告诉他们河村牧师想和齐藤小姐订婚。不幸的是我当时非常的忙。日本人很少保守秘密，很快教堂里所有的人都知道。婚姻委员会非常愤怒，这个婚姻竟然没有征求他们的同意。毕竟，河村牧师自己也参与了婚姻委员会的建立。更让我受到挫折的是，教堂婚姻委员会的主席已经秘密地打主意把他自己的女儿嫁给河村牧师了。当我四处跟婚姻委员会的人谈及此事时，我意识到事情已经偏得太远要纠正它很困难了。经过几个小时的谈话，我不得不接受这个事实，当河村牧师和他的新娘结婚后他们将不得不离开教堂。

婚礼的时间越来越近了，河村牧师恳求我希望海外基督教会安排他们去另一个所属的教堂。我们的传教团非常呆板，我们有一个原则，就是不给牧师支付薪水，以免他们成仅仅是为物质利益而受洗的基督教徒。所以非常不情愿的，他接受了去日本南部地区德国联合传教团工作的邀请。

就在那个时候，我们有一场会议，我们讨论的许多问题涉及到未来的在日本建立教堂的工作。临近会议结束的最后几分钟里我终于爆发了，在会上说到，我们一直着手训练日本牧师以接管我们建立的教堂，然而由于约束性的原则，我们不向牧师支付薪水，我们现在已经很不情愿地让三个年轻的牧师离开了，他们去了那些愿意支付他们薪水的其他的传教团工作了。我们传教团的领导们错误地把日本的情况像中国那样对待了，这因此阻碍我们的教堂数量的增长。一些传教士开始保持沉默，后来都表示支持我的观点。但是会议时间到了，会议在祈祷中结束。

这之后的几年，我们才开始建立我们自己的圣经学校，又过了许多年之后，我们才改变了我们的立场，开始支付一些牧师的薪水。回顾我这么多年为上帝服务的生涯中，这可能是我最低落的一个阶段。我写了封投诉信给我们海外基督教会在新加坡总部的当时的日本地区总监约翰·坤（我在云南还是个孩子时就认识他了）。他给我回复了一封长信，事实上他并没有鼓励我的做法，但又说到，他很高兴我能积极思考我们面对的一些问题。后来我又写了封信给总监助理阿诺德·莱昂先生，我直言不讳地告诉他说，我正很认真地考虑从海外基督教会辞职的事宜。后来他来日本拜访了我们，并给了一个有点牵强回答说，我们从来没有能够证明我们严格遵守的固有的政策是否是一个非常正确的途径。30 年后他在去世前不久给我写了一封非常感人的信，最后他回答了这么多年来他一直保留着的，但从未答复过我的那封信。尽管这对于我们死板的政策有一些积极的结果，但是它仍然让我们的工作开展得非常困难，直到我们自己的圣经学校的学生开始进入他们自己的学校后。

河村牧师逐渐被提拔为德国联合传教团教堂的领导牧师。他一直强调自我们这里学到的将教会本土化的方法，那就是自助、自治以及自我繁殖。他的教堂，是自筹资金建立的，毫无债务，而所有其他教堂则是由传教会基金支付的。他们还开创一个新的教堂。他告诉我他对德国联合传教团彻底的失望了，当他们即将回德国时，他试图争取他们把他们的房子卖给教堂，但被拒绝了，原因是无法给他们最好的价钱。这房子被卖给了一个酒铺，就在教堂的隔壁。

弘前教堂

弘前教堂不断在发展，我被请求做了那里的领导，所以我把我的精力都投入到这项工作中。有一个有钱人，他经营苹果仓库与批发生意，他接近我们教堂里的一个寡妇，他们成为了情人。她回答说，基督徒不表现在这样一种方式是不允许这样做的，她建议他和我谈一谈。结果是，他变成了一个真诚的求教者。后来，他还为我们建立了一个能容纳 40 人的会议大厅。

而随着教堂教徒的增长，我决定应该把我们组织成成一个管理更完善的教堂。我们教堂里有超过三分之一的教徒属于其他地方的教会，所以当我们召开一次教务会议时，我宣布只有本教堂的教徒才可以投票。这带来了反对声，我们当地的基督徒说，这样的歧视是反基督精神的。然而那些来自其他地方的基督徒同样参与了讨论，甚至支持我们教堂的决定。我徒劳地想试着解决这个问题，最后我不得不公开收回我所说的话并向大家因为我所造成的不愉快表示道歉。它最后的结果是我们教堂将教徒分为三个不同的教会成员类别，教堂成员、客座成员，以及最后一种成员就是背教成员。我在这之后花了许多年时间才抚平这件事，这是一个我永远都不会忘记的教训。

夭亡的求教者

我们邀请了一个福音传教士从东京来为一次帐篷传教会做为期一周的宣讲。从一开始我们就非常担心，因为我们发现参加的人中有两个或三个智障人士。我们的牧师告诉我们，他们经常发现这样的一个好迹象，这种人总是被传教的一个精神氛围所吸引。不同寻常的是，他每晚都在宣讲死亡这个话题。一个非基督徒医生来到会议上说，死亡是一个他经常不得不面对但从来没有听到有人谈论的问题。有五个年轻的高中生每晚都来参加宣教会，他们还经常留下来问问题，我们还与他们一起做祈祷。在传教会结束的倒数第二个晚上，这些男孩没有来。就在我们结束当晚的活动时，其中一个男生跑进了帐篷，他非常激动地说那些曾和他一起来的朋友们刚刚在河里淹死了。他说他是高中相扑冠军，并选择了“耶稣基督”作为他的相扑手名字，因为他信耶稣。而当晚布道的主题就是：“派人到我家来警告他们不要来到这痛苦的地方。”

在五所川源市的一个帐篷传教会上，有一个在街对面五金商店做工的年轻人留了下来，他想要信教，与我们交谈一遍又一遍。最后我们为他祈祷后，他回家去了。第二天下午晚些时候我们正在召开有关孩子们入教的会议，街上突然发生了一阵骚乱并且有人在街上大喊。我走出帐篷，发现一个横跨马路的拱形广告门正在被搭建起来，突然拱顶掉了下来，击中一个年轻人的头。他很快就被送往医院，但是宣布死亡了。他就是我们前一天晚上还为他祷告的那个年轻人。这些死亡的经历让我们认识到，我们随时都是站在生与死之间的，这也预示着上帝给我们的旨意是让我们在人间救赎还是在天堂永生。

伊丽莎白的诞生

1963 年 7 月 8 日上帝赐给了我们一个小女孩，她出生在美国空军基地医院。当我向教堂教众宣布她的名字是伊丽莎白·玛格丽特时，被日本的教徒看作了一个笑话，因为日本人不会给他们的孩子以皇室的名字起名的。我花了很多功夫使他们相信，我的母亲名字叫伊丽莎白，伊芙琳的母亲的名字叫玛格丽特。伊芙琳每个月要走两个小时到空军医院做检查。医生做了 X 光，说胎儿的指甲已经形成，所以他马上进行剖宫产手术。她的一位美国朋友告诉她，周一那天，有很多人要生孩子，所以建议她在周末生。这位女士的电话告诉了我这些事情。我放下了正在做的事情，急匆匆地赶上第一班火车。当我到达后，我在车站碰到了伊芙琳的朋友，她对我说你会非常喜欢这个孩子的！这是一个美丽的女孩，她有点小，因为她早产了一个月。

前往澳大利亚的堪培拉

1964 年夏天我们回到了贝尔法斯特，作为传教会的代表我们在这里度过了繁忙的一年，然后途经澳大利亚返回日本。不幸的是我由于坐骨神经痛的原因现在腿瘸了，病因是出自 9 年前我们刚结婚不久的那次椎间盘突出。我因为剧痛已经在贝尔法斯特去医院看过病了。我们最终从南安普顿出发坐船驶往澳大利亚堪培拉。船上有 450 名儿童和他们的父母，他们都是花了 5 英镑船费移民去澳大利亚的。这次 5 个星期的旅行对我 4 个孩子来说就像一个大的假日夏令营。我的背仍然很疼痛，于是便躺在了阳光下的甲板上。

当这艘船穿过苏伊士运河时，丹尼和菲利普没有出现在晚餐上。我去找他们，我很快就在船上的大厅里碰到了他们，船上的耍蛇者正在为晚上的表演布置舞台，他们俩就坐在那些致命眼镜蛇的面前。

最后我们非常高兴地与伊芙琳的哥哥一家在在悉尼碰面了，然后我们一起来到阿德莱德。我们本来计划在这里逗留一个月，最终我们在这里住了五个月。我的坐骨神经痛折磨着我，丹尼和菲利普都上了学。

住院治疗坐骨神经痛

一个老朋友是当地一名会诊医生，安排我住进了一家大医院。外科医生告诉我说除非我接受目前仍处于初级阶段的脊柱手术，否则没有康复的可能。我选择了保守的牵引疗法，在医院里躺了 6 个星期。我的医生朋友经常来医院给他的学生讲解，他说："我们这里有一个病人拒绝手术，他几乎没有恢复的希望。"我被安置在一间大病房里，大多数患者都是疾病晚期。作为一个牧师，我很早就发现做晚期病人的工作非常困难。然而作为一个病人，我发现这些人还是非常愿意和我说话的。一个月后，我姐姐的一个基督教的朋友来看望我，他是一位理疗师，告诉我，当我出院后他帮我来康复。

我终于出院了，腰上绑了一个医疗护腰。理疗师菲尔德先生马上接手了我的康复治疗，给我做了电疗，结果是我变得更糟了。然后他说他会改变他的治疗方案，在我的后背上贴上一小块硫酸镁膏药，这通常被用来消肿的。他在此之上还给我做了热疗。两天后，令我吃惊的是，我在这七个月以来第一次站直了，又经过两次治疗，我几乎完全就不疼了。这服药膏使得压迫我坐骨神经的骨头收缩回去了。他又花了三个星期按摩和强健我的肌肉，因为我的肌肉因长期不运动早已软弱无力了。他不停地对我说，我想让你早早站起来回到日本去为上帝服务。我的健康都归功于这位亲爱的上帝的仆人，他的辛劳代表了对我的爱。

我能重新站起来后不久，伊芙琳又得了急性阑尾炎。我的母亲一直和我们住一起，都住在我们租来的房子里。她有严重的骨关节炎，关节疼痛慢慢地煎熬着她。她无法帮助照顾我们活跃的四个孩子，便回到墨尔本。最后我和伊芙琳都恢复了，继续我们的旅程顺路到了墨尔本。我们不得不向母亲告别，我有种感觉无法确定我们会不会再见到她。孩子们吃完早餐后，我们先打发他们去给奶奶告别。当我们走近她时，她正歪着头哈哈大笑。她说年幼的菲利普刚刚问她："奶奶，你打算什么时候死啊？"

然后我们去了悉尼。我们呆在海外基督教会的中转站里，一天晚上孩子们该上床睡觉了，突然房屋后面传来了爆炸声，孩子们都跑到窗口去看，有地方着火了。我们惊恐地发现是我们住的地方后面的一个小的附属建筑物着火了，而孩子们看到的火灾是其塑料屋顶爆炸产生的！这一天孩子们都很兴奋，他们看着救火车和消防队员来来回回忙着救火。那里有大量海外基督教会的书籍，其中包括《玛格丽特·麦克法兰的传教生涯》，而它的标题正是"烈火焚烧"。消防队员们在卧室里焚毁的床下惊恐地发现了一具骷髅。他们的担忧很快就消除了，他们得知原来这是个骨架模型，属于一个睡在那里的医学院学生的。

奥丽埃纳号上的豪华旅行

丹尼和菲利普又能去上学了。丹尼常常带他学校里的朋友到家里，有一次我问一个小男孩他的名字是什么。听到他回答说苏格拉底后我很惊讶，我意识到，他是从希腊新移民来澳大利亚的。在我们出发前的头一天，我们先把我们沉重的行李搬到了 P&O 公主邮轮公司的奥丽埃纳号邮轮上。当我们驱车回家时，丹尼和菲利普正走在前方放学回家的路上。我们警告约翰，他陪同我们把行李搬到船上，让他不要说奥丽埃纳号的事情。当我们驱车经过他们时，约翰没有忍住，兴高采烈地在对他们喊："哈哈哈，我刚上了奥丽埃纳号。"我们停了下来，下了车，两个年长的男孩抓住了约翰，用他们的书包结结实实地砸向了他。

伊芙琳的哥哥把我们送上船说再见。我们发现我们的舱室在经济舱的深处。这艘船上都是些来自澳大利亚和新西兰的游客。在过去的三天里有一个台风一直跟在我们后面。孩子们非常恼火的是，船只船员不得不清空游泳池，因为在这样一个波涛汹涌的海面，游泳池的水会溅得到处都是的。因为他们几乎是船上唯一的孩子，他们很快便兴奋地发明了自己的疯狂游戏。他们喜欢跑到大的游戏室里的最里边，坐在他们的玩具汽车里，等着船在海上倾斜到最高点，随着丹尼的一声喊，他们在车上冲到房子的一端，很快他们又会把汽车掉头，等着随下一个浪冲回房屋的另一端。负责照顾孩子们的年轻的女服务员由于晕船，脸都变绿了。星期天我不得不在船上的小教堂做礼拜，开始有很多人参加，但是随着礼拜活动的进行，一个接一个的人由于恶心呕吐而退出了，仅有少数坚持到最后。

当我们终于摆脱了风暴，驶抵横滨时，我们发现横滨市长和他的代表团在港口的入口处带着一个大的军乐团带来欢迎我们，因为这是奥丽埃纳号首航横滨。我们一点也没有意识到，这将是我们最后坐船旅行，再后来我们都是乘飞机了。在日本我们把传教士开玩笑地分为两类，“船民”和“高空飞行员”。那一年是 1965 年。

北海道小樽市的新的开始

这次的任务要求我们工作在日本北部岛屿北海道的有 25 万人口的港口城市小樽市。这次传教任务已经有大约 230 个小樽市的人和我们联系过了，我能感到这里有相当数量的求教者在这个城市。第一个反映来自伊芙琳，她表示能理解她周围的每个人所说的话感觉真是好极了。十多年来她一直困惑于模糊不清的青森县方言和口音。令我们惊喜的是教会为我们准备了一所建在山顶的房子，在那里能看到海湾和港口的漂亮的景色。然而，经过九个月的后背病痛的折磨我发现爬上这座陡峭的小山开始影响我的背痛了。上帝在某个方面回应了祈祷者，而在另一方面又出现了另一个问题。我不得不离开几天，伊芙琳沮丧的是这房子的房东要来这楼上住几天。他留了一个房间来存储他的一些东西，这是一个在日本很常见的做法。我们决定去找另一个房子了，很快就找到了一座老的房子，有足够的房间和一个花园。让我们惊讶的有五个日本其他教会的牧师也来帮我们搬家，我们的这种温暖的友谊一直持续到此后的几年。我们还体会到了在北海道的第一个冬天，糟糕的很，满眼望去全都是雪的世界，都到了 4 月份了还在下雪。最终冰雪融化了，春天来了，我们意识到，住在一个山谷中的我们每天只有几个小时的日晒时间。

一件特殊的事情发生了，当邮递员送来我们的邮件时，伊芙琳邀请他参加我们的周日集会。令我们诧异的是，他来了。我很快就发现他不仅耳聋，需要使用助听器，而且他一紧张说话就口吃。这是上帝神奇的天意，他是来的唯一的求教者。我对他一遍遍重复他没能听到的事情，耐心地等待他克服一次次口吃的障碍。如果他是和其他人一起来的，我想他就不会坚持参加我们的传教会超过一次或两次。他很快就相信了上帝。然而还有另外一个非凡的一面。我一直在思考我该如何能够更好地跟踪成百的无线电联络者。当冢田先生，那位邮递员了解这件事后，他很快就解决了问题。最终我们在 230 个联络者中只挑选出了 3 个人来，他们表露了想对基督教了解更多的兴趣，其中一位就住在离浸礼会教堂 3 英里外的地方。我们很高兴的是在我们的建议下，她开始参加那里的宗教活动了。

有一天让我们意外的是，我们收到一封来自孤儿院的感谢我们的教会的信。那位邮递员先生有一天送信给他们，还以我们教堂的名义给孤儿院捐赠了一笔钱。我很高兴看到了他的成长，以及他以上帝的名义所做的善事。

接受我们的第二个洗礼是我们的送奶员。我们经常从他那里订大量的牛奶。伊芙琳习惯把所有的瓶子洗干净后返回给他们，而他的大多数客户则把奶瓶用做了烟灰缸或者脏兮兮的就返回给他们。他被我们的行为所吸引，也开始来到教堂。

我们的传教在小樽市的反应非常慢，而且很难推广。然而我被要求在北海道札幌市的圣经学校教书，并在夜校为普通人讲圣经课。这真的给了我很大的激励让我做了很多对圣经的更深度学习和研究。我也被要求在日本中部城市的两个不同的日本教堂里讲解圣经，对我又是很大的鼓舞。我们在小樽市大学教书的青年传教士不得不返回美国了，我被小樽市商业大学要求来接替他的位置。在那里我每周有一天用英语来教学。我经常把那些想学英语的学生邀请到我们家里来上课，我们班上的60个人中有6个学生经常来听课。不正常的状况持续了一整年。多年后，这些学生中有几个人告诉我，他们很高兴他们坚持下来了。如今，他们在国外都有很好的工作。

辅导未来教会领袖

我参与的一项令人鼓舞的牧师工作是与北海道新兴的海外基督教会教堂之间相互交流委员会进行交流。他们经常花上几个小时设法研究解决教堂工作的指导路线，并引领一些分散在北方岛屿上的基督教小团体并给予他们以建议。

他们希望问我要一些教堂生活某些方面的书面资料，他们可以就此开展讨论。正是在这些讨论过程中，我意识到上帝让我在圣经学校从事教堂培育职责的原因，就是在许多情况下我不仅仅是能够讲述理论，而且还能结合我实际经验。我记得有一次，我花了几个星期的时间准备一篇关于教会纪律的文件。委员会首先讨论了其他的议题，主席不得不在最后请求我放弃我的文件。这种情况下优雅地接受这个决定并不总是那么容易的，然而在我早些年里一直被灌输了这样一种思想，就是上帝更感兴趣的是为他工作的人，而不是工作本身，这个想法帮助我保持更积极的态度。

有一个问题在会议上经常被提出来，就是是否把这些教堂根据不同教派划分出来，还是保持一种相对松散的教堂联盟形式。通常我回家后会对自己说，我只是在浪费我的时间，会上只是谈论，谈论，再谈论并没有达到任何目标。二十年后，当我们即将退休，伊芙琳和我在札幌停留了几天。我接到一个由教堂联盟牧师领袖打来的电话，他说他想要见我，然后就穿过了整个城市来拜访了我。首先他感谢我在圣经学校里对他的教导，然后说道：“无论在圣经学校还是在教堂联盟委员会讨论会上我都习惯记录详细的笔记。我真的对这些不很感兴趣，我喜欢在神学学术方面进行研究。自从我成为委员会主席，我一次又一次地翻阅你的笔记，在其中发现你早已解释过将理论和实际结合起来以及如何这么去做。我只想说谢谢你来到日本，你的指导不仅仅对我个人有价值，而且是我们整个北方教堂的教学源泉。”现在回想起来，我曾经一次又一次地原以为我是在浪费自己的时间，可事实不是这样。

在北海道圣经学校和针对初学者的夜校教学对我来说是一个巨大的挑战，而为做好这项工作我所进行的研究和学习，对我又是一个伟大的激励，激励我对圣经进入更深度的学习。我也应邀在日本南部的一些教堂会议上发言。在过去的15年里，我的传教工作更多的是做福音传道以及教导年轻的基督徒。这帮助我扩大我的牧师职责，也让我发现了我传教工作中的一个更大的成就。

詹姆斯的出生

我们在小樽市期间，我们最小的儿子詹姆斯出生了。伊芙琳是乘坐美军飞机抵达他们在东京的一所大医院的。我们俩都祈祷我们能够支付得起即将产生的非常昂贵的医院账单。1966年11月30日，詹姆斯经剖宫产出生了，医生为帮助伊芙琳减少呕吐症状，告诉她要避免进食。第三天医生还不让她吃东西，伊芙琳大哭起来，并不住地抱怨。医生又看了看她的病历，然后作出深刻的道歉，说她犯了一个错误。最终的结果是，只收取伊芙琳一天的费用，而且还给予了优惠。上帝又是以一个特殊的方式的降低了我们的诊费，使之控制在我们有限的预算内。

孩子们在学校里有一天吹嘘起他们的小弟弟来，菲利普说，他的弟弟詹姆斯在出生前就坐过飞机到东京了！孩子们在学校里经常讨论谁的父亲是最严厉的，他们一致认为是我。一听到菲利普祈祷，“请上帝帮助我哥哥不让他做坏事，不要让父亲拿火车轨道打他”，就连学校老师们的鸡皮疙瘩都起来了。终于有人向我们提出这个问题，“那个火车轨道是什么东西？”它其实是一个长度合适的塑料玩具火车轨道！

小樽市灯塔教堂

持续困扰我们的一个问题就是找一个合适的聚会场所。然而小樽市是一个例外。我们发现就在小樽市市中心的破败的红十字中心刚好有我们需要的房间。唯一的问题是，我们每周五的下午将不得不亲自预订周日从上午 10 点到下午 2 点的时间，仅需提前支付一个非常公道的费用。邮递员把预定房间作为自己的一种职责。当最后那里的房间不再可用后，通过一个医生朋友我们能够使用医疗中心的一间教室，同样也位于城市的中心。我们有两个北海道圣经学校的学生决定来帮助我们。所以，我们教堂礼拜后，会前往一个不属于任何教会的区域，那里我们有一个参与积极的帐篷布道会，并且能够利用一个驾驶学校的教室来蓬勃发展主日学校。多年之后，这个地区建立了海外基督教会教堂。

我们的一个忠实的基督徒是一个佛教和尚的妻子（日本和尚可以结婚生子），她的丈夫酗酒。我们还有两个年轻的幼儿园教师，她们执教的幼儿园由佛教寺庙经营。上帝向他们伸出了手，他们对主日学校的工作感觉非常棒。另一个求教者是一个高大魁梧的码头工人，他是一个孤儿，曾经非常严重地酗酒，醉酒后受酒精影响就会爱打架。有一次他失去了他的工作，他问我是否愿意成为他的担保人。我于是和他一起走下码头与他的老板会面，他的老板告诉我：“没有人会站出来担保他，但你们基督教传教士是不同的。我要给他一次机会。”几年后，我听说他结婚了，有两个孩子和一个教堂长辈住在日本南部。当我们退休了，我们回去参观小樽市教堂。一个幼儿园的教师说，在你那个时候这个教堂还非常小，但是你在这里见证了很多人的救赎，他们去到其他教堂后还经常谈论你。事实上我们的最早的一个基督教大学的学生嫁给了一个日本传教士到孟加拉国去了。另一对帮助过我们的圣经学校学生夫妇结婚后，去阿富汗做了传教士。

随着我们返乡时间的临近，我开始与传教团领导商议希望招聘一位日本牧师来接手我的工作。但是当我们离开时这项工作还没有完成，又过了几年后才有人来接替了我的工作。

返乡回到贝尔法斯特，1970 年

在 8 月我们离开日本飞回了贝尔法斯特。一回到家，我们就不停地和朋友们会面，他们认为带着五个孩子现在终于是我们呆在家里照顾家庭的时候了。由于自己的传教士背景，我发现自己在响应宗教场所召唤上特别纠结。我曾向一个基督徒商人吐露过这些，他对我说："你就收到呆在家里的召唤了？我不停地祷告请求放弃我在英国的工作！我们都认为我们通过改变我们所做的事情以及我们在什么地方做事情就可以摆脱我们的问题。"他打开圣经翻到《罗马书》11 章 29 节读到："神的恩赐和召唤是不可撤销的，他一旦给予从来就没有撤回它们。他从不会改变他的想法，把他的恩典赐予谁，以及把他的召唤给予谁。"我长时间认真思索这些语句，至今从未忘记它们，它们帮助我稳定我的思想，当我觉察到有压力让我留在家里后，我在英国当地找到一个牧师职位，把对日本传递福音的工作留给了日本人去做。

我在菲律宾的海外基督教会传教士朋友有一栋房子，他们很乐意租给我们一年。我们仅仅短暂地住在那里一段时间，这一年英军开始扣押北爱尔兰共和军成员以及他们的同情者，一夜之间贝尔法斯特成为了战场。我们经常躺在床上夜不能寐，听着外面枪声大作以及不时传来的巨大的爆炸声。我们居住的地区是一个天主教徒和新教徒混杂的地方，但我们毗邻一些天主教激进分子。我记得一天下午我不得不去接伊芙琳的母亲和送她回家。我拐进一条街，希望能够抄近路到她家，我发现，我陷入了一场激战中，燃烧瓶四处乱飞。我能做的就是马上后退从另一个方向逃离现场。那天晚上送孩子们的姥姥回家后，我开车回家路过市中心时汽车突然被我们身后的一次强烈爆炸震得摇摇晃晃起来，当时约翰、莉斯也在车里。当我加大油门赶紧离开该区域后，约翰回头望去，惊呼到他们刚才把中心邮局炸上了天。我感谢上帝，他使得我们免于遭受致命的伤害。

菲利普和丹尼开始寄宿学校生活

海外基督教会安排我们的两个年龄大点的男孩在布洛克福德公学，一所位于德比郡的不大的男校读书。这意味着我要开车载着乘渡轮经过苏格兰的斯特兰拉尔。看着两个男孩上学去，因为第二天我在一个会议上发言，我不得不连夜开车穿过苏格兰。当我开到苏格兰南部的敦夫里斯郡时，我发现我汽油用光了。我在那里找到一家通宵营业的加油站加满了我的油箱。我把手伸进口袋准备掏钱付费，结果发现我只带了爱尔兰自由邦的纸币。这些纸币是我从一个英国南部的代表团访问返回时他们给我的，这也是北爱尔兰的法定货币。服务员拿了一张看了看，说我们这里不收这东西。然后我记得临走时孩子们把他们口袋里的零钱都掏出来给我，让我来替他们保管，于是我便把这些零钱找了出来，付了账单。

我又开车开了大约半个小时后，我发现我被跟踪了。突然间我就被警察拦下了，他让我从车里出来，伸开手臂站到车后，然后他搜查了我所有的东西和汽车。他告诉我这只是一个例行检查，但我注意到旁边有两辆车驶过并没有被拦截下来。我又继续开了大约三十分钟，当感觉昏昏欲睡时，我把车停到了停车带上小睡一下。突然间我感觉到又有人在跟踪我，这让我感到很不安，我于是继续开车走了。

这是一个漫长疲惫的夜晚，当我最后将车停在斯特兰拉尔港口后我非常高兴。我走到在我之前到达的其他的司机那里，询问他们是否被警察拦下，他们没有一个这样的，因此我推断可能是加油站的那个人觉得我拿着很多爱尔兰纸币非常可疑，把我疑似成爱尔兰共和军汇报给了警方。此后当我开车到北爱尔兰乡下举行宗教会议时，我一次次地感到不安，尤其是在深夜开车回家的路上，现在大多数人都避免夜间开车了。海外基督教会理事会成员之一被爱尔兰共和军绑架了，我发现那段时间教堂的赞美诗中充满了对上帝保佑的希望。

最后我们不得不从北爱尔兰驱车返回到伦敦,我们的小汽车都塞满了。就在我们即将到达孩子们的寄宿学校前不久,我们汽车有一个轮胎爆胎了。我必须卸载掉后备箱里我们所有的东西以便把备用轮胎拿出来。

我们怀着沉重的心情把孩子留在学校里，他们原本很在意我们的离去的，但当看到他们的朋友时，他们渐渐开始兴奋起来，而这种在意也渐渐褪去了。我们开车到附近的一个汽车修理厂补好了我们的轮胎，然后开始向德比郡开去，我们要从那里上高速公路。开了大约 5 英里后，突然一辆摩托车飞驶过来，挥手让我们停下。骑摩托的是那个汽修厂的小伙子，他犯了个错，把一个旧内胎给我们装在了轮胎上，当他意识到他所做的事情后便开始追赶我们。他告诉我们他是一个基督徒，追我们的路上一直为我们祷告。当我走出汽车后，我简直不敢相信我的眼睛，车下面有一个巨大的被拉长的橙色气球，它是汽车的内胎，而它几乎就要爆炸了。他带来了备用胎，很快就把它换上了。

我们很快就离开了他，然而没多久汽车就开始扑哧扑哧、劈啪作响。我停下了车，打开引擎盖看了看，显然我需要汽车协会的帮助了。等了相当长的时间后，一个满脸不耐烦的修理工出现了。他说我可以把你的车拖回去，等着找到新配件给你换上，或者我可以把坏了的垫圈取出来，你将就着开。就这么办，我回答说，没多久他就帮着我们继续上路了。一路上，上帝关照了我们很多次。几周后我很高兴地把这辆旧车卖掉了。

我们常常向上帝祈祷能有下一个为他服务的机会。我有强烈的信念是时候向传教团要求让我和一个日本人一起共事了。另一方面，传教团并没有这样的机会。他们建议我在台湾停留一下，看看那里有没有会讲日语的传教士的空缺的职位，他们需要在讲日语的山地部落进行传教工作。

莉斯从一个谷仓的阁楼上摔了下来摔断了一条腿，她的腿固定在石膏里，这使得我们全家的旅行非常困难。当我们抵达东京后，我应约去见了一位来自中国教堂的中国牧师，他是台湾人。他告诉我，那些只会说日语的部落的基督徒们没有什么前途的，你必须能说中文和日语，在那里找说日语的牧师只会是一个权宜之计。他还指出，大多数台湾牧师都会讲日语。

回到青森县

日本本州岛北部的牧师又一次举行了他们的年会，本田浩二牧师作为日本杰出的福音传教士是大会的主要发言人。他们还邀请了我做第二发言人，这是一个挑战，以至于让我偷偷地紧张发抖。后来我听说请我来做发言的的原因之一是没有一个日本人觉得他们可以单独起来做演讲。耶和华有三段旨意要我来传达，我花了很多时间来准备。我发现我和本田牧师都在同一个房间内准备我们的演讲，本田找到了一个给他以启示的室友。在最后一天早晨，他请求我和他一起做祈祷，然后他说："我想请求你祈祷来加入我们的传教士队伍。我们曾经有过一个传教士，但他回国了。"这对我来说是一个很困难的决定，也是一个巨大的挑战。但这也正是我想要的宗教职务。这个工作要求我住在东京，并在日本各地旅行。这个工作的大部分职责是作为第二传教人，并且作为传教团间的联络人。我一方面不停地对自己说，这将是一个奇妙的体验，而且会拓展我各方面的能力。另一方面，我又考虑到我还有一个大家庭，有三个孩子在日本，另两个在英国。我并没有多少时间用来在日本国内到处传教。而前一位传教士没有孩子。因此我一直在推迟做出任何决定。

与此同时，传教团问我是否愿意去有 20 万人口的八户市和那里的一个年轻的牧师工作一段时间。他刚接手了那里的工作，还没有取得任何成功的进展。我曾经在圣经学校教过他，知道这将不会是一个容易的工作。我选择接受了这个任务，在那里呆了一年。传教团能够看得出这项任务进行的不够好，因此他们要求我搬到青森市，在那里进行一个新建教堂的工作，而另一个传教士已经在那里开始工作了。这是一个令人兴奋不起来的工作，在一个令人兴奋不起来的地域，我发现自己过去传教活动中已经把青森县各个地方都走遍了。我也认识到这是一个时机，该让这些日本的年轻牧师学会面对各种各样的牧师的问题了。这是令我非常满意的挑战，我能够帮助他们，并且和他们一起祷告。伊芙琳和我都非常沮丧，因为没有把当地人转换成教徒。事实上，我们四个孩子中的三个男孩现在都在英国，在另一种意义上，这也给了我们很多的压力。

就在这个时候，有个年轻的医学学生完成了他的学业，在一家精神病院作精神辅导的工作。他经常来拜访我们，问我各种各样的我都没有被教过的问题。不过他总是很高兴花时间就他所碰到的一些问题进行祈祷。有时我觉得他占用了我太多的时间。但是后来他成为了一个，并且到现在仍然是日本领袖级的基督教精神病辅导师。多年后他的一位好友说，他曾经向他吐露，正是我对他的巨大的影响才使得他从事基督教辅导工作。这就是另一种情况，我以为我在某些人身上花费了太多时间而没有看到花费这些时间是否值得，而现在回想起来这一切是多么的有价值。

我曾经举办过一个高级英语圣经研修班。圣经班的领导是一个非常能干的女士，她是一位退休的高校校长。她严厉地批评我们把詹姆斯留在我们教会寄宿学校。有一幅她的头像还挂在一个日本孤儿院里。有一天她在日本北海道岛旅行，她给学校去了电话，要求看看詹姆斯，还留给了他一大盒蛋糕。回来的时候她特意拜访了我们，对她所见所闻大加赞赏，并开始大唱赞歌，这让我们了解到一点人们在背后说我们的一些事情。

另一个参加了这个英文圣经课的是一个日本神道教祭祀。事实上他是整个城市神道教大祭祀,在神道教夏天节日游行中是要骑一匹白马打头的。他告诉全班，一次又一次，他相信圣经是上帝的圣言。一下课，他就会戴上帽子，赶紧走掉，以防有人认出了他。还有一个人是位博学的高中老师。有一次，他在瓢泼大雨中赶来上课，当他在走廊里向我打招呼时，他很开心地笑着对我说："迈特卡夫先生，现在正下着倾盆大雨。"看到他因为说出这个英语习语而满足地笑起来，我不忍心给他继续解释它的用法的小错误，这个短语中使用单数形式并没有同样的语义效果。然后他走进教室，用同样的英语习语表达出来，其他的学生很快就让他受到了打击，他们纠正他说："不对！是用猫和狗的复数形式。"毋庸置疑这是一个英语习语，日语中没有相应的词汇。后来他向我求教，问道："西方人认为下大雨听起来像狗和猫打架吗？"

石桥的婚礼

非常突然，我们收到一份邀请，去东京给一对夫妇主持婚礼，他们俩在学生时就建立起了友谊,并且一起参加了我们在小樽市的小教堂的活动。我打电话叫了一辆出租车去火车站，却被告知，由于罕见的大雪，出租车来不了了。我打开屋门发现我们自己的车已经被大雪封住了。于是伊芙琳和我把铁锹找了出来，很快就清理出大量的雪，能让汽车发动了。我事先把轮胎上都绑好了防滑链。这时正好有一辆非常大的卡车经过，把路上的雪压实了，我们因此能够开车上路，到达了火车站的后门。我把车开到旁边的停车场厚厚的积雪中，把车停到了那里，我们刚刚好赶上了那列因晚点而迟到的特快列车。火车向南行驶了 6、7 个小时后，我们发现已经天色大亮了。

12 小时后我们回到了东京，这里没有任何下雪的迹象。婚礼在东京银行的经理大厅内举行，因为这个年轻人在那里工作。第二天，我们踏上北上返回的列车，在晚上 9 点半抵达了青森县车站。出来车站后门，我只能艰难地在深深的积雪中前行，暴风雪仍在咆哮。我努力来到当初我停车的地方，发现我的车已经被一个雪堆完全覆盖了。我设法用手把堆在车上的雪清除掉，最后终于打开了车门。我当时仍然穿着我参加婚礼时的黑色西装，在我拿出了铲子后，一个出租车司机看到我的困境，笑着来给我帮忙，经过了半小时后我们终于把车从雪里弄了出来并发动了。铲雪车清理过了主要的街道，所以我们很快就开回了家，我把车停进我们的屋子外面的厚厚的积雪中。我们都筋疲力尽了，又冷又饿。泡过热水澡，吃了一些热的食物后，我们都深深地睡着了。

第二天早上起床后，我们发现只有在前门的顶部有一点点光线照射进来。把门拉开后，我面临着一堵雪墙。我又一次不得不开始铲雪，好走出家门去。所有的邻居们都在忙着铲雪。伊芙琳一直抱怨屋顶上积雪重量太重，已经压得我们的门框有些变形了导致滑动门经常被卡住。我告诉她午饭后我就去屋顶上，尝试把积雪铲掉。我上到屋顶后，目瞪口呆地发现屋顶上的雪有大约两到三英尺深。我有条不紊地工作起来，开始铲雪，就像是挖战壕一样。当夜幕降临时，我筋疲力尽了，爬下屋顶见到了伊芙琳，她问我整个下午都去哪里了？因为那些厚厚的积雪隔离了所有的声音，所以她没有听到我在屋顶上。我们发现清除这些积雪又增加了我们每天几个小时的家务劳动。

英语讲座，成为年度计划的一部分。目的是帮助日本的英语教师来提高他们的英语理解度和语言的流畅程度，还介绍了英语文化和地道英语。作为传教士我们还教给他们最基本的关于圣经和它的教义的东西。我们达到了很好的结果，每个传教士都有一个和他互动的小组，并在一起讨论问题。

森川先生，有前途的神学院学生

这时上帝给我们送来一个非常棒的年轻人，他是在日本南部的一个门诺会教堂内归化的年轻的基督徒。他是一个计算机修理和维护工程师，他发现他的工作时间和一个基督徒的时间相矛盾。他的公司经常派他们到银行或公司客户那里工作，他们常常不得不整个周末都要工作，以使发生故障的电脑能够在周一早上正常运行。这意味着他几乎从来不能够在周日去教堂礼拜。他来自青森县，现在回到了家乡。他说他收到了从事神职工作的召唤，问我能否安排他进入一所神学院或圣经学校学习。我发现这是一件非常有意义的工作，花费时间对他进行一对一教学，和他一起挨家挨户的探视，让他旁听个人布道。有一天，他走了进来，宣布他的叔叔去世了，他不得不去参加一个佛教葬礼。这是他第一次作为一个基督徒参加葬礼。我给了一些建议，解释说这是一个时机，当人们在情绪沉痛的时候，上帝给了他这个机会去跟人们谈论永生和死亡，发表他自己的箴言。我叮嘱他向葬礼负责人解释清楚，因为他属于另一个宗教，当他为死者点燃蜡烛并鞠躬敬礼时不想被其他的人误解并斥责。我告诉他如果他省略掉这些他就不会被注意到。但这是重要葬礼，他要同他那些失去至亲的亲戚们保持一致。然而在葬礼上，当他的名字被叫出来时，他站了起来，大声诵读了路加福音中“富人和穷人”这个故事。他的父亲，那所寺庙委员会的领袖，非常愤怒，后来把他带回家，剃了个光头，认为他给家族带来了耻辱。当他再次出现时，他成为了受过磨练的年轻人。我告诉他，这次所作所为可能会成为他父亲的救赎过程中的一个绊脚石。然而，我确信在未来作为一个年轻的日本牧师，他会发现整个事件对他是一个有益的一课，在那样一个困难的局面下保持基督徒的本色。第二年春天这个年轻人被北海道圣经学校接受了。他发现在过去的几年内，他作为一个穷学生，在生活中什么也不缺，这是他的非常强硬的原则。他后来成为一个工作努力的牧师，有着一颗传教士的心。

开始电视传教

海外基督教会每周有一个 15 分钟的电台广播传教节目，我就是负责这个节目的。日本电台牧师负责优秀的素材。海外基督教会提供资金。我们有一个小委员会由几个传教士和四名日本人组成。

不幸的是，日本蓬勃发展的经济使得日元汇率向着对我们不利的方向变化，我们发现，我们从海外收到的钱完全不能跟上开销了。日本的那些小教堂绝不能更多地资助这个广播节目，我不得不跟“世界之光”节目的会计说明这个情况。我们是在轻井泽町语言学校认识的好朋友。我到他在东京的办公室进行了拜访，解释说，海外基督教会觉得我们无法继续资助青森县的广播节目了。他打开了他的笔记本，然后面带微笑说：“海外基督教会是唯一一个能按期给我们款项的组织，而其他组织都在拖欠。”我说：“当然，这是我们的原则，就是不拖欠。你们节目如何继续？”我问。“哦，”他说，“如果我们的透支额度继续加大，我们会派一个或两个人回到美国筹集更多资金。”我告诉他，“我将回去与委员会讨论此事。”

当我们作为委员会成员再一次碰面时，我们祈祷并讨论了此事。当我们看着账簿，我们意识到，为什么我们没有钱资助电台节目了，本土的人士开始给电视节目慷慨的资助了。然而，电视节目成本是如此高昂，我们的钱只够支持一个季度一小时的电视节目。然后我们决定拜访电视台的一些人，讨论当前的形势。他们起到很大帮助，说“你可以减少你们电视节目的时间来满足你的预算”。他们建议我们搞一个三分钟节目，每天早上7点播放5分钟，这是更便宜的时间段。我们可以搞一个为期三个月的系列节目，时间从星期一到星期五。上帝给予我们一位正确的牧师来做这系列节目，我们称之为“圣经之窗”。不幸的是，我们没有收到多少反馈，因为早上的确不是一个非常合适的时间能让人们拿起笔来给我们写信。然而，电视台对他们得到的反馈非常满意。我们知道，有许多人都在听。有一次我不得不去支持一位涉及诉讼官司的人，我的名片是定制的，在它的背面印着一些推广“圣经之窗”的文字。法官看了看我的名片，说：“我每天早上都看这个节目，它每天都给我们一些好的思想让我们开始新的一天。”电视和广播节目在日本人的生活中扮演着十分重要的角色，今天它们的费用完全由日本基督徒来负担了。

在那段时间，我们面临着全球石油短缺，日本人称之为“石油冲击”。人们恐慌性地购买和囤积所有物资，即使是厕纸也都买了够几个月用的，日本经济陷入混乱。在经济上，我们个人都经历了一个持续多年的困难时期。我们的基督教朋友经常捐赠给我们一些5英镑或10英镑的支票，正如他们一向所做的。不幸的是，如果我们试图兑现支票，我们最终拿到手的钱几乎为零，因为我们不得不向我们本国的银行账户支付兑换手续费。但当我们回国休假时，我们发现这些钱储存起来还是非常有用的。后来海外基督教会的财政政策进行了调整，以适应日益上涨的生活费用，我们的个人财务情况变得好转了。

伊芙琳回国度暑假，她的时间都是与儿子们在一起，而我仍然带着莉斯和詹姆斯在日本过夏天。我们根本没有足够的钱让这三个男孩都来日本，但能够让她返回北爱尔兰和孩子们在一起。我带着两个岁数最小的孩子在高山市的海边度过了一个愉快的假期，这是一个靠近仙台市的传教士避暑胜地。在返回的旅途上，伊芙琳的包机航班误点了，她被安置在东京市中心的一个酒店。第二天早上，她搭上一辆出租车，以最快的速度去赶火车。她的火车票所对应的列车已经早在24小时前就开走了。她没有钱，只有搭乘早先已经开走的火车的车票。列车售票员很是困惑该如何处理她，把她安排在了列车员的小隔间里。我们没有她的音讯，只是猜测她有可能在那列快车上。当火车进站驶进青森县火车站，伊芙琳出现在火车门口，正好是莉斯和詹姆斯等待的地方，她满载着从英国带回来的好吃的东西。

在仙台的新的开始

令我们吃惊的是，我们收到一封来自总部的信，问我们是否愿意接手一对传教士夫妇的工作，他们一年前刚刚开始在青森县以南350英里的仙台市开展起一个小规模的但蓬勃发展宗教工作。仙台是一个有着百万人口的大型城市。因为发生了一场危机，这对夫妇不得不返回英国。这座城市刚刚发生了一场大地震，但是并没有多少房屋被毁。仙台离东京更近一些，詹姆斯也开始在日本基督教联合会的教会学校上学了，他将和莉斯一起住在海外基督教会的招待所里。我们仙台的新教堂的许多成员都是从青森县迁居到这里的。我们有很多的传教士是从本市的其他教区转过来的，其中很多人成为了我们的好朋友。我们还得知了其中有12个日本牧师是从其他教派转过来的。几个月过后，我们开始认识到，这个城市的大部分的人虽然对待基督教都比较友好，但信仰上仍是对基督教封闭的。很少有教堂有超过40名成员的。仙台有三个较大的大基督教学院，然而大多数教学人员和几乎所有的学生都是佛教徒。仙台有一所规模很大的公立的东北大学，有大约6000名来自日本各地的学生。日本的每一个大公司或银行似乎都在这个城市有自己的分支机构。这是一个巨大的挑战，我们试图影响这些忙碌的人们成为基督徒。作为还在发展中的年轻的教堂，有一件事使我感到震惊，在青森县时，我们没能让当地家庭里的长子归化为基督徒。而在仙台，我们有16个定期出席我们的宗教会议的年轻人，其中有12个都是他们家里的长子。日本已经开始形成两个孩子的家庭模式了，一个女孩，一个男孩。

远藤克则牧师

有一天，给我们送报纸的那个高中男孩按响了我们的门铃，询问了教堂的一些事情。我叮嘱他星期天早上来教堂看看。我惊讶地发现，他英语说得非常好。他告诉我说，他小时候上的是一个英语幼儿园，由一群独立的美国传教士建立，他们不相信那些有组织的教会。他们教给了他一个建立在圣经基础上的非常严格的基督教实践行为。后来在他十二岁的时候，他的父亲去世了，他作为长子不得不在葬礼上鞠躬、烧香并祷告他已故的父亲。因为他在幼儿园时代受到的宗教教育，他拒绝采取上述的任何方式，因为这是基督教教义所反对的偶像崇拜。在他高中二年级时，他荣膺了去美国作为交换学生的奖励。在美国那个接纳他寄宿的家庭是挂名的基督徒，他在那时候就已经与他们前往教堂了。他此前从来没有去过教堂，这些经历对他来说是全新的，所以他是符合主日礼拜的。当他来到我们的教堂，他第一次用日语唱了赞美诗，并听了祈祷。没过多久，他就信仰了耶稣基督，还想要接受洗礼。高中毕业后他考上了东京一所著名的大学，在那里他加入了一个虽然很小但充满活力的基督教学生团体。毕业后，他加入了仙台银行。后来他离职了，进入了一所在美国的新教长老会教堂神学院，毕业后在北爱尔兰的一个牧师团从事宗教工作。现在他在日本的大城市神户的一所小教堂里做牧师，他的妻子是一个教会学校的老师。他们有一次邂逅在将圣经携带进入中国的工作中。

2004年伊芙琳和我访问了浦安市，那里有我们在日本工作的最后一所教堂。我们很惊讶地见到一个女人，她是我们在仙台时的一个伟大的考验。她在美国呆了多年，现在住在东京。她对我们说，离开仙台的那所小教堂后，一晃都过去25年了。当时教堂的一个成员现在主管日本教会的学生工作，另一个是在基督教出版物工作，还有两个有全职的基督教工作。

她说，她很高兴记得她在小教堂的生活。

小偷和快餐店

我们教堂有一位年轻的女士，她是从东京来探访并帮助她姐姐的，她被邀请来参加我们在仙台教堂的宗教会议，她很快成为了一个充满活力的基督徒。这后来也导致了她姐姐的转化，尽管她的那位拥有一家快餐店的丈夫对此完全不感兴趣。一天，我在家里学习圣经，快餐店老板来我家拜访，我出来迎接他到大客厅里。他看上去很糟糕，就像好几天都没睡觉一样。我问他出了什么事？他解释说，有一个小偷闯入进了他的店，把他们的钱偷走了，他这几天晚上一直呆在店里等着抓那个小偷。我建议我们对此事进行祷告，求上帝保佑我们能抓住小偷。他对此很是怀疑，但他的妻子坚持要我祷告。第二天，我接到了一个非常兴奋的电话，是他妻子打来的。她告诉我说，小偷真的来了，她的丈夫早早就埋伏好等着他了。他突然打开了灯，把小偷锁在店内，并拍下了小偷的快照。然后他叫来警察，警察带走并拘留了那个小偷。丈夫随后宣布他也想成为一个基督徒，他家的外婆也成为一个好基督徒。这件事后，我们在离市中心大约 10 英里的地方召开了一次新的宗教会议，这个地方在 25 年后成长为一个当地的新的海外基督教会教堂。

搬家至伦敦旺兹沃思教区

1980 年 6 月，莉斯毕业于日本的基督教学院。詹姆斯还住在教会招待所里，我们的丹尼、菲利普和约翰住在伦敦，所以我们写信给海外基督教会，问他们是否能够在伦敦南部为我们找到一个住处。我们马上就得到了答复，布坎南先生，他负责过海外基督教会的祷告会，很乐意把房子租给我们一年。这所房子离菲利普所租的住所非常近。房子对面就是伦敦西南部的旺兹沃思教区。在星期天的早上我们会步行到崔尼蒂路教堂，这是一个独立的浸信会教堂，我在 1975 年的一次传教周中到过这所教堂。戈登·布坎南先生介绍我之后，教堂牧师记起我 5 年前的拜访，并说他还收到过我的祷告信件。詹姆斯开始去一所离我们房子只有 3 分钟路程的大型综合学校上学。经过多次面试后，莉斯被北伦敦大学学院接受，在那里做社会学研究。莉斯已经成长为一个基督徒了，我们非常高兴看到她接受了洗礼。因为教会代表会议的举行我非常得忙碌，菲利普经常溜着旱冰来我们家做客。约翰被一所六年制的学院招收了，他现在和朋友住在伦敦西北部。

1985 年 7 月，是我们回日本的时候了。之前，我们去了周围不同的房屋中介处寻求为孩子租一个甚至买一个房子以作他们住的地方。我们到处都碰了壁。最后我们还是带着詹姆斯回到了日本。莉斯去了利物浦附近的默西河畔和她来自日本的老朋友奇泽姆一家住在一起。三个男孩子则经历了一段非常艰难的时期，回想起这些也唤起了我对自己经历过的一切的回忆，我想起了我第一次去澳大利亚的情景。我们经常在夜里睡不着的时候为他们祈祷。上帝看到我所经历的一切，他赐予了我工作和朋友，但有时这些祈祷并没有对我们的儿子起作用,看起来只有莉斯找到了她的位置。

退休生活　1985-2006

在浦安的最后的传教

随着我们返回日本的日期临近，我们曾希望能够回到仙台继续我们在仙台市郊开展的传教工作。然而区域委员会有不同的想法，他们希望我们去大东京区开设一个新的教堂，同日本牧师在东京东部区域一起开展工作。角田牧师和我们在仙台认识的桑伯夫人到机场迎接我们。我们被安排住在了木更津的坎宁安医生家里，他们那个时间段回美国去了，住下后我们还会去找一个合适的地方和房子的。

这是我们第一次没有带着孩子返回日本。由于时差关系，我们发现自己在半夜里就醒了。打开电视，开心地发现正在播放温布尔登网球赛。比赛是在我们离开伦敦后在那里开赛的，比赛地离我们的房子只有一英里的距离。接下来的一个星期日，角田牧师安排我在他的教堂里布道。他有一个新建的教堂，教会的集会也非常繁荣。布道之后，我的心里有了热切的想法,想为这个教堂工作,这要比我们一切从零开始要方便得多。早服务后，教堂的长老们开会并讨论我来开展新工作的建议，以及我该如何来配合教堂牧师和长老。长老们并不赞成这一举动，感觉它是不成熟的，认为这将导致在财务状况和人事管理上超出他们的控制范围。所以我们还是要继续单打独斗。我之后花了几周时间拜访不同的教堂，并试着找到适合我们的最好的位置。坎宁安博士留给我们一封短信，在信中他提出了一些建议。他建议我们去浦安看看，那里更靠近东京市中心，这是一个在东京湾通过填海造地得来的土地开发起来的城市。经过长途驾驶，当我开车来到这个新城市后我非常吃惊，伴随着摩天大楼和宽阔的道路，这里还有一座刚开业的迪斯尼乐园。我打电话到房地产经纪人那里，他带我去看一个非常合适的出租房屋。东京房屋的租金是贵得离谱的。此外，这座卫星城的十万居民都是从日本各地迁来的，这里没有教堂，没有寺庙也没有神社。我越祈祷越觉得这正是主要引导我们来的地方。于是我和我在教会的领导通了电话，与他们讨论此事。他们说如果我们要在东京工作，我们将不得不支付东京昂贵的房屋租金。于是我租了一辆小卡车和伊芙琳开到仙台，我们拉上我们所有的东西开车回到浦安。在这里我们来到了一个新的城市，不认识任何一个人。我们决定花些时间和祷告者在一起，我拿出一些布道磁带，播放了约书亚书中夺取杰里科的那段布道。不知何故，强大的杰里科的城墙给我留下这样一个印象，那就是和我现在的处境很相似。在这里我们被周围的高楼大厦和成千上万的人所包围。这场战斗是为主而战的。我们在这里如何去建立一个新的教堂这个想法，总是在我们的头脑里思考。

在我们休假时，有人会经常问我们，“你们是怎样建立教会的？”就像路加在《使徒行传》讲述的，上帝如何给了保罗和他的同事在某些情况下最不可能的联系人的。对于那些皈依教会的人，我们也一同见证了上帝的工作，他们被召集在一起，每个人的名字都会被上帝点到。

伦敦旺兹沃斯崔尼蒂路小教堂（1991 年 9 月）

1975 年，我们回家探亲的时候我们住在萨里郡的奇丁福尔德。我被要求去伦敦西南旺兹沃思公园附近的崔尼蒂路教堂附近公路南西伦，为他们的传教周活动帮忙。这次活动主要是针对祈祷者和忏悔者的。我发现他们的主日学校大厅设施完备，我可以在这里演示我在日本传教工作的幻灯并做宣讲。他们的教长肯・帕特森牧师对我的宣讲真的很感兴趣，跟我说他以前教堂里的两个女孩也跟随海外基督教会去了日本，他还向我要了我们的祷告卡和祷告文。四年后的 1980 年，我们又一次回家探亲，因为我的三个孩子现在住在伦敦，我们写信给海外基督教会询问他们是否可以给予我们一些有关在伦敦租房的建议。我们收到一封回信说，戈登・布坎南先生，他主管海外基督教会的祷告会，为我们在旺兹沃思公园附近提供了一所房子。大约六周后我们得以搬了进去，这里距崔尼蒂路教堂步行只要 5 分钟。教堂服务结束后，教长提醒我我上次的来访，并告诉我他如何一直关注着我的来往信件的，并很高兴教会中有我们。当时我们一点也没有意识到我们的未来将与这个教堂会如此紧密地结合在一起。

伦敦日本基督教会牧师资格（JCF）（1991 年）

我们的孩子大多住在英格兰，主要是在伦敦地区。起初，我们休假换班先回到了英国的贝尔法斯特，没有持续不断的传教压力真的是一次非常棒的轮休假期。我们很高兴能够给伊芙琳的母亲带来必要的帮助。在北爱尔兰的海外基督教会似乎并不需要我们去交接任务。我们可以看到，伊芙琳的母亲身体越来越糟了，每隔六周她就需要输一次血，她已经在医院里住了好几个星期了。有一天晚上，她下床时重重地摔了下来，跌破了头，并开始缓慢出血。第二天晚上，她平静地去世了，刚刚过完她的 91 岁生日。伊芙琳的大哥杰克和他的妻子多琳从沃拉西赶来参加葬礼。汤姆和他的妻子露丝从澳大利亚赶来，伊芙琳的妹妹格林达和她的女儿翠西从华盛顿也赶回来。她的哥哥克里斯和他的妻子海伦带着他们的三个孩子已经从都柏林赶到了贝尔法斯特。詹姆斯和克莱尔从伦敦赶过来。这相当于一次家庭的团聚。伊芙琳母亲的四个儿子抬着棺材。在浸信会教堂举行完一个安静的葬礼后，她被安葬在她丈夫约翰墓地旁边，位于波利哥文的“玫瑰草坪”公墓内。这里也是曼联俱乐部足球传奇巨星乔治·贝斯特安葬的地方，伊芙琳的姥姥曾是贝斯特家族的一员。

伊芙琳的母亲活了 91 岁，直到最后身体还很好。有一天当我们在她那里时，她还出去买了作料给我们做了一个苹果派！还有一天，她把身子探出阁楼的窗户清洁玻璃，结果导致很多人焦急地聚在楼下街上，生怕她掉下来。在 7 月 12 日这一天，她又探出阁楼的窗口升起英国的国旗。她的三层的房子位于卡斯尔雷广场 53 号，这对她意味着非常之多。在她去世一年后，房子仅仅卖出了 12000 英镑。这是由于爱尔兰共和军持续制造的麻烦，引发了房价暴跌。

几周后我们退休了，我们在 1991 年 9 月抵达伦敦，我拜访了日本教会。它来伦敦参加一次会议，会议在伦敦市中心的布鲁姆斯伯里浸信会教堂召开。后来日本牧师找到我，问我是否愿意找一个星期天做一次布道。之后，他邀请我到他家里，我们进行了一次亲切的长谈。几个星期后他说，日本教会委员会已经讨论过我的情况，他们希望我成为他们教会的成员，作为一名合作传教士。我说我很高兴能做我能够做的事情。然后他写信给我们的崔尼蒂路教堂，询问他们是否乐意把我借给他们教会。对于我的工作期限他们没有规定，但我建议 5 年左右，结果变成了 15 年，我一直对在伦敦的日本人做传教的牧师工作。

当我们在欧洲参加了日本教会会议后，我们发现我们结识了许多在欧洲的日本朋友。这是一个充满情感的体验，看到所有这些日本基督徒带着他们的家庭成员与很多其他的基督徒在一起集会。奇怪的是，每年我都被要求和大家分享一下我的传教经历。这也是对我个人的一个很大的鼓励，有那么多的人感谢我的传教，以及和他们一起讨论宗教问题都是对我工作的鼓励。大部分我们所传教的日本人都是那些来英国要在这里工作三五年的。一些来自教堂，在那里他们没有得到更多的指导。很高兴能够看到他们在精神上得到了成长。在公司上班的男人们只是在他们的空闲时间来求教，而妻子们则有比她们在日本时更多的自由时间，因此我们看到很多日本女性大量转化为教徒，并且她们之间建立起伟大的精神友谊。

在浦安的最后的日子

随着 1990 年的到来，我们认识到，伊芙琳的母亲当时已经 89 岁了，并且罹患癌症晚期，很需要我们。她自己一个人住在贝尔法斯特。伊芙琳当时已经 67 岁了，我也 64 岁了，我们俩加起来在日本已经呆了 73 年了。人们给过我们建议，如果我们七十岁再退休，那时候不会出现同样的为退休人员提供的服务了。日本基督徒一方面觉得我们对上帝做了奉献一生的承诺，退休的决定是一种放弃；而另一方面在生活中就退休而言，年龄和经验是一个人的真正的财富。另一个相当困难的方面，同时也是非常难以面对的是，我们自己传教区的领导人目前都是些年轻人，他们为我们的工作带来了新的激励和精力。我记得有一次，我和一个年轻的传教士被我们的一位领导人讲述了两个小时关于栽植教会的事情，但他自己从未做过这些。虽然我已经从事教堂种植传教工作超过了35年，我的年轻传教士在他离开后对我说："见鬼，他简直就是班门弄斧。"然而，他只是给我们颁布他所收到的指示。他所有对我们讲的都只是对他的行文有用。似乎一切都促使我们做出退休的决定，而退休后的生活对我们仍然是一个未知数。

浦安咖啡店教堂（1987年1月）

这一切都发生得很快。当地的报纸刊登了我们的消息，所有年龄段的学生都向我们申请来学习英语。每周都有新人出现在教堂。有些人是求教者，而另一些人则是刚搬到浦安的属于其他教会的教徒。有这么多的人来对我们的工作是很有利的，好多人也问我们，"为什么你们教堂没有日本牧师？"显然他们之前从来没有遇见过一个传教士。

在那一年的复活节，我们第一次为教徒户田先生和熊木夫人进行了洗礼。户田先生是地中海航空公司一个分公司的经理。黎巴嫩战争开始后他失去了工作。他能说流利的英语，并且参加了我们的第一次教会活动。我告诉他我还教《圣经》。他回答说他一直想学习《圣经》，几乎每天都会注意到或引用《圣经》中的一些箴言作为行为准则。他是上帝精心挑选的人，很快就成为了信徒，尽管他有一个可怕的问题，他是一个酒鬼，但似乎他嗜酒程度已经削减了不少，成为一个温和的饮酒者了。然而，这个问题仍然困绕着他，并导致了他后来的数次中风。另一个是熊木太太，她是一名药剂师，她的丈夫是一个科学家。她一直参加英文圣经班的学习。然后新年那天，我们鼓励人们都去教堂与我们一同祷告。元旦那天一早，她是第一个来祈求我们祈祷的信徒，她十分担忧她儿子即将进行的大学入学考试。我们一起为她祈祷，她把她的心交给了耶和华，从那天从未改变。尽管后来她搬走了，住在了富士山下附近的地方。

我们的新集会场所

我们一拿到钥匙就立刻宣布，在未来我们将会在我们新获得的聚会场所召开宗教集会。我们很惊讶发现，对于这个新场所，我们几乎没有什么要去做的。那里已经有了豪华真皮座椅和小咖啡桌，能够坐下 48 人。我们在墙上挂上了三四个适当的经文，用漂亮的日本书法写就，这一下就改变了场地里的气氛。我们所必需要做的就是设置一个简单的讲坛，把它设在场地里原本就有的为卡拉 OK 唱歌准备的低平台上。我们还在台子后面的墙上挂上了一个大大的十字架。另一个十字架挂在了宽敞的走廊墙上，走廊就在自动玻璃门旁边。第三个十字架设置在屋顶上，与原本就有的泛光照明灯在一起。这个十字架每日每夜就对着旁边的铁路，高出了铁路大约 50 英尺。而这条铁路是一条平行于教堂的铁路，它离教堂大约有 60 码远。一个美丽的木柜台占据了咖啡店的另一侧，我们把窗帘挂在它的上面，在不用它的时候把它隔绝起来。教会结束后，窗帘被拉起来，厨房以及所有的设施就位于柜台后面，咖啡就是从这里被制备的。其他的墙壁由非常大的平板玻璃窗构成，建筑的两侧是可以停 16 辆车的停车场。当我们教堂正式公开对外服务时，每个人都充满了对上帝的感恩，说这简直就是一个奇迹。这是 1987 年 1 月 15 日，日本成人节的那天，距离我到浦安市已经一年半了。

在浦安工作的头两年里，我们经常在我们家的客厅里举行宗教集会。伊芙琳和我通过听一盘杰里科的征服的圣经磁带受到了鼓舞。我们周围都是那些高楼大厦，隐约间他们就是我们面前的杰里科的城墙。我们花了一些时间在祷告，斋戒。这是我们在日本这么多年来第一次在一个没有任何佛教寺庙或神道教神社的大城市工作，这看起来更像是一个巨大的挑战。很多时间都被我们用来寻找一个可以作为我们教会的聚会场所上了，然而飞涨的租金使得我们的目标看起来很不现实。一天，当我开车经过一个附近的区域时，我注意到一所建在自己土地上的空房子，本来是建来用作咖啡店的。当我看着它时，我就看到它真的有可能改造成为我们小教堂的潜力。我把此事在我们周日会议上提了出来。臼井夫妇查到了店主是谁。我们制定了一系列安排，其中一些人尝试和店老板协商租下该店。店主是一个浦安的原住民，是第一批从东京湾填海造田商机中从事土地交易的人，他因此发了大财。房地产价格疯狂上涨反而增加了他的贪婪。我们坐了两个小时喝着日本茶，听他大讲他的成功故事。轮到我们讲时，我们告诉他我们是如何在社区教授英语的，以及我们如何开展教会活动的，但却没有集会场所的现状。整个谈话期间内，他不断试图找出我是谁，并想知道我正在做的事情能赚多少钱。谈判友好结束，但是出租协议并没有被提及，甚至没有讨论租金的问题。约三周后，我们再次尝试与他会面，与此同时他已经能够评估形势了。这次谈判仍然是一个漫长讨论过程。然而，这次我们得到了一个月租金多少的建议，以及首付二百万日元的要求。户田先生负责我们的谈判，他是一个摇摆不定的信徒，有酗酒的毛病，尚未接受洗礼，但他是一位很有才干的商人。所有这一切都没有房产中介的参与。接下来的几次会议我们把租金出处的希望绝大部分放在了非常慷慨的休·特雷福英语学校基金上。最终我们双方达成租房协议。更多的祈祷者来到了我们这所小教堂，不仅仅是浦安的祈祷者，世界各地的祈祷者都有。由于海外基督教会的本土化政策，在当地找到一个合适的集会场所一直是个巨大的问题。这次的事情就好像是耶和华在我们最后的传教期内赐予我们一个理想场所。

昭和天皇的去世（1989 年）

日本新的“平成时代”到来后带来的意想不到的结果，就是人们愿意谈论太平洋战争了。随着人们开始询问战争中发生了什么，甚至是电视中也开始播放关于这场战争的纪录片了。我突然开始意识到在日本这么一个现代化国家里，虽然有着先进的教育，但他们对于现实究竟发生了什么事是一无所知的。此外，人们对这场战争的认识就好像它是“天皇的战争”，士兵们宣誓誓死为天皇而战，绝不投降。另外对这场战争的描述，则是这场战争是以一场令人无法相信的失败而告终的。这大大有损天皇的颜面，因为这场战争是以他的名字犯下的战争。教会的人们、学校教师，事实上所有的人都开始询问关于战争的真相，而我总是注意到那些没有问这样问题的人，他们同样也渴望听到我对战争的评价。许多日本士兵在战时或战后曾经写过他们的回忆录，现在这些也开始出版了。他们回忆录都只是一些战争的片断，只涉及到那些记录他们的士兵所在的特定战场的地理位置。但是最不正常的是，日本学校的教科书并没有讲述这个话题，所以二战结束五十年了，日本的教育部长和其他部长们还无法达成任何共识，究竟应该对日本国民怎么教育有关这场战争的历史？任何讲述战争真相的事情，甚至所有的事情似乎都会使那些在战争中打过仗、仍然活着的人感觉没有脸面，他们还认为对那些战死的人也是丢脸的做法。因为在思想和宗教思想上日本人认为死者总是伴随每个人周围的。不像我们有纪念碑这样的纪念仪式主要为纪念，而日本的祭奠者们参拜他们祖先的神社以及靖国神社的目的往往是为了复仇，他们要记住美国人对他们做了什么。这些做法总是使我感到不安。甚至一些二战战犯的骨灰都被转移到靖国神社，而这个神社就位于东京日本天皇皇宫旁边。战争纪念碑旁边的战争博物馆，把这场战争粉饰成最爱国和最民族的圣战。然而，日本也在改变，新一代成长了起来，融入到一个新的世界文化中。同样的是，财富和物质也在影响着年轻的一代，对他们而言宗教价值观是毫无意义的，无非是些从过去流传下来的文化遗产而已。神道教是日本的文化，一个人结婚需要按照神道教的仪式，佛教也是他们的宗教，死亡和下葬以及祭拜祖先的仪式，使得佛教一直兴盛不衰，并深入到年轻一代中来。

现在年轻的一代普遍的态度是，战争是很久以前发生的事情了，现在不值得讨论了。他们没有意识到这种冷漠的态度是很难被那些在战争中受到重创以及被战争摧残得满目疮痍的国家所接受的。对战争的无知仅仅会增加他们的冷漠。同时，尽管在日本本国内存在战争失语症的现象，他们还必须要意识到，在远东其他国家仍会谈论日本军队的战争暴行的。他们仍然对日本军队的罪行持有强烈的恨意。现在日本商人和游客在世界各地旅游，不幸的是，他们成长的过程很少或没有任何关于战场的历史知识。他们从战场上回来的祖父们绝口不提他们战争中的暴行，相反他们并没有为战争的罪行感到羞辱并为他们的所作所为进行忏悔，事实上他们曾对远东国家人们的祖父母那一辈人犯下滔天罪行，如残酷折磨、杀戮、强奸等等。他们还忽略掉，他们的士兵在战争中无差别地烧毁和轰炸了中国平民的城镇和村庄。现在的日本商人和游客因为他们的商业成就开始对外显示出傲慢之心。我试图给他们解释，和谐是依赖于相互理解的，以及为什么和谐是非常重要的。如果他们要为日本军队的所作所为进行道歉的话，他们首先需要了解当时发生了什么事。日本新天皇和各种主要政要仅仅一句话就道歉了，这听起来更像是政治言论的话语更刺激了那些在野蛮的日本军队占领下遭受如此众多损失和牺牲的国家。一个日本的老师对我说，占领日本的麦克阿瑟将军没有重写日本教科书其实对日本一点好处都没有！他说，没有一个日本政治家会冒着背上傲慢和不爱国的名头写那诋毁他们的军队和祖先以天皇的名义所做的那些事情的。

面对传教士同事的分歧

我们最后几年的传教生涯遭受到了异常难受的经历。我们不停地为日益增长的工作和英语教学任务忙碌，而教授英语的收入主要用于我们支付房租。传教团给我们派来了一对很有天赋的年轻夫妇来帮助我们工作。不为我们所知的，甚至传教团也不知道的是，那位先生有一些心理问题，这导致了我们痛苦的经历。第一件事是，他拒绝教英语。我规劝他说，这就是为什么我要求他来的原因。令我吃惊的是，他回答说如果他告诉他们他不会教英语，海外基督教会不会把他送到东京的。一方面，他已经做了准备欺骗传教团了，但他又将他的处境坦率地告诉了我。我告诉他这不是一个非常好的开始，如果他想要有效地和我们一起工作的话，绝对信任是至关重要的。他觉得他直接告诉我不会教英语正是显示了这样的态度。他也是一位技巧熟练的钢琴师，但拒绝为教堂弹奏电子风琴。他还会离开祈祷会议，称这些仪式是黑暗的，不是发自内心的。他可以像一个青少年一样用撒谎来掩盖一些事情，然后显然他相信他说的是真的。生活对他来说就是一定要比别人做得更好。他非常自信，结果我们传教团的领导人相信他的奉承话。有一次他的妹妹拜访了我们，告诉我们，她的母亲很担心他精神会再次崩溃。这次会面我们当时并没有提到他已经被传教团接收了。我们很苦恼地发现，自从他来了以后，不再有人入教了。这种令人不快的局面一直持续着，甚至直到我们离开后。这对不成功的夫妇接替我们后以为自己能对付所有一切。我们还上报了传教团，如果让这种局面继续下去显然是非常错误的。我们的继任者，几个月后不得不写信给传教团，说要么让他们继续下去，要么他不得不离开。几个月后，传教团通知他不会再邀请他了，最终还是和他艰难地摊牌了。回家后，他又说服了一位日本牧师朋友，让他回来和与他合作。但他非常不幸地精神崩溃了，这是我一直担心要发生的，这导致他不得不回家。这件事教育了我们，魔鬼撒旦是如何装扮成光明天使从而来破坏神的工作的。我们从圣经事实中得到了很大的安慰和力量，我们的主都不得不忍受犹大，他是掌管财务的人，他始终都知道撒旦是如何利用犹大的。我努力地说服了我们传教团的领导人，让他不再就此事感到不安。但它更像是一种考验，是上帝想要的结果，就是为了检验我们传教工作的，甚至就发生在了我们的最后几年的传教生涯中，否则我无法解释它。在读圣经过程中，我们一次又一次读到上帝允许这种和那种情况或灾难发生，以测试他的信徒。我又一次面对这样的事实，上帝往往是更关心为他服务的人，而不是为上帝服务的工作。我担心自己有了这样的一种态度，“为什么我们为上帝工作了那么多年，这种事情还是发生在我们身上？”答案是明显的，“为什么不能呢？”我仍然有很多年的工作要去做，更有很多的经验教训要去学。在接下来的几年里，在我们回到英国后，我们还收到有关这人的一些消息。然后我们意识到，上帝之所以没有让他出现在我们早期传教的生活里，就是为了不使得我们从开始就面临着这样一个测试，不占用我们太多的时间。

退休　1989–1990

头几年的奋斗现在已经被忘在脑后了，我们称之为浦安国际教堂的工作现在变成一个蓬勃发展的日程工作了。对我们显而易见的是，这项工作需要一个日本牧师来接管了。但缺乏资金来支付他的工资和住房等问题，似乎成了一道无法逾越的障碍。一个和我同龄的年长的日本牧师朋友对我说，支持一个传教士工作，住房以及教学等的成本开支是非常高的。当然你的传教团不会存在召集及支付日本牧师接管这所教堂的问题的。随着我们退休日期的临近，似乎突然间我们的工作势头又回升了。我们被安排了一次奖励旅行，绕着所有我们开展过宗教集会及福音传教的地方进行。我们遇到了那些在我们带领和指引下信奉上帝的信徒的孩子们，甚至还见到了他们的孙子辈后代。一个非常严肃的体验是祭拜了一下一所教堂的墓地，那些在天堂中熟睡的人们是我们深深熟悉的。现在他们都已逝去，墓碑都被编号，教堂的名卷上已不再有他们的名字。

终于，1990 年 8 月 1 日，我们出发的日子到了。看到有那么多的人驾车 52 公里来到成田机场为我们送行，我们深受感动。到最后一切都发生得太快了，当时我们第一次抵达日本时，足足坐了六周轮船，而现在变成了 11 小时后飞机准时抵达了伦敦希思罗机场。当我们提取行李出来后，迎接我们的是我们的女儿莉斯和她的丈夫戴夫・普莱斯。他还抱着我们的第一个孙女艾米丽，她才只有 5 个月大。上帝对我们太好了。

工作交接

当我们退休后，我们希望能在最初的六个月内做完工作交接。我们进行工作交接的经验都是不同的。在我们的第一个休假，我们刚刚回到家里，带着所有的问题和令人心痛的工作，我们想要勾画出祈祷文和工作中有趣的东西，这使得我们往往非常关注工作中的失败和不足之处。然而，除了少数例外的人，我们发现人们不想听这些困难，他们想听到更多的成功故事。日本是海外基督教会一个新的传教领域，人们不了解它。此外，由于战争原因，人们缺乏到这样一个国家去传教的渴望与热情，毕竟它的军队留下了如此多的罪行记录。而我个人则已经通过神的恩典把这种仇恨和怨恨的态度释放掉了。但是令人沮丧的是，发现好的基督教徒对日本的态度都是很厌恶的，虽然他们很少公开表达他们讨厌日本人的情绪。而像“可怜虫们”或“他们罪有应得”这样的话语，打击了人们想要甚至只是为日本祈祷的念头。而令人沮丧的是，我发现海外基督教会祈祷会上很明显没有多少人上前为日本祈祷。教堂的人似乎很难轻松地说出和解仇恨的话语。我们有很多有趣的转换的故事，直到我休假结束，我发现我能够保持我的听众感兴趣的只有这些。然而直到我们第二次休假回家交接工作，我们开始意识到我们最有效的工作交接是在小客厅会议上。在一个轻松的气氛中，人们会问那些有关工作的问题。在这些会谈中我们能够建立真正的友谊，人们也想要和我们保持联系。

那里经常会有大的会议举行，有一次我们作为许多演讲者中的一员参加了。我记得我在一次大型海外基督教会会议时的反应，当时有一位非常优秀的演讲者，他被分配了一个小时演讲时间，即使那样他仍旧大大超时了。我坐在那里听着他的故事激动不已，被他的信息所激发。然而让我生气的是，我只被赋予了 3 分钟时间来谈谈日本的工作。在两半分钟后，提示信号开始闪光，警告我的时间就要到了。后来，在茶歇期间，我又受到了鼓励，有两三个人走过来，问我问题，一个是一所大教堂的领导团牧师之一，他此后一直对日本的福音传教工作非常感兴趣。

海外基督教会的秘书们负责安排会议，他们自己总是参加更好的一些会议，当然在某种程度上，他们已经成为评判好演讲者的“赞成票”了。有一次我们到家后不久后，我来到海外基督教会的办公室，正好碰到了一个老朋友走出来，他是一个大教堂非常杰出的执行牧师。我们的秘书，他在这个职位上已经做了四年了，对他说：“让我把你介绍给斯蒂芬·迈特卡夫吧，他从日本回来。”我们的朋友回答说，作为一个年轻人，他是受伊芙琳指引皈依上帝的。他接着问我说，如果我们没有机会在会议上发言的话，他可以替我们安排。

另外一次，教会秘书安排了一个非常精致的节目，他要做演讲，我也被分给了七分钟时间讲述在日本的工作。节目中有一段独奏和一个传教士戏剧。几乎在最后一刻，节目所在教堂的牧师说："这是我们传教士的礼拜日，我想请一位传教士演讲者做40分钟的演讲，在我们的礼拜会上。"我们海外基督教会的秘书规劝他，现在的年轻人不希望有那么长的传教讲话。周日，秘书开车载我去教堂的路上给我抱怨发生的这件事。上帝惊人地帮我做宣教报告，但同时也给了我一个挑战。这是一个大教堂，有着很多的会众而且他们都是非常细心的。礼拜仪式结束后，在跟许多正在考虑从事传教服务的好小伙们交谈后我深受鼓舞。教堂牧师和他的妻子都找我说话，说我已经间接地处理了一个威胁到教堂的棘手问题，作为一个局外人，我说出了他们一直想说而不能说的话。在回家的路上，秘书还哀叹事情最终变成这个局面。然而他说他已经卖出更多的传教方面的书籍，比他通常的成绩好得多，教堂的财务主管给了海外基督教会一张非常大的支票。

一次休假，伊芙琳和我装扮成一对儿不信教的日本商人夫妇，伊芙琳总是穿着一件漂亮的日本和服。我们公开参加教会的听众会加入到那些尝试信教及转换的人中。随着时间的流逝，我们在无动于衷上变得相当专业了，并展示出日本人对圣经的真理是如何一无所知的。在对我们提问的教会提问者绝望的表情中，他们开始了解我们在日本的福音传教上面临的一些困难。也许其中的一个亮点就出现在我们和一大群年轻人交谈中，事情开局不错，提出了很多生动的问题和答案。然后，有六个年轻人来迟了，他们坐在了边上。几分钟之后，他们中的领袖跳起来抗议我们这两个异教徒为什么在这里做宣讲。我非常惊讶的是，这次会议的领导者也和他争吵起来，很快会场上就充满各种愤怒的叫骂声。知道一些事情要发生的年轻人对形势因为争论和情绪化的发生而感到高兴。正当我认为整件事会被搅乱，令人不快的时候，集会领导者让后来的几个人照相留影，人们哄堂大笑起来。后来的几人羞愧地顺服了，几乎向我们道了歉。会议在皆大欢喜中结束，会议的领导者告诉我们这是他见到过的最生动的传教插曲。

在后来的几年里，也许最令人鼓舞的会议就是在高校内与那些留学生在一起。他们都积极参加并响应传教活动，并为这一切进行祈祷。当我与这些来自东南亚的学生们在一起时，有一种真正的悲伤在我的心里，因为从来没有一个日本面孔出现在他们当中。

日本天皇之死及之后的影响（1989 年新年）

裕仁天皇的长期统治即将结束，“昭和时代”即将被替换为一个新的“平成”时代。在宣布他的去世后不久，我去参加了叶山男传教士会议，这是一个一年一度的会议，已经成为我的一种优先考虑的事情了。去年我被任命为会议主席，曾有幸为这数百名真诚的从不同的传教团来的传教士服务，他们有着不同的神学和宗派背景。我经常从会议的论文中获得新的信息和见解，并将其利用到福音传教以及在日本教堂的建设中去。也会从一些正式场合的讨论以及非正式谈话中获取信息。现在我开始面对这个事实，我将要离开这令人鼓舞的传教士伙伴们，明年的聚会我将再也不可能和他们聚到一起了。

伦敦（1991 年 6 月）

随着伊芙琳母亲的去世，我们意识到，我们已经达到了我们的生活另一个转折点上，想知道耶和华已经为我们安排了什么。我开始接受这个事实，我是再也不可能回到日本传教去了，在这里看起来并没有多少要求我用英语演讲的邀请。不久后我收到一封崔尼蒂路教堂教会秘书的书信，邀请我们去伦敦。伦敦是值得我们去的地方，我们的孩子丹尼、菲利普和詹姆斯都住在伦敦。但是我们再一次要面对需要在伦敦寻找住房的困境。就在那时，我们收到一封来自迪格比和玛丽安·詹姆斯的信，说他们此前曾经租给过我们一年的那所房子现在空出来了，租户已经搬出去了。由于房子里没有家具，我们租了一辆大型家具搬运车装载了大量伊芙琳母亲的家具搬到了米切姆，离詹姆斯和克莱尔的公寓只有 800 码的距离，离教堂有大约两英里。由于经济衰退，戴夫、莉斯和他们的小女孩儿艾米丽不得不从默西塞德郡离开，搬到了爱丁堡附近的丹弗姆林。所以方便了我们可以悠闲地开着车，经过斯特兰拉尔轮渡去拜访他们，并在他们那儿住上几天，于是我们在开车去伦敦的路上停下来去了他们那里。

在接下来的三年里，我们不得不一再面对住房这个问题。一天我们的牧师对我说："斯蒂芬，我可以提供一间公寓给你，我们的教堂正在修建一个新的大厅，它就在这所公寓的隔壁，那里有 5 间为基督教建筑工人准备的公寓房。"早在 1968 年，教会就有机会购买一间旧面包店，因为当时还有一个房客住在那里，所以价钱非常便宜。但是直到 1990 年，房客才搬了出去。当我们看到公寓后，我们想知道我们应该做些什么。贝西·泰勒女士卖掉了她的房子，把钱捐给了教会用来支付其中一间公寓的租金，希望她的后半生能住在里面。她经常对伊芙琳说："你应该做我的邻居。"然而，耶和华在天堂为她准备好了住处。由于她的早逝，所以她所住的公寓就租给了我们。这是自从我们去了日本后，第一次有了一个稳定的家，到现在我们在这里居住已经超过 18 年了。事实上，我们婚姻后的生活中，我们曾经生活在 24 个不同的房子里。租金在很大程度上是由海外基督教会支付的。后来海外基督教会重新定义它的政策并一直延续到现在，"你的面包和水都会有的"，包括住房，不过这要依赖于上帝的经费供应。在所有我们住过的房子里，这个公寓是最好的，窗外的景色非常漂亮，可以看到紧邻教堂的运动场。每天我们一起祈祷时，我们就会赞美上帝为我们提供了这么一处住房。

就在这个时候，我们的教长肯·帕特森查出癌症晚期了。他死后的三年半时间里是教会的空白期。伦敦日本基督教团已接洽过了斯蒂芬，问他是否愿意加入他们由牧师森永夫妇和一位日本女牧师组成的团队，而这位女牧师不久之后，不得不回到日本去照看她年老的母亲了。我预计，在接下来的五年内我将能够帮助他们做些传教和指导工作，然而这个时间延长到了 15 年，并且这个工作就像我们在日本的工作一样非常有意义。管理和主教日本教堂已不再是我的责任了。虽然他们没有给我提供一份薪水，但他们支付了我所有的差旅费用，这些是我拜访所有日本小家庭团体中开销到的，每周都有。

重返中国（2005 年 8 月）

2005 年 6 月末，我们突然接到我的老朋友尼尔打来的电话，他说他一直在互联网上寻找我的电话号码。当他发现我写了一本有关我的故事的书后，他几乎无法相信自己的眼睛。他失望地发现那本书是用日语写的，而且已经卖完了。他接着说，他有话要对我说，中国山东省潍坊市的市长邀请所有二战期间在潍县国际集中营的囚犯参加为期 3 天的庆祝二战胜利以及集中营犯人获得自由 60 周年的庆典活动。尼尔问我是否愿意作为他的客人和他以及他的两个女儿一起参加。他计划访问北京、烟台（芝罘）、潍坊，然后去看看我们生长的地方，那些在云南和贵州的苗族和傈僳语部落。尼尔和我都出生在昆明。伊芙琳确实不能胜任更多的长途旅行了，在 5 月的早些时候她已经在东京呆了三周了。我们很快就准备妥当了，除了为我们 10 天的云南之行找到一个合适的地方导游和翻译。非常感谢詹姆斯・哈德逊・泰勒三世，他这次也要去潍坊，他在昆明给我们介绍了一位合适的人选。然而，由于我们的日程安排和我想要在周日拜访部落的渴望，我们最后不得不分开行动，我独自去昆明并前往滔谷的傈僳族村落，尼尔和他的女儿则去贵州威宁葛布附近的苗族部落。

我的儿子詹姆斯以极大的兴趣负责了我的旅行安排事宜，这大大减轻了我的负担。8 月 9 日，周二的早上，我们搭乘荷兰航空公司航班飞离希思罗机场前往北京。回到中国一直是我的一个梦想，我曾以为是不太可能发生了的事情。第二天一大早我们到达了北京。这么多年过去了，现在我所在的北京和远东地区任何一个大城市没有什么两样。有人到机场来接我们，当听到那准确无误的声调很平的中文时，我的耳朵对这些还是如此的熟悉，虽然很早前我就把中文忘记了。人们在说着些什么，15 秒钟后我的脑海里仿佛就会对一些熟悉的词汇有些许意识，然而我意识到我已经完全不懂他们的意思了。朋友们安排了一个司机开着辆小客车来接我们，载着我们到了一个在市中心的旅馆。夏天酷热难耐，而那些像云一样的、厚厚的烟雾污染层笼罩着这个城市更加剧了不适感。在路上开车的时间很久但一路上充满魅力。因为我懂日语，所以有时也会被中国广告牌上的汉字所吸引，而更多的时候则是让我混淆！到酒店后洗一个热水澡，换上新衣服打开空调，似乎对减轻时差和身体的疼痛非常有效。很快，我的其他一些以前在芝罘（烟台）的朋友们开始到来，整整一天我们都专注于谈话和回忆过去，并规划了未来几天的行程。酒店为我们提供了一顿非常棒的中餐。更完美的是，这餐由我们从新加坡来的新的中国朋友做东，他承诺我们第二天一早带我们去爬“长城”，晚上我很容易就进入了梦乡。

第二天早上我们的第一站是吃早点。我们的司机把车停在了好像是北京边缘的一连串的吃饭的饭店那里。我们委屈地被带进了一个麦当劳店里，一切都显得那么熟悉，直到我们走到菜单前。我们最终享用了一个愉快早餐，吃了一盘色泽观感很好的炒蛋和熏肉。似乎整个餐厅看起来更中国化了，而且味道也更中国口味了。我们的司机溜了出去到了隔壁一家饭店吃了他自己喜欢的东西。足足开了一个小时车后，我们意识到我们还在北京的市郊。上午 10 点左右，道路开始蜿蜒盘绕进入了山区，不久后我们的车停在了一个拥挤的停车场里，周围到处都是小纪念品摊档。那些顽强的小贩们纠缠着我们让我们购买从水壶、明信片到毛巾和绣花睡衣等任何可能的东西。这使得那些坚定的旅游者得迈过这些挑战才能走到旅游缆车那里。终于，我们带着实现抱负的心情，心潮澎湃地爬上了中国的长城，中国古代一个了不起的建筑，令人生畏的大小和高度，蜿蜒上下与群山中，直到被笼罩山顶的迷雾所遮蔽。我们很快就混入到来自世界各地的人群中，开始了这次非凡的攀爬之旅。它从来不是为了成为一个旅游景点而建筑的，而是为了抵御蒙古游牧部落的入侵。当人第一眼看到这个堡垒样的建筑，想到在建筑这些城墙时有那么多令人难以置信的生命死在工地上并埋在城下，这难以让人相信任何有权势的皇帝应该有这样的一个不祥的建筑。想到那些不可思议的将岩石等拉到这些陡峭的斜坡上的努力，更是令人震惊的。

我们终于不得不再次经过那些顽强的小贩们的严酷考验，回到我们的小客车上，带着疲惫驱车返回到北京这所巨大的 1500 万人口的城市。这所城市到处都看上去那么新，充斥着各种各样的高层建筑，楼体戳入到高空中的污染云层之上。不幸的是，时差时常地困扰着我，让我无法集中精神，让我无法将注意力集中到我周围发生的事情上去。

第二天本来安排的是游览“紫禁城”的魅力之旅，结果被暴雨泡汤了。尽管我们带着雨伞，但还是被浇成了落汤鸡。周六，我们去游览了“颐和园”，宽阔的昆明湖非常迷人。游人太多了，有时我们被困在人群后面几乎都无法移动，酷热的夏天也使人难以放松。一切都计划得很好，我们早早抵达了机场，有着充足的时间点了八九道非常美味的中国菜，然后等待了几乎一个小时后才到我们的航班。但其中发生了个小插曲，由于更换了登机门登机，我们直到最后一分钟才匆匆赶到。这给了我们一个预示我们将会在中国发生的事情。

经过一个小时飞行后，我兴奋地在 63 年后又回到了芝罘（烟台）。然而我的激动之情被飞机在午夜 12 点降落的事实给破坏掉了，机场几乎空无一人。我们挤进两辆出租车飞驶上了美丽的进城新公路。一切都是在黑夜中，我们不知道出租车司机是否知道我们住的酒店。最后我们发现我们的车开进了一个大型城市，停在了一座富丽堂皇的酒店前。我走到几乎空无一人的宾馆前台，拿出我们的房间预订单，把它递给了柜台后面疲惫不堪的女服务员。她仔细检查了一遍，又和他们的夜间订单做了对照，然后拿起电话，开始和她的上司说话。然后她用磕磕巴巴的英语，以一种非常正式的方式对我说：“你们迟到了，我们把留给你们的三个房间给了其他客人入住。”突然间我意识到我面临的中国人和日本人的文化是完全不同，日本人从不会如此直率回答的。“我们的飞机从北京晚点了，我们 6 周前就从伦敦预订了那些房间，并支付了预订金了。”我回答说。“你应该让我们知道你的飞机晚点了。”然后，她回到电话旁说了几句之后把电话递给我。一位中国男士在电话另一端用流利的英语对发生的事情说对不起，告诉我他已经指示他们的工作人员在另一家旅馆为我们定好了当晚的房间，明天这家将会为我们准备好我们的房间的。

令我们吃惊的是，那位载我们来的出租车司机又回来了，开始把我们的行李又装回到出租车上，好像他们知道酒店深夜的惯例。似乎过了很长时间的电话联系这里和那里的酒店，她告诉出租车司机带我们去的地方。我们睡眼惺忪地来到一家高层酒店的大厅。行李员把我们的行李放到了一个手推车上带我们上了电梯，告诉我们去到10楼。当我们走到酒店前台时已经是第二天早晨了，我们被分配到三个房间内，然后被告知按程序我们要先支付押金。我们告诉那位前台的女孩，另一家酒店将会为我们支付的。而她的指示是客人不交押金她就不交出钥匙。最后，经理来了，经过长时间的争论他记下了我们的visa信用卡卡号，然后我们被带到了12楼非常漂亮的房间里。我洗了一个舒服的热水澡，在我入睡前我注意到这已经是深夜2点了。

早晨醒来，我本能地走到窗前，拉开了窗帘。当我注视着外面，我所看到的景色已经在我的潜意识里深深埋藏了63年，那里有大海、有峭壁和岛屿。向远处看去，地平线处内地的山峰和丘陵还是老样子，什么也没有改变。这就是我花了7年时间在寄宿学校生活过的地方。这迷人的景色是我的一部分，我将永远不会忘记的东西。我忘记了我的中文，但我开始认同美国作家华盛顿·欧文的《瑞普·凡·温克尔》中所描述的一幕了。我很难描述这些场景记忆是如何被唤起的。从12楼往下看，这个曾经只有20万人的小城，现如今已经被改造成一个600万人口的繁华大都市了。高楼林立道路宽阔，我告诉自己接下来的几天里我将沿着记忆游览现在的城市。

匆匆忙忙吃完早餐后，我们乘出租车回到最初预订的那所酒店，酒店安排的巴士已经等在那里了，要带着我们去中国教会。当年我们离开芝罘来到了潍县集中营，有四名中国牧师因为拒绝将日本天皇的照片挂在他们的教堂里并拒绝对天皇像鞠躬，也被关进了监狱里。而现在其中一个牧师的孙子也成为了这所教堂的牧师，就是他在门口迎接的我们。我对这所教堂得到的第一印象是，这所教堂似乎人满为患了。重新坐在中国教堂的礼拜仪式上不仅仅是一个很怀旧的行为，而且在 50 年的日本传教生活使得我更习惯于日本人的礼拜式，这次的体验最令我产生共鸣。非基督徒的城市导游坐在我旁边。由于教堂会众们在整个礼拜式中不断重复“阿门”这个词，在服务结束后，我用英语问那位女导游：“你知道‘阿门’这个字的意思吗？”这个导游告诉我说，这是一些宗教方面的词汇，她并不熟悉。然后我试图用英语解释，但是她转向教堂的主教并询问他了，没有意识到这在英语是同一个词。我很高兴看到中国牧师给她相当冗长的解释。我们被告知教堂在周日将会有三个服务仪式。

当天晚些时候我们得以访问了我们的母校，它曾被日本海军占领，随后由中国共产党政府接管并建立了海军航空兵学院。老旧的建筑仍保留完好。但我伤心地看到学校当时的奠基石上原有的“为了上帝的荣耀”等的字迹已被抹掉了。

我们的时间都花在到处游览中，我们试图在我们的脑海中将那些颠簸不平的小道的记忆与如今变成了宽阔的繁忙的街道以及道路两侧花园和树木以及现代商店和办公室联系起来。在晚上，烟台官方以盛宴接待了我们，宣称我们也是烟台的市民。参观完“灯塔岛”后，带着所有的回忆，我们去了“庙山”，那里我们花了大量的时间试图找回儿时的所有不同的地标建筑。一切似乎被掩盖并融入了今天的新大都市中。

有一件很有趣的事情是我突然了解到的，这里的人们把我看成是烟台市最年长的海归。同样，当我听别人叙述他们的回忆时，我的记忆也找了回来，而且我的确也有那些别人想听的回忆故事。一些人坐下来与我长谈，询问我并听我回忆故事，而这些已经埋藏在我的记忆中大约 60 年了！

在第二天早餐时刻，潍坊庆典带着车来到了，饭后他们拉着我们前往潍坊。这是一个三个小时车程的路途，道路非常棒。但是有着旧城墙的潍县老城早已经不见了，取而代之的是一个宏伟的规划现代的 600 万人口大都市，机动车道及人行道都非常宽阔，街道两旁的绿化带中种着灌木和树木，两旁都是熠熠发光的新建筑。接待方把我们安排在了一间四星级酒店，并尽可能使得我们住得舒适和豪华。似乎有酒店员工无处不在地在专门为我们的服务。出了空调旅馆后外面的温度是灼热的，幸运的是下了一些雨使得气温变得可以忍受。日程安排得很紧，我们总像是在巴士上下，它把我们带到了各种我们感兴趣的地方。

访问旧的集中营的旧址是个重要的事件。我们这些已经活了多年的老家伙们被人群包围了成为了关注的焦点。当地政府花了数百万元将中国古式建筑风格融入到华丽的新校舍中。有一整块地方，就像一个小公园，立了一块令人印象深刻的纪念碑，上面刻有所有在集中营的囚犯的名字。还有一个自由钟，旁边还有一块 7 英尺高的美丽的红色花岗岩石板出自苏格兰的摩尔岛，是从苏格兰送来的纪念石，以纪念传奇传教士埃里克·利迪尔（埃里克·利迪尔牧师，曾是 1924 年巴黎奥运会 400 米世界纪录保持者，400 米冠军，1945 年死于潍县集中营），他在中国出生和死亡。在石头的前面，用金字书写的中英文对他的生平做了一个简短的概述。石头背面是一段文字，是他的著作摘录："他们必如鹰般展翅高飞。他们应当不知疲倦地奔跑。"他最初的墓志铭很早就被抹掉了。那里还有一个小博物馆展出各种战争年代的事物和照片。我把我用日语写的一本关于和解的书也送给了他们，添加到他们的收藏中。

会议规划委员会要求我做三分钟的埃里克·利迪尔悼辞。我曾告诉他们，有比我更有能力做这个发言的人。让我懊恼的事有人告诉我说我是这里最年长的。我找到酒店的办公室，问他们是否能借给我一台电脑。我发现我又必须联系那位经理，就是他给前台的女孩解释我想要做什么的。让我沮丧的是，这是一个中文操作系统电脑，只安装了很少英文软件，所有的操作命令都是中文的。幸运的是，我的日语这时候帮助了我，因为好多的汉字日语中也在使用。所以在一个半小时后我终于设法敲出了三分钟的演讲稿，很多内容来自我的日语著作。我赶紧传真去潍坊将副本发到组委会去。在潍坊我终于找到了我的中国翻译女士。她向我保证，她完全理解讲稿内容了，所以她不需要和我一起过一遍稿件了。我很惊讶她的英语水平，因为她从未在国外学习过。

当人聚集在集中营旧址的纪念碑前，天开始下起雨来。我一直在想我的朋友布莱恩的坟墓。这个坟墓，被忽视了这么多年，从来没有被发现更别提恢复了。据说这些坟墓是在离这里不远的某个人的花园里。他的遗体在哪里将永远不会被找到除非再有挖掘的行动。慢慢的我周围聚集了一群人，来听我的演讲。负责集中营纪念活动的官员拿过了我的手稿，看了一眼然后解释说里面内容超过了三分钟，我们将不得不取消这次演讲。解释没有表露出任何情绪，好像她预料到这种情况会发生。这时组织秘书走了过来，看了看手稿，他说："没关系，这不会超过三分钟的。"他还在开幕词上做了一些改变，好像是为了保存官员的面子。尽管下着小雨，人们仍然不肯散去。我非常高兴的是那位女士全身心地投入翻译了我的讲话，而不是仅仅将它作为一个文字练习。许多我不认识的人走过来，给了我很多鼓励的话。

出席现场的世界各家媒体的代表此后做了非常好的工作，报道了集中营纪念会的消息。当天晚上，"山东电视台"邀请我做了四十分钟的采访。

附：2005 年 8 月 16 日上的演讲稿《世界和平和埃里克·利迪尔》

我的名字是斯蒂芬·迈特卡夫。我 78 年前出生在云南昆明。我的父亲在我出生时正在把中文《圣经》翻译成傈僳族语言的时候，正好翻译到斯蒂芬的故事，所以给我起了这个名字，我的中文名字叫斯蒂芬。

潍县集中营是我的监狱，同时也是我从灾难通向解放的学校。

我在潍县集中营里有许多伟大的老师，但他们中没有其他人能比埃里克·利迪尔那样对我意味着更多。埃里克·利迪尔是一个著名的奥林匹克金牌运动员。他放弃了他所有的一切，来到中国教导中国的青年。

埃里克给了我两件礼物：

1. 他的破旧的跑鞋。我自己的鞋子已经穿烂了，这是仲冬季节，而三周后，他死于恶性的脑部肿瘤。

2．他给我的最好的东西就是他的“宽容的接力棒”。他教我去爱我的敌人——日本人，并为他们祈祷。

在这些天里中国正在准备奥运会，有很多针对日本人的愤怒的抗议活动。我们都需要学习的是，与友爱相对立的，就是以自我为中心及对他人漠不关心。

1948 年，美国驻日将军呼吁传教士去日本传教。他说，日本是一个新的民主国家，人们还不明白政府由人民选出并为国民服务的理念。这个呼吁就像来自天堂的声音般吸引了我。我放弃了我的工作，进入大学学习，准备去日本作为一个老师——像埃里克那样。

1952 年，我乘船去往日本，船上载有 300 名年轻的英国士兵。周日，他们的长官请我给士兵们做讲演。我告诉他们埃里克·利迪尔的故事和他如何教我爱我的敌人的。我告诉他们：“你扛着枪前往朝鲜战场有可能死在那里，但你们是与联合国一起为和平而战的。——我要带着埃里克的启示去日本为了真正的和平。”

我在日本花了将近 40 年的时间工作，现在我退休了。直到 1989 年，在日本没有人谈论二战的事情，这是禁忌。当昭和天皇去世后，人们开始问我关于这场战争的事情。

由于日本人民对这场战争是无知的，因此他们对它漠不关心。他们都认为他们才是战争的受害者，而不是侵略者。这是因为他们受到了原子弹的打击。

1963 年，我当时居住的小镇上有个大型国际和平展。我被邀请来就“世界和平”主题做一次演讲。我不得不就这个主题和我所教英语的大学内一位非常重要的老师进行了讨论。我去了他家里。当我按门铃时，我听到后面屋子内愤怒的大吼声。于是我再次按响了门铃，但屋里的吼声仍在继续，所以我再一次把门铃按得更响了。这一次老师的妻子跑来了开门了。“哦，是你啊，老师，”她说，她迅速地把我带了入他们的客厅，说她会告诉她的丈夫我来了。在接下来的一个小时我们谈到了世界和平。这期间我一直在想，这个重要的老师——对世界和平非常热心，但是他在自己家里并没有做到和谐或和平。

最后，我发现很难给他指出这一点。他非常安静地听着，说他会考虑我讲给他听的这些。我们所有人都必须进行尝试以做得更好，他说。他告诉他的日本学生埃里克·利迪尔的故事，这位伟大的奥林匹克运动员，他知道真正的和平是什么并为之做出了一些事情。

十年前在伦敦，有位日本英语老师在日本大使馆的一次会议上就战争和解问题找到了我。他问我关于这场战争的一些事情。我说这是一个非常大的主题——他为什么问这个呢？他告诉我他曾带着很多高中毕业生前往北京，他们在那里有一个开放的论坛，日本和中国学生可以相互问问题和交流答案。一个中国学生问了一个关于战争的问题。日本学生说，他们不知道。然后另一个中国学生问了一个关于日本侵华战争的问题。这一次日本的学生们感到很羞愧，请他们的老师替他们回答。和我谈话的这位老师说他也非常羞愧，因为他也不知道如何回答。然后中国学生问他们关于朝鲜战争的问题，日本学生给出了很好的答案。然后中国学生问他们关于越南战争的问题，他们又给出了好的答案。接着中国学生问他们关于欧洲战场的问题，再一次日本学生给了清晰的答案。最后中国学生生气地说："你们知道所有关于发生在其他国家的战争的事情，但不知道任何关于你们侵华战争的丝毫问题，你们都用的什么样的课本？"一些日本人说他们甚至不知道他们同中国打过仗。日本已经犯了一个很大的错误，试图将战争问题掩盖住，这种对战争漠不关心的冷淡态度会导致大问题的。

我今年用日语写了一本书，我将赠送给这个博物馆一本。不幸的是，世界和平这个问题还不会消失。如果你有兴趣的话，请在会后找我。埃里克以运动员的身份很好地向全世界展示了——如何生活。感谢你们给我提供了这么一个演讲的机会。

重访旧宅

演讲结束后，我走到博物馆房间内参观，这个博物馆就坐落在原战俘集中营医院的旧址上。尼尔走过来对我说，他已经设法让他们开放了三楼，所以我们可以参观我们当年的房间。当再次慢慢爬上这座楼梯时，我有一种奇怪的感觉。在那些日子里，我习惯于在这些楼梯上跳来跳去。来到顶楼，我本能地转向右边，沿着走廊走了过去，回忆那些曾经住在这条路上各个房间里的人们。我们房间的房门在走廊的尽头，房间现在完全是空的。我们站在那里看着窗外，这是当年同样的三个窗户，逃犯们从这里眺望出去计划了他们的逃亡方案。他们逃亡后，我们被搬离这间屋子。在这里居高临下地可以俯瞰到院墙、警卫塔、铁丝网、电线、壕沟和河水，以及远处的田地。我们回忆起我们幻想的逃亡计划，但总是面对不可能完成的、长达 600 英里的逃亡之路才能获得自由，更别说还有一些中国人还会把我们交给日本人以换取奖励了。当时这只是闲聊而已。但是现在，眼前的场景完全不同了，就连河水也改道了，一座辉煌的新城市矗立在我们周围。我们回头来看看这个空荡荡的房间，试图找出谁曾睡在哪里，当时这个屋子住有 8 个人。这一切看起来都是很久以前的事情了。

19 日早上，我们必须很早起床，一个迷你巴士带我们来到烟台机场。我们及时地赶上了 12 点 05 分，飞往昆明的航班。尼尔和他的女儿要经过北京飞贵阳，他们在候机休息室加入到我们中来。在那里我不得不仓促告别他们，我再次面对最后时刻匆忙变更登机口。飞机晚点一个半小时，它在中国中部某地中途停留。飞行只花了我三个小时。我想起我的父亲在将近一百年前花了九个月时间才走到昆明。我最后一次在朝着这个方向飞行时，我是在一架美国空军 C47 飞机上载着我从监狱出来获得自由。当我们盘旋下降时，我意识到昆明已经成为一个巨大的新的烟雾缭绕的城市。

提取行李后，我推上一辆手推车往外走，在想是否有人会来接我。我走向恒凯，他正举着写着我名字的接机牌。接到我后他看上去如释重负，因为飞机晚点他不得不等待那么长的时间。随着三轮出租车开车带我穿过这个城市，我意识到当年的这个小小的省会城市，现今成长为一个蓬勃发展的有 450 万人口的大城市了。他很快就带我去一个酒店，说他会在第二天早上来接我。当他离开时他警告我把电话摘掉，以避免一些小姐在夜间提供性服务的电话骚扰。我注意到这里比中国北方更凉快一些，这里的海拔在海平面 6000 英尺以上。

第二天早上按照安排，我的向导来了，带我到他的公寓。他问我是否介意和他们住在一起。他的妻子是一个很可爱的人，她很直率地告诉我，他的丈夫很担心不得不照顾两个“爱唠叨的人”。他把一切都准备好了，于是我们动身去赶公共汽车到武定去。

我们携带好行李走到街上，拦了一辆出租车。当我们再次停车时，我下了车，被介绍给了安德鲁·李博士。他是一位韩国牙医，他很高兴能和我们一起去参观傈僳族。在汽车站我们挤上一辆公共汽车，它几乎全坐满了，我们很艰难地安置好我们的行李。整个旅途中，大巴司机还带着他 8 岁的儿子，在旅途中他就坐在前面几乎没有动过。

对所有我看到的景色我都很着迷。这条路最边上有一条人行道，边上是自行车道，然后中间有两条机动车道。中国开车是靠左行驶，当我们不得不左右转弯时，有趣的事情发生了。街上的手推车、自行车、行人和车辆都试图抢路到对面去。我问他们，为什么大家都在抢？我得到的答案是他们都习惯了这样，显然我不是。每一个主要的十字路口似乎都有交通堵塞，但我们的巴士使劲鸣着喇叭通了过去。我们似乎向着昆明西北陡峭的群山开去，然后我发现我们经过一条长 1 英里的隧道穿过了大山。我回想起过去爬过这最后的陡坡我们就进入昆明了。在隧道里似乎除了汽车的灯光外没有明显的信号灯了。隧道内的空气污染是令人窒息的。我们终于重新出现在日光下，坐着凝视着农村的场景。这些丘陵山区，是我们曾经走过的地方，在以前，我们要花 2 天的时间走过这里，但现在只需要两个小时。

从武定到滔谷

一个半小时后，我们在禄丰县做了短暂的停留。如今的禄丰县已经比武定县要大了，在城镇的边缘有四个大烟囱耸立在那里向天空中喷出烟雾。然后我们继续前往武定。当公共汽车终于驶过该镇市场并停在公共汽车站后，我们不得不再次挤下车来，并又塞进一辆三轮摩托出租车上，它把我们带到了一个看上去还很新的教堂附近。

教堂隔壁是宗教事务办公室。我们被邀请到教堂路上不远地方的一家饭店，我们的主人，当地官方的代表不是别人而是我小时候在滔谷的旧玩伴彼得·杨的孙子。饭菜非常美味，其中包括大碗猪脑花汤，饭后我们回到了教堂。当地的领导，一位彝族人也来了，我们乘上一辆四轮驱动越野车加满油后就出发了。

他们给我安排了前排的座位，坐在司机旁边。在有些地方路很粗糙，但也有几段路，路面铺得非常好。一路上我们绕着山的轮廓慢慢地盘绕、爬升。不时地我们会通过一个个村庄。很多山的底部都种植着玉米和各种蔬菜，也有很多烟草种植。我们甚至还经过了属于彝族部落的一两个路边教堂。除去持续的摇晃和颠簸外，我还是很享受我所看见的一切景物的。很难把这段路途与悠闲的徒步旅行相比较，就这样我们在山路上颠簸了整整三天时间。最后，车子终于爬到了一座山脉的山顶，在那里我们就有了良好的视野。我们在近 8000 英尺高的地方，但似乎还有一座座山峰在我们前面的路上。然后我们开始飞速下山，一些山路甚至还有锋利的发夹弯。

几个小时后我们停在一个小镇，那里有一些小型三层建筑。我们都下了车，购买了一些饮用水和大的黄圆面包。我们一回到车上，车子几乎立刻发动向右拐去。那里没有路标，看起来就像一条乡间小路，是一个真正的小车才能通过的路，这条路带着我们走向另一座山脉，最终带着我们来到滔谷。

这条路上每天只有一趟客车来回，而且不是柏油路面。这条道路是由成千上万的碎石头铺成的，让人想起罗马时代的鹅卵石铺成的道路。一小群黑山羊似乎在不可能的地方放牧，那里通常是至少60度的斜坡。山间到处是梯田，主要种着烟草、玉米和向日葵，看上去就像是一幅画一般。坐落在这里和那里的山谷中或在山上平地处的是一座座村庄。群山山势似乎一直向上再向上，一个山脉接另一个山脉，山谷似乎深深地埋在山下。

经过5个小时后，我们在一座山前又拐了一个弯，然后就看到我们下面一英里远的地方。坐落在一座大山当中一块平地上的村庄就是滔谷村了，在那里我度过了我的童年。似乎这里没有发生任何改变，我在任何时候都会认出它。现在有很多新建的道路经过滔谷，从这里步行三个小时就能去到最近的公共汽车站。

滔　谷

我父亲的刷着白墙的房子不再存在了，白色墙壁的教堂仍然屹立于远处村庄里。看到这个熟悉的景象，我的眼睛开始充满泪水，我本以为我再也不会见到它了。我们还有一英里要走，最后一段路非常危险，有大约12个或者更多的发夹弯。如果下雨，我们将不得不步行过去。当我们下到山谷中时已经有人在路上来迎接我们了，人群里有教堂的牧师和他的妻子，以及他的祖父杨，我儿时的旧玩伴。

我下了车，他们把着我的手臂，和我一起走在路上，向镇子里走去，在我的左边是成群的高兴孩子在注视着我们。我的面前是一个神奇的景象，教堂的唱诗班和无数的人们排列在路的两旁，他们打着用英语写的标语“欢迎我们亲爱的朋友回家”。其实用中文读应该是“欢迎亲人回家”。（他们不只是把我作为一个朋友，而是作为一个亲人）他们叫我斯蒂芬·王怀仁牧师，我父亲的中文名字和头衔。突然间我激动地抽泣起来，我无法控制地哭了出来，喜极而泣，欣喜能看到并听到那些已经静静地藏在我的脑海深处近70年的景象。以傈僳族语言唱起的美丽的歌曲伴随着欢迎我的有节奏的拍手声。他们的歌声伴随着从周围郁郁葱葱的绿色山脉中传来的回音。唱诗班领唱唱着他那强劲的男中音走了出来，边唱边拉着我的手臂。他的妻子在我的另一边，开始带我走在通往村子和教堂去的山路上，从山上下到那里去大约有10分钟路程。当我回头看时，满眼都是怒放的颜色，所有的妇女穿着他们傈僳族特色的民族服装，带着五彩缤纷的帽子。这一画面我将永远不会忘记，它就像一个童年的一个回忆。

我们很快就来到了这个村庄，走到了古老的教堂前，那所大的刷着白墙的谷仓样子的建筑看起来还是和以前一样的。还是个孩子时，我就被带到这里，一周接一周地参加那些漫长的宗教会议。那些傈僳族女性会将葵花籽剥好了，然后交给我吃，让我有事情可做。所有的长凳上看起来似乎还是以前的。唱诗班成员都站在了前面他们的位置上，我和我的老朋友杨坐了下来。我的翻译恒凯告诉我，他们要唱我父亲教他们的赞美诗来欢迎我。1938年的圣诞节是我最后一次坐在这里。此后，教堂从我父亲离开时的两三千人增长到现在的8万人。我父母离开后只有一两封信送到这里，说我的父母已经到了香港，自那以后这里再也没有和外界有联系了。我们是第一批从外面来的访客。然后我被请到最前面简要地对他们讲话。恒凯替我翻译成汉语，牧师然后翻译成傈僳语。我告诉他们我父亲和母亲回家乡后的事情，以及他努力把傈僳族新约翻译出来的举动。由于没有了傈僳族信徒的消息，父亲和母亲每天都花时间为他们祷告。我告诉他们我姐姐去了泰国做一名传教士护士，在那里为麻风病人服务。告诉了他们上帝是如何召唤我去日本的，以及我15年前如何退休，现在生活在伦敦并与日本的教堂一起工作的事情。他们唱了多支我父亲教他们的老的赞美诗。然后我们都聚集在教堂外面照了一张合影，圣经学校的老校长坐在我的旁边。现在他是圣经翻译团队的领导。他们都想要和我一起合影，我为身边这些简单的基督徒感到无比骄傲。后来我看照片时，《希伯来书》第12章中的话在我脑海中出现了："我们既有这许多的见证人，如同云彩围着我们。"

盛　宴

又有些人抓住了我的胳膊,带领我穿过村庄来到一所房子的大院子中。在那里，他们在桌子上摆满了宴席。牧师领导了餐前感恩礼节。我饿了，但被逼着吃了非常多的东西。人们都兴高采烈，这是一个真正的节日的气氛。我拿出了我带来的拍摄自 1930 年代的老照片给他们看。老人们开始看照片，高兴地看到自己当年青少年时的样子。然后他们拿出来一些老物件，其中有一架老手风琴是以前的护士坎普的。现在所有这些东西都锈迹斑斑的，没用了。其中有一个大锅和一只碗，他们说那是当年我用来吃饭的。他们保存了所有这些东西以纪念我的父亲仍与他们在一起。我的翻译越来越全神贯注于傈僳族教堂的故事，而我则越来越困于是躺了下来，很快就睡着了。两个小时后我因发烧颤抖醒来，安德鲁·李给了我一包退烧药，喝下后我很快又睡着了。

我早晨被不停的公鸡打鸣声唤醒了，早早就起来了。村子里升起了一缕一缕的炊烟。

我对轻津的访问

2006 年 4 月一个清晨，我的电话响了。电话另一端的一位女士说着日语，她代表青森县电视台给我来电话，邀请我去日本，就我的书中和解和宽恕主题做一个特殊的访谈节目。他们希望以樱花节作为背景。这只有两周的时间了，所以我建议尽可能在秋天访日。然而，她给我打了三遍电话，并且一再坚持。于是我发了封邮件给我的加拿大朋友马丁·根特，他自 50 年前就一直为海外基督教会工作。我问他是否能帮我弄清楚这究竟是怎么回事，我担心电视台是想利用我做一个节目。我收到他的回复，说，来吧，它是个好事。伊芙琳决定她不想来回折腾，所以我独自于 4 月 26 日早 9 点抵达成田机场。我搭乘机场的豪华大巴前往羽田机场，从那里转机去青森县。在雨中行驶了一个小时后我到达羽田机场，并惊奇这里发生的变化。日本人通过填海造田从东京湾获得大量土地，现在的羽田机场比成田机场还要大，有两个大的航站楼，航班可以抵达日本的每一个主要城市。我就像日本传说中的浦岛太郎一样（他睡了 100 年，回来的时候发现所有改变了）为这些的变化感到惊奇。在飞机上我深深地睡着了，中间一直没有醒，直到一名空姐拍拍我的肩膀把我叫醒。

我们降落后，我惊奇地发现所有的小山和山脉还都覆盖着白色的雪。青森电台的三浦夫人到机场来接了我，并在我们开车到青森市的路上一直不断地给我介绍。她为我在青森县国际酒店订了房间。在 1970 年代，我们通常一家人去那儿的一家中国餐馆，在那里你可以想吃多少就吃多少。现在这儿是一个高大的 12 层的现代酒店。我很高兴能有一个日本浴及日本料理，我很快就睡着了，直到第二天早上 8：30 才醒了过来。早饭后我又美美地睡了一觉。

晚上我醒来发现三浦夫人已经等我半天了，她带我去了演播室做一个三小时的采访。在吃了一碗美味的面条后我又很高兴地落床入睡了。

第二天早上当吃完早餐后，三浦夫人来送我到麻风病院。到处都是樱花绽放，两个老人走出来迎接我，我早在 1950 年代就认识他们了。在那时候麻风病院里有 700 个病人住院，现在只有 120 人了。在 100 年以前这里是属于教会的，他们告诉我现在有 89 人已经死了，只有 10 多人设法去了教堂。这些天，他们向我展示了陵园中所有的基督徒的名字。我可以记得他们当中的很多人，以及他们每个人的独特的故事。现在在天堂里他们再也不会有麻风的病痛折磨了。幸存下来的仅有的几个麻风病人仍然被日本大众所隔离，他们仍然是和大众社会格格不入的，尽管他们中没有一个人再携带任何细菌了。

三浦夫人从未去过板柳镇，被这里迷住了，我必须自己走了。自从我们上次到过这里后十年过去了。把我带入我住的房间后，马丁·根特建议我去一家小咖啡书吧，那里也提供美味的饭菜，并且有一个基督教书店在店后面。我在那里不断碰到好些我早些年认识的人。在我坐下来吃饭时，两个上了年纪的男人走进了商店。其中一个满面笑容地走到我面前说："你还记得我吗？"我说："我当然记得。"在1956年，工藤徹只是一个在伊芙琳的主日学校的小男孩。他从来没有怀疑信仰，后来在银行工作。他告诉我，去年他就退休了。他的朋友，那位满头白发的成田先生解释说过去和工藤一起参加主日学校的，是当时我们家附近摄影店老板的儿子。他告诉我，他在大学教书。听说他们和他们的家人都是基督徒后我深受鼓舞。我们边喝茶边回忆很多年前发生的一些事情。当他们开车离开后，我以为我们永远不会在地球上再见面了，但我错了，5天之后，当我又回到了青森县机场准备订飞回东京的机票时，成田教授和他的家人也在那里。如果那次成田教授没有和我一同乘机到东京旅行的话，我就没有这个鼓舞人心的故事，这些看来都是上帝的天意。在飞机上他还告诉我，他和他的朋友工藤先生在当年通过读我的圣经小册子以及听我在礼拜日服务后就坚定了把一生奉献给上帝的信念。

有一天我早餐后坐着休息时，与根特交谈起来，我们在看一个市区航空地图，看到附近的苹果园和村庄。他们指着离教堂不远一个地区说："我们发现我们有更多的成人求教者是来自于这个地区的，要比其他任何地区都要多。"于是我再次看了看地图，我意识到这是45年前我们进行过最有意义的一个帐篷传教的地方。当时至少五个果农成为了真诚的求教者，针对孩子们的会议也挤满了人，而那些孩子们现在也都是50多岁的人了。我不禁想到《哥林多前书》第3章第四节里的一段诗句写到："我栽种了亚波罗树，浇灌了它，但惟有神才能让它生长。"

每天，三浦夫人会花上几个小时提问和记录我对这些年来我在青森县传教经历的回答。周日在板柳教堂礼拜后，我们去了金城小教堂，从板柳向北开有大约半小时的车程。教堂坐落在开满樱花的公园旁边，美丽如画。那里有很多从其他教堂来的人，所以他们中许多人都是多年的老朋友了。许多人已经搬走了，教会一直在苦苦挣扎。一对从德国来的年轻的传教士夫妇工作非常努力，试图重建会众和传教活动。早在1955年，当来自加拿大的唐·莫里斯和我就开始了在金城的传教，我们每天以这样或那样的方式一直艰苦地工作着。我记得当时我和道格·亚伯拉罕以及大卫·海曼的花费数小时向来观赏樱花的人们传道。我从来没有忘记有那么多人站在周围听我们宣讲直到太阳下山。我们的福音书一分发就被他们很快接过去了。

那时，有一个年轻的中学男孩名字叫田中，他表现出真正的兴趣来参加了我们的会议。1995 年，四十年后，我又回到当地进行访问，并出人意料地在公园里碰到他，他当时是金城市的市长。我的朋友伊藤先生，一个邻近城市一所教堂的长老，现年 70 岁了，告诉我他有一次参加一个重要的会议，讨论的是发展青森县的旅游业。他就坐在田中旁边，伊藤先生对他说："你一定是那个初中生，当年迈特卡夫先生住在金城时候，你认识他吧。""我认识他"，他回答说，"我过去常去到他家里去，他教我祈祷！"这一次我能送给他一本我的书，和一幅当年他还是中学生时和我们一起合影的照片。

三浦太太曾问我是如何成为一名传教士并来到金城工作的。德国传教士夫妇希望我能给他们的礼拜日礼拜活动作布道。结果这次布道变成了一个冗长的仪式。然而幸亏那天晚上有一个冲绳来的短期服务人员在金城帮忙。他是一个第二代的日裔美国人，他对我说他很沮丧在日本传教时缺乏反馈和交流，他为此为他的未来而祷告上帝。他告诉我，上帝通过他的祈祷和布道向他传递了旨意，他觉得他应该全力以赴在日本成为一名传教士。

周日晚上马丁在板柳组织了一个聚会，人们一个接一个地从各个不同的地方来到，我们是谦卑的，因为我们知道上帝是如何为他的子民工作的。一个中年家庭主妇，我没有认出来，她告诉我和她只见过一次。之前她从未参加过基督教会议直到她的一位在弘前大学的朋友不断催促她来参加我宣讲的有关"不朽"的布道会。她从未听过有人说到这个话题，她听后从来没有忘记它，这导致了她的救赎。我对那次集会只有一个模糊的记忆，但是会上我所宣讲的主题我是彻底记不起来了，但听到这样的一段轶事对我还是非常鼓励的。所以在日本还是有一些灵魂投入上帝的怀抱的。来的人中还有三个新的日本牧师，他们在不同的教堂工作。其中一个证实了我的书在他响应使命召唤从东京来到弘前工作中具有决定性的作用。在弘前工作的新的牧师是一个转化教徒，弘前的工作是他刚开始正式的神职工作，他的妻子此前在青森市的达芙妮·凯利的主日学校。有了这三个新的牧师这必定会对津轻地区在困境中挣扎的教堂的恢复有所助益。当年的一个年轻的医科学生，五十岚博士，她的哥哥是一名在北海道的牧师，现在已经是一座宏伟的新的大型国立医院的院长了，这所医院就在以前我们的房子后面。

现在整个青森县境内遍布高速公路，温泉浴如雨后春笋般遍布这个地方。其中一个令我惊奇的是在弘前的一家大型购物中心的4楼，那里甚至打了一个钻孔到底下，将温泉水汲取上来。汽车太多都堵塞了道路，当地的苹果产业已经发展到令人吃惊的地步。

五所川源的教堂已经减少到只有8位固定教徒。这个问题发生在当地消防队长的儿子三井平山离开后，他加入了美国国际语言暑期学院去了中东。教堂的财务主管坚称教堂的支持者三井先生终止了对平山牧师的支持，他在去伊朗之前是教堂的牧师。（平山后来被逐出伊朗，现在在伦敦与三家伊朗教会一起工作并且在吉尔福德的神学院教学）伊藤先生转到了旧的国家教堂，这里现在是福音派教堂了。自从新牧师五十岚先生来了后，平山牧师，他没有投票给五十岚，去了青森县的教堂，信众又开始返回他们的老教堂了，包括伊藤先生。我惊讶地发现许多这些小教堂配备有最新的高科技设备。

成田教授

三浦夫人坚持她开车送我去机场。当我办理登机手续时我惊喜地发现，成田教授他的家人也在办理，他们要去香港度假。他没有想到我们会在同一架飞机上。他上机后坐在我身边，然后他说：“你知道你被电视台邀请来访问后发生了什么事情吗？”然后他告诉我，电视台的台长是他的一个老朋友，有次顺便看望他时两人聊了起来。他们谈话的过程中，电视里正好在播放电影《火的战车》。成田告诉他的朋友：“你知道我知道有个人非常了解埃里克·利迪尔。事实上就在今天早上我还扔掉了介绍他用日语写的一本书的一些广告，《让火炬在黑暗中闪耀》。”“所以我去废纸篓里把那些广告找了出来，递给他。他把它拿回家，在网上订购一本。他被这本书迷住了，连续读了两三个小时。然后他叫来一名节目制作人，告诉他把这本书拿回去读一下，看看他们是否能就这本书做一个节目。制片人回来，说它有很多关于青森县的故事。所以他们决定给我打电话，问我能不能来，以便他们还可以以樱花节作为背景。”我坐在那里听他讲，我想，如果我们没有一起坐到这班飞机上的话，我永远都不会知道为什么我被请求做这么一个电视节目的。

高考考前辅导学校校长本田先生

在圣诞节我收到了一张成田教授的圣诞贺卡还有一个装在信封里的磁带，上面录有他们大学校长给全校学生的布道宣讲。在他的布道中他告诉学生们他在 1961 年时还是一个十五岁的男孩时，斯蒂芬·迈特卡夫是如何每周来他母亲的家中教圣经的。他解释说他如何接受耶稣作为救世主的。他说埃里克·利迪尔将宽恕和救赎的接力棒传递给了迈特卡夫先生，他又把它和他自己带到了日本，他鼓励了成百上千的年轻学生回到家乡将宽容的接力棒传递到日本的城镇和村庄。我回想起有这么个小男孩静静地坐在课堂上听我宣讲的，我从未听过这个故事的其余部分。经过这么多年来听到这样一个故事对我们是很有鼓励的,因为当时我们很少见到有人被救赎。在搬离了青森县后，我失去了和这些被上帝所指引的人们之间的联系，就像教授成田那样。我在 56 年前来到了日本，上帝指引我们去寻求那些可以被转化的灵魂，这里有一些，那里有一些，但数量不是很多。他们反过来会成为盐、光和酵母，将被带入上帝的永恒的王国中，在这片土地上有那么一些基督徒的。

当我到达羽田机场后，我的儿子菲利普全家，他现在就职于东京巴克莱银行，在机场接我。这是一个快乐的聚会，和菲利普一家以及我们的小孙女菲利帕。我再次乘上飞机飞回了英国，我不断回想 55 年来我在日本传教中所有的事件和发生过的事情，日本人口从当年的 8700 万增长到超过 1.26 亿，并且现在固定有约 50 万人参加周日的礼拜活动。我很高兴我听到了耶稣基督的遗言：“你们去为整个世界传递福音吧。”今天的日本是一个与以往不同的日本了，今天的教会也是与以往不同的教会。就像我们的耶稣不得不回到我们的世界，所以今天他仍然希望男女教徒们能将他们的生命奉献给宗教事业。

西蒙·王与锦旗

当我从中国回来后，我给住在墨尔本的鲁丝姐姐去了电话。我们的谈话内容很多都是关于傈僳族新约圣经的，可我们不知道那些存放在香港圣经协会仓库里的几百本傈僳族语圣经的命运如何。现在我们知道，在 1999 年被艾琳·内维尔取走了的我父亲的手稿，现在武定我的发小杨先生的安全保管下。但究竟是什么人对傈僳族语的新《新约》做的翻译始终在我心中是一个谜。这在很大程度上是由于我无法理解当时我们在武定说的话，而我的翻译，他一直和我讲到深夜，并没有把教会领导所说的所有的话都翻译给我，而如今他们都远在滔谷了。

有一天我最小的儿子詹姆斯和我很高兴地收到了一封电子邮件，这是香港联合圣经公会的西蒙·王先生发过来的。他被指定为东部傈僳语圣经翻译人员的顾问，他刚对滔谷完成了一次特别访问。他说他在那里有一种特别平和的感触。人们说这是一个平和的村庄。教会已经准备好了一个特殊的锦旗，纪念我父亲将福音传递到傈僳族 100 年。他们希望西蒙·王能够把它送到伦敦当做礼物送给我。

2006 年 1 月下旬他到了，和我谈到了傈僳族语言圣经的翻译经过，并展示了一些幻灯片给我看。然后在崔尼蒂路教堂他将锦旗赠送给了詹姆斯和我。当我举起这美丽的锦旗时，我的思绪转到了坐落在中国西南部高山中的滔谷。

后记

完成这本书，是八年来断断续续坚持的结果。

2001 年，我的领导、著名作家、编剧赵冬苓女士因为山东农民刘连仁的故事，开始关注一个特殊的群体、一个独特的领域。她开始推动和参与到中国民间对日索赔诉讼的进程中，原名《未来之讼》后更名《未被审判》的纪录片在她的决心和行动中开始了。她推出了中国电视史上第一次全景式记录中国二战受害者对日索赔诉讼的历史影像化呈现，我也有幸参与了那段记录已经发生和正在发生的历史的工作中。而在那个漫长而艰巨的过程中，她又发现和关注到了另一个二战东方战场的角落：位于山东潍坊原乐道院的潍县集中营。于是，我们又在 2006 年开始策划和推进纪录片《潍县集中营》的创作。

纪录片以当年亲历者孩子的视点为切入点，讲述在潍县集中营里，发生在 1942 年到 1945 年间，一个特殊年代、特殊空间、特殊背景、特殊经历的人生故事，讲述有关和平、关爱、勇敢、平等以及人性价值和生命尊严的故事，讲述一段战火中心灵成长的历史。摒弃宏大叙事，挖掘平凡记忆将是我们拍摄时始终保持的原则。于是，漫长而琐碎又艰巨的搜集素材、寻找采访和见证者、亲历者的过程在全球范围展开。那是一段与历史对话、与人性共振、与心灵成长的美好紧张的工作记忆。

2007 年，我们的采访进入欧洲，第一站是英国的伦敦。在教会和教堂连在一起的伦敦 Trinity 路，我们采访了当时 80 岁的老人，他给我们讲他自己的出生故事、他和中国的渊源、他的四个孩子的故事、他的中国儿媳，那是我们第一次走进他的人生。

采访结束，斯蒂芬送我们离开时，拿出了一张光盘，告诉我这是他自己根据日语版自传体《我的故事》写就的英文版，并把它郑重交到我的手里．此后，这张光盘一直就是一个集中营幸存者和见证者的信任和嘱托。

斯蒂芬·迈特卡夫，英国人，1927 年生于云南昆明。当时，他父亲作为传教士和医生在云南元谋傈僳族山区服务，父亲在把中文的圣经翻译成少数民族傈僳语时，他出生了，父亲正翻译到“圣里斯蒂芬的故事”那一章节，所以给他取名斯蒂芬。他有一个中文名字叫做苏特梵。

6 岁时，斯蒂芬离开父母到山东烟台芝罘学校寄宿读书。1938 年，日军占领烟台，他和老师同学被强行关押在烟台毓璜顶，1942 年被转移押送到潍县集中营，直到 1945 年美军解放集中营才重获自由。在集中营里，奥运冠军埃里克·利迪尔是对他而言意义最为重大的一位老师。两人结为忘年交。他曾是著名的奥运会冠军，他放弃了在英国的一切来到中国教书育人。虽然被日军囚禁，斯蒂芬受到的教育是爱而不是恨，老师给予他的最好的东西是“宽容的接力棒”。集中营的经历和利迪尔的影响教会斯蒂芬去爱自己的敌人（日本人）并为他们祈祷。1945 年解放后，斯蒂芬作为传教士去了澳大利亚。

1948 年，驻扎日本的美国将军号召传教士去日本。这一号召对斯蒂芬来说像上天的旨意，于是他辞去了工作，带上积蓄，进了大学，做好了去日本做教师的准备，就像当年埃里克来中国那样。

1952 年，斯蒂芬乘船去了日本，他将带着埃里克的关于什么是真正的和平的定义去日本。他在日本待了近四十年，退休后回到英国伦敦生活。

在日本的生活经历，让斯蒂芬近距离地观察、认识、思考战争和人性。

尤其是因为日本人对战争无知，所以对它持漠然的态度让他感触良多，他说漠然可以导致很大的问题，犯下很严重的错误：企图掩盖这段历史、抹杀这场战争。

斯蒂芬在我们的纪录片里讲述了他富有传奇色彩而又丰富的人生故事。

纪录片播出后，反响不错，讲起这段光盘的来龙去脉，得到山东画报出版社编辑秦超的支持。他是以二战、人文历史类图书策划、编辑见长的，他说应该让更多的人了解这段历史。有了鼓励，我先是通过邮件获得了斯蒂芬先生的正式授权，翻译了很少的一小部分拿给秦超看，自觉涉及很多宗教术语有些不自信，秦超反倒觉得挺原生态，把《我的故事》更名为《宽容的接力棒》，还很快决定让著名的二战专家学者萨苏做一个战争史的注释一并出版，但后来由于各种主客观原因，我们放弃了这个设想，但为此同萨苏先生的面谈商议以及他特地从日本给我们找了许多的历史资料的交往，也让我十分感动。

翻译的过程的确有些漫长，一个老人的回忆也充满太多自我情绪的夹杂，加上他独特的成长背景，一直拖到今天。付梓出版，恰逢反法西斯战争胜利 70 周年，也是斯蒂芬先生荣归天国一年的日子，这个回忆录，是一个缅怀，同时也可以让更多的人品出人生的滋味，看到战争的颜色。

回头去看，翻译期间对于历史的挖掘、学习、跟海内外集中营幸存者的交往，都是让我终生受益的体验。感谢赵冬苓老师发掘纪录片《潍县集中营》这个项目、感谢山东影视中心、我的领导晋亮老总支持运作这个纪录片项目，感谢山东画报出版社副社长徐峙立的关心支持，感谢责编秦超，感谢校译李欣，感谢取得斯蒂芬先生授权时为我联络的金天，感谢潍坊王桂英副市长，感谢潍坊外侨办王浩主任，感谢潘好泉在中国驻波兰大使馆工作期间的帮助；感谢美国的戴爱美女士、比利时的庞德（Leopold Pander）先生，他们的邮件和图文资料一直让漫长的翻译过程变得温馨、有爱。

最后，感谢我的先生和儿子，他们“被迫地”帮助查资料、看错字、挑毛病，感谢我的父母和公公婆婆，经常变身老年版“田螺姑娘”减少我做饭的次数。这本书让我们大家都看到了并体验了更多更广的人生。宽容的接力棒将由此代代传承。

最后，我想借用集中营里孩子们的老师休·哈勃特的一段话作为后记的结语：为了爱，为了宽容

Weihsien -the test：whether a man’s happiness depends on what he has ,or what he is ;on outer circumstance ,or inner heart; on life’s experiences-good and bad-or on what he makes out of the materials those experiences provide. ——Hugh Hubburd

一个人的快乐不是来自他所拥有的一切，就是来自他所从事的职业；不是来自外在环境，就是来自内心世界；不是来自生活经历——无论好坏，就是来自这些经历所带来的人生感悟！——休·哈勃特